Tom Zola

STAHLZEIT BAND 1
SCHICKSALSSCHLACHT KURSK
DER ANDERE 2. WELTKRIEG

EK-2 MILITÄR

Ihre Zufriedenheit ist unser Ziel!

Liebe Leser, liebe Leserinnen,

zunächst möchten wir uns herzlich bei Ihnen dafür bedanken, dass Sie dieses Buch erworben haben. Wir sind ein kleines Familienunternehmen aus Duisburg und freuen uns riesig über jeden einzelnen Verkauf!

Mit unscrem Label *EK-2 Militär* möchten wir militärische und militärgeschichtliche Themen sichtbarer machen und Leserinnen und Leser begeistern.

Vor allem aber möchten wir, dass jedes unserer Bücher **Ihnen ein einzigartiges und erfreuliches Leseerlebnis** bietet. Daher liegt uns Ihre Meinung ganz besonders am Herzen!

Wir freuen uns über Ihr Feedback zu unserem Buch. Haben Sie Anmerkungen? Kritik? Bitte lassen Sie es uns wissen. Ihre Rückmeldung ist wertvoll für uns, damit wir in Zukunft noch bessere Bücher für Sie machen können.

Schreiben Sie uns: info@ek2-publishing.com

Nun wünschen wir Ihnen ein angenehmes Leseerlebnis!

Heiko, Jill & Moni
von
EK-2 Publishing

Vorwort des Autors zur Neuausgabe von Stahlzeit

Mehr als zehn Jahre sind vergangen, seitdem ich das erste Wort für meine Stahlzeit-Serie aufs digitale Papier brachte. Zehn Jahre, in denen ich mich weiterentwickelt und dazugelernt habe. Zehn Jahre, in denen sich meine Ansichten verändert haben und ich meinen Erfahrungsschatz erweitern durfte.

Noch immer blicke ich mit Stolz auf meine Stahlzeit-Romane – mein Debüt als Autor. Vor allem die Figuren, deren Entwicklung sich über viele Bände vollzieht, sind mir sehr ans Herz gewachsen – sie stehen im Mittelpunkt meiner Alternativweltgeschichte. Allerdings hatten sich damals einige sprachliche und inhaltliche Fehler in meine Bücher eingeschlichen, die ich mit dieser rundum überarbeiteten und erweiterten Neuausgabe ausgebessert habe. So fahren deutsche Panzer nun endlich mit Benzin und die Dialoge fallen weniger technisch aus. Freuen Sie sich auf viele kleine und einige größere Verbesserungen, kurz: **Freuen Sie sich auf das beste Stahlzeit-Erlebnis aller Zeiten!**

Und dann ist da noch diese eine Entscheidung, die ich damals getroffen habe und die ich mittlerweile bereue. Ich habe die Neuausgabe daher zum Anlass genommen, auch dies zu korrigieren … Ich spreche von Erwin von Witzleben, seiner Rolle in meiner Serie und die Entwicklung, die ich seiner Person angedichtet habe. Ich bin heute überzeugt davon, diesem Mann und seiner Bedeutung für die reale Geschichtsschreibung Unrecht getan zu haben. Das tut mir aufrichtig leid.

Ich habe aus diesem Grund die Entscheidung getroffen, Erwin von Witzleben in der Neuausgabe durch Franz Halder auszutauschen. Mich leitet die Überzeugung, dass diese historische Persönlichkeit besser zur Rolle des Stahlzeit'schen Reichskanzlers passt. Erwin von Witzleben spielt in der Neuausgabe nur noch eine Nebenrolle.

Die Stahlzeit-Serie ist abgeschlossen und umfasst zwölf Bände. Ab Januar 2024 veröffentlicht EK-2 Publishing alle zwei Monate einen vollständig überarbeiteten Band der Reihe.

Nun möchte ich Sie aber nicht länger aufhalten, sondern wünsche Ihnen maximalen Lesegenuss mit der besten Version von Stahlzeit!

Duisburg, den 24.11.2023
Tom Zola

Prolog

Der Herbst drückte bereits mit aller Macht gegen Europa und ließ kühle Brisen über Niederösterreich hinwegfegen, als ein kräftig gebauter Mann mit hoher Stirn vor die Türe eines feinen Anwesens trat. Die Dunkelheit der Nacht hielt Wiener Neustadt fest im Griff. Der Mann trug einen Mantel und hob die rechte Hand, um an die Türe zu klopfen, dann erstarrte er. Schreckhaft blickte er sich nach allen Seiten um, doch die Straßen waren leer.

Die linke Hand des Mannes umfasste den Griff seiner Tragetasche fester, danach endlich klopfte er – ganz sachte, so als hätte er Angst, jemand außerhalb des Hauses könnte ihn hören. Er vernahm, wie sich eine Person von innen auf die Haustür zubewegte.

Sekunden zogen sich wie Ewigkeiten. Wieder blickte sich der Mann nach allen Seiten um. Weit weg kläffte ein Hund. Instinktiv zupfte er sich seinen Mantel zurecht, so, als könnte dieser ihn vor Angreifern oder auch nur unerwünschten Mitwissern schützen. Keine Frage, Erhard Milch hatte sich in Lebensgefahr begeben.

Endlich öffnete sich die Tür und ein Mann Anfang 50 streckte sein scharfkantiges Gesicht heraus. Er musterte den Gast einen Wimpernschlag lang, dann bat er ihn herein.

»Moin Erwin«, wisperte Milch in seiner für ihn typischen, norddeutschen Redensart und streckte seinem Gegenüber die Hand zum Gruß hin. Dieser knallte die Hacken zusammen, salutierte zackig und schüttelte Milch anschließend erst die Hand. Dann flatterte tatsächlich ein Lächeln über die sonst so ernste Miene des Generalfeldmarschalls Erwin Rommel.

Er führte seinen Gast zügig ins Wohnzimmer, wo ein weiterer Mann bereits auf sie wartete: Erwin von Witzleben, ebenfalls Generalfeldmarschall. Hände wurden geschüttelt, dann nahmen die drei Männer am Esstisch Platz, einem massiven Werkstück mit gedrechselten Beinen.

Von Witzleben, dessen schwindendes Haupthaar kaum noch die Kopfhaut zu bedecken vermochte, begann umgehend zu sprechen: »Zeigen Sie uns, was Sie haben.«

Milch nickte, öffnete seine Tasche und zog einen großen, offenbar bis zum Bersten gefüllten Umschlag heraus, den er auf die Tischplatte legte und Rommel und von Witzleben zuschob. Letzterer öffnete den Umschlag und nahm eine Fülle an Papieren und Fotos heraus. Rommel ergriff auf Anhieb das oberste Dokument. »Lager Dachau« stand darauf. Von Witzleben inspizierte unterdessen die Fotos und seine Augen wurden größer.

»Die Luftwaffe nutzt das Lager zu Testzwecken, aber seit zusätzlich auch die SS dort vertreten ist, geschehen da ganz abscheuliche Dinge«, kommentierte Milch, auch wenn jegliche Bemerkung in Anbetracht der Fotos überflüssig war.

»Der GröFaz und seine Bande sind endgültig zu weit gegangen. Das … das hat nichts mehr mit Krieg zu tun.« Von Witzleben flüsterte mit zitternder Stimme. Rommel, der sich niemals negativ über seine Vorgesetzten äußern würde – nicht einmal über ihn –, nickte nun mit zusammengepressten Lippen, was für seine Verhältnisse eine starke Geste war. Die drei Männer blickten sich an und in diesem Augenblick einte sie eine Idee.

Berlin, Deutsches Reich, 04.11.1942

Es war bereits drei Uhr nachts durch, doch in einem Fenster einer kleinen Wohnung in Berlin Lichterfelde brannte noch immer Licht. Die letzten Bombenangriffe auf die Stadt lagen nun schon beinahe ein Jahr zurück, und so wurden die Menschen allgemein wieder nachlässiger.

Der beleuchtete Raum im Inneren der Wohnung war ein bescheiden eingerichtetes Schlafzimmer mit einem schmalen Bett an einer Wand – eine Frau fehlte in diesem Hause schon viel zu lange.

Ein alter Mann im Pyjama saß mit Schweißperlen im Gesicht auf der Bettkante und rieb sich die Augen: Generaloberst außer Dienst Ludwig Beck war ein dürrer und bisweilen faltiger Mann, dessen letztes Lebensdrittel sichtlich an seinem Körper zehrte. Doch es waren nicht nur die körperlichen Gebrechen, die ihn umtrieben. Gedanken kreisten in seinem Kopf und ließen ihn einmal mehr nicht schlafen. Natürlich war da irgendwo auch Angst in ihm, denn was er seit Jahren schon trieb, war ein gefährliches Spiel.

Beck erhob sich schließlich, um ein Stofftuch aus dem Badezimmer zu holen, damit er sich die schweißnassen Achseln trocknen konnte. Die kühle Luft, die von draußen in seine Wohnung drang, ließ ihn frösteln.

Er schritt an seinem Schlafzimmerfenster vorüber und warf einen kurzen Blick auf die menschenleere Straße draußen und die Reihenhäuser gegenüber. Natürlich erspähte Beck umgehend auch den schwarzen Mercedes mit dem Ersatzrad auf der rechten Seite über dem Kotflügel. Das Fahrzeug war zu einem ständigen Begleiter in seinem Leben geworden, und er fragte sich manchmal, ob seine Schatten von der Gestapo überhaupt selbst noch daran glaubten, unentdeckt zu agieren, oder ob es sogar Teil ihrer perfiden Einschüchterungstaktik war, sich stets und ständig offen zu zeigen.

Mit einem schweißnassen Stofftuch kehrte Beck schließlich ins Schlafzimmer zurück. Tiefe Augenringe schienen sein Gesicht nach unten zu ziehen. Halb gebeugt – Rückenschmerzen setzten ihm zu – blieb er vor seinem Schlafzimmerfenster stehen und blickte abermals hinaus auf die Straße und die zur Zeit des Kaiserreichs erbauten Reihenhäuser. Plötzlich war Beck wie versteinert. Seine Augen zuckten; sein Herz schlug ihm mit einem Male bis zur Kehle herauf und drohte, ihm die Luft abzuschnüren. Er schluckte kräftig und zupfte an seinem Adamsapfel, während seine Stirn frische Schweißperlen produzierte. Was er dort unten sah, gab ihm die Gewissheit, sein buntes Treiben würde nun doch ein Ende finden: Der Mercedes war verlassen, dafür marschierten zwei dunkle Gestalten schnurstracks die Straße herauf und somit genau auf Beck zu. *Schwarze Ledermäntel und Hüte*, dachte der alte General und zog krachend die Nase hoch, *Ziviltarnung nennen die das. Dabei läuft kein Mensch so herum.*

Beck hatte den Schrecken rasch hinter sich gelassen. Er konnte noch atmen und er konnte noch stehen, mehr verlangte die Situation nicht von ihm. Er drückte sein geschundenes Kreuz durch und spürte, dass es seinen Körper schon viel zu lange tragen musste. Dann schlich er zum Kleiderschrank hinüber und zupfte Hemd und Hose aus den fein säuberlich einsortierten Wäschestapeln. Er wollte zumindest in würdevoller Kleidung vor den Richter treten – und er wollte aufrecht dem entgegengehen, was da kommen mochte. Beck wusste, dass ihn der Tod erwartete – mit Glück der Freitod –, doch den Preis war er bereit zu zahlen, zur Wahrung seiner Prinzipien – dies hatte er sich von Anfang an bewusst gemacht. Er würde sich nicht verbiegen bis zum Äußersten, nur um dieser Bande zu gefallen, so wie es viele seiner Kameraden getan hatten. Noch während er sich anzog, überkam ihn diese Wut, die sein humanistisches Herz zum Flattern brachte. Ja, er war bereit! Dann klingelte es. Augenblicke später öffnete Beck die Haustür und blickte in ziemlich bedröppelte Gesichter zweier Gestapo-Männer; der eine war sehr jung und der andere wohl Ende 40. Mit solch einem Anblick hatte der alte General nicht gerechnet. Die beiden Männer schauten zu Boden und schienen in ihrem Weltbild erschüttert. *Wo ist denn die Arroganz dieser Leute hin?*

»Herr General, wir müssen Sie bitten, uns zu folgen«, flüsterte der Ältere und schaffte es nicht, Beck dabei in die Augen zu sehen. Der General nickte ernst und folgte.

*

Ludwig Beck trat durch die schwere Holztür und fand sich im Büro von General Friedrich Fromm wieder, seines Zeichens Befehlshaber des Ersatzheeres und Chef der Heeresrüstung. Wie Fromm selbst, zeugte auch das Büro von dessen überschwänglichem und einem deutschen Offizier unwürdigen Lebensstil. Mannshohe Gemälde – Stillleben, die weite Landschaften zeigten – hingen an den Wänden und rote Vorhänge verdeckten die Fenster, während ein großer Perserteppich den Boden ausstaffierte. Die Wände selbst waren mit hellem Holz vertäfelt und reflektierten das Licht kleiner Schirmlampen, die in allen Raumecken auf Kommoden standen, angenehm in den Raum zurück. Doch Beck war hier nicht allein – ein Dutzend ranghoher Offiziere stand im Raum verteilt, und nun, da Beck endlich da war, richtete sich die Aufmerksamkeit aller einzig auf ihn. Der alte General stand einen Moment lang da wie angewurzelt und blickte in die Gesichter seiner alten Kameraden, deren Uniformen mit Orden übersät waren und deren Mienen treffend die Anspannung wiedergaben, die den Raum erfüllte. Beck kannte die meisten von ihnen, zumindest flüchtig, und war überrascht, sogar einige eigentlich »ausrangierte« Persönlichkeiten unter den Offizieren zu erspähen: Von Brauchitsch und von Blomberg waren dabei, aber ebenso von Witzleben, Halder, Canaris, Milch, Rommel, von Bock, von Leeb, so als würden heute Nacht alle Fronten stillstehen, damit die Generalfeldmarschälle des Reiches zu einem Klassentreffen zusammenkommen konnten. Wenn vor allem Rommel trotz der Lage in Afrika hier in Berlin war, musste wahrlich etwas Großes im Argen liegen.

Nach Sekunden des ehrfürchtigen Schweigens trat Halder aus der grauen Masse heraus und schritt auf Beck zu. Er ging vor dem alten General in Grundstellung, spannte seinen Körper auf ein Höchstmaß an und salutierte mit demütiger Miene. Beck erwiderte, dann folgte ein knapper Handschlag.

»Wir sind froh, dass Sie hier sind, Herr General«, begann Halder ohne jeden Unterton. Beck blickte einmal mehr in die ernsten Mienen der anderen und fand auch in ihnen Zustimmung.

»Was ist geschehen?« Er wollte umgehend wissen, worum es ging – und Halder redete nicht lange um den heißen Brei herum: »Gestern Vormittag ist die Führermaschine irgendwo über Ungarn verunglückt.«

Becks Blick kämpfte sich durch die Angespanntheit der Situation und wanderte über die Gesichter seiner alten Kameraden. Er presste die Lippen aufeinander und kurz – ganz kurz – zitterte sich ein Lächeln an die Oberfläche.

»Ich muss schon sagen, meine Herren. Ich hätte nicht gedacht, dass Sie am Ende doch den Mumm aufbringen würden, die Sache zu Ende zu bringen. Alle Achtung ... alle Achtung.« Beck war nicht eingeweiht gewesen, doch das war nun egal. Er sah ganz plötzlich bessere Zeiten auf Deutschland zukommen.

»Nein«, bereitete Halders Stimme den Gedanken Becks ein jähes Ende. »Sie verstehen nicht. Der Führer ist verunglückt.«

Becks Verwirrung blieb den anderen nicht verborgen, sodass sich nun Milch zu Wort meldete: »Wie Sie wohl wissen, haben einige damit begonnen, einen Umsturzplan auszuarbeiten, aber das braucht Zeit.«

Becks Augen weiteten sich. »Das heißt ...«, begann er und musste den Satz wahrlich nicht beenden.

»Richtig«, sagte Halder. Der General knetete seine Hände. »Er ist tatsächlich verunglückt. Und jetzt stehen wir da – vor vollendete Tatsachen gestellt, ohne irgendetwas in der Hand. Es gibt keine Regelung für seine Nachfolge.

Das ganze Land, alles ist so sehr auf seine Person zugeschnitten, dass wir jetzt sehr vorsichtig sein müssen.«

Blitzschnell schoss Beck ein wichtiger Gedanke durch den Kopf. Mit scharfer Stimme fragte er: »Was ist mit den anderen?«

Nun schaltete sich Fromm in das Gespräch ein. Der riesige Offizier trat einen Schritt vor: »Keine Sorge, die sind außer Gefecht gesetzt. Der Reichsheini dachte, er könnte die Situation ausnutzen und hier in Berlin alles an sich reißen. Meine Leute haben seinem jämmerlichen Putschversuch am Abend ein Ende bereitet und ihn festgesetzt. Und das fette Schwein sammelt zurzeit hier in Berlin seinen Gefängnisaufenthaltsorden.« Ein Grinsen huschte über die Lippen einiger Anwesender. »Der Klumpfuß steht in seiner Wohnung unter Hausarrest.«

Beck rümpfte die Nase. *Das ist ein Anfang*, dachte er, dann fügte er laut hinzu: »Ist aber noch nicht die ganze Bande.«

»Deshalb brauchen wir Sie, Herr General.« Halders Stimme hatte fast etwas Bittendes an sich. Beck entging nicht, dass Rommel langsam nickte. Halder fuhr fort: »Das Land wird im Chaos versinken, wenn wir nicht schnell handeln. Die ganzen Opportunisten werden jetzt aus ihren Löchern kommen, um sich ihr Stück vom Kuchen zu sichern, darum müssen wir heute noch eine stabile Regierung bilden, sonst war es das.« Beck nickte und erkannte bereits, wo die Reise hingehen sollte.

»Eine stabile Regierung kann aber nur gelingen, wenn wir der Öffentlichkeit eine Persönlichkeit anbieten, die großen Rückhalt genießt. Und da kommen Sie ins Spiel.«

Becks und Halders Blicke trafen sich.

»Herr General, wir brauchen Sie! Wir möchten Ihnen daher den Posten des Reichspräsidenten in unserer neuen Reichsregierung anbieten.«

Becks Herz schlug wild in seiner Brust. Mit einem Augenblick hatte sich alles geändert; plötzlich gab es wieder Hoffnung.

»Meine Herren«, erwiderte er, »ich stehe Ihnen zur Verfügung.« Kaum waren diese Worte gesprochen, verpuffte spürbar ein Teil der Anspannung, die im Raume stand. Beck streifte seinen Mantel ab und hängte ihn an den Ständer neben der Tür, denn er wollte umgehend zur Tat schreiten.

»Zwei Dinge haben Vorrang vor allem anderen«, begann er und baute sich mit fordernder Körperhaltung vor den anderen Offizieren auf. »Erstens: Wir nehmen umgehend Waffenstillstandsverhandlungen mit allen Kriegsgegnern auf. Zweitens ...«

Die Offiziere blickten sich an, bis Rommel dem aufbrausenden Beck ins Wort fiel: »Herr General, da muss ich direkt dazwischenschlagen. Wir wollen Sie als Reichspräsident haben, nicht als Kanzler. Generaloberst Halder wird zum Feldmarschall befördert und als Kanzler die Geschicke der Nation lenken.

Sie sollen durch ihre Beliebtheit beim Volke für die nötige politische Stabilität sorgen und der neuen Regierung den Rücken decken. Mehr nicht.«

Plötzlich war Beck wieder isoliert. Er sah sich einer Front von Kriegstreibern gegenüber, doch Rommel erklärte ihm das Anliegen des Offizierskorps: »Sehen Sie, Herr General, die Lage ist sicherlich nicht einfach, doch wir müssen die Fakten auf den Tisch legen.« Rommel trat nun direkt vor Beck und blickte ihn an. Die gerade Körperhaltung des Offiziers und die scharfen Konturen seines Antlitzes ließen ihn ungeheuer autoritär wirken – selbst auf den älteren und menschenerfahrenen Beck. Rommel war ein ganz eigener Schlag Mensch, dessen Ausstrahlung man sich nur schwerlich entziehen konnte.

»Schauen Sie sich an, wer unsere Feinde sind«, schallte Rommels schwäbischer Dialekt durch den Raum, »mit Stalin im Osten und Churchill im Westen haben wir bei Friedensverhandlungen nichts zu erwarten. Churchill selbst sagte am Tag der englischen Kriegserklärung, sein Ziel sei die Vernichtung Deutschlands. Das hat er immer wieder bekräftigt. Über Stalin brauchen wir gar nicht erst sprechen. Bitte verschließen Sie also nicht die Augen vor der Realität.«

»Hinzu kommt der Große Krieg«, warf Generalfeldmarschall Fedor von Bock aus der zweiten Reihe ein. Becks Augen verengten sich, während er Rommel fokussierte.

»Herr von Bock hat Recht. In den Augen der Welt haben wir den Großen Krieg begonnen ... und nun ...« Rommel hielt einen Augenblick lang inne und starrte Beck mit festem Blick an. »... und nun *das* ...«, sagte er bloß und jeder wusste, worauf er hinauswollte.

»Also wollen Sie weitermachen?«, resümierte Beck und verschränkte die Arme. »Sie bringen zu Ende, was er begonnen hat, oder wie darf ich das verstehen?«

»Nein!« Rommels Antwort darauf kam entschieden. »Das Kriegsglück steht in diesen Wochen auf der Kippe und unsere Gegner werden mit jedem Tag stärker. Lassen Sie uns jetzt handeln und den Krieg fortsetzen, um mindestens ein militärisches Patt zu erreichen. Dann haben wir eine gute Ausgangslage für Friedensverhandlungen. Im Augenblick allerdings akzeptieren die Alliierten nichts als eine bedingungslose Kapitulation.«

»Und Millionen Deutsche werden dabei umkommen«, warf Beck ein.

»Damit mögen Sie Recht haben. Aber unser Vaterland wird überleben. Wir retten unser Volk davor, von den Alliierten zerrissen und in einen Bauernstaat verwandelt zu werden, der für den englischen oder russischen Wohlstand schuften muss.«

Verdammt, dachte Beck, *der alte Hund hat mich tatsächlich ins Grübeln gebracht. Ist es denn die Möglichkeit?* Und Beck grübelte. Dann, nach Sekunden, die sich wie Ewigkeiten hinzogen, nickte er ganz langsam und sprach: »Nun gut ... aber nur unter folgenden Bedingungen ...«

»Schießen Sie los, Herr General.« Halder knetete seine Hände heftiger.

»Erstens: Entmachtung der ganzen Bande des böhmischen Gefreiten – auch im Offizierskorps. Zweitens: Umgehende Auflösung der Waffen-SS, der SA und anderer Organisationen, denn das Waffenmonopol muss wieder bei der Wehrmacht liegen. Drittens ...«

»Keine Bange«, warf Rommel ein. »Keine Bange. Der Punkt steht ganz oben auf unserer Agenda. Die Verbände von SS und Waffen-SS werden aufgelöst und deren Soldaten über die gesamte Wehrmacht verteilt mit dem Ziel, diese Strukturen vollständig zu zerschlagen. Wie Sie treffend festgestellt haben, das Waffenmonopol muss bei der Wehrmacht als rechtmäßiger Militärinstitution des Reiches liegen.«

»Drittens: Kriegsverbrechen. Eine Regierung, an der ich mich beteiligen soll, darf keine Kriegsverbrechen mehr dulden. Nicht in Russland, nicht in diesen ominösen Lagern. Wer in diesen Punkten Schuld auf sich genommen hat, wird aus dem Kreise deutscher Soldaten ausgeschlossen ... muss ausgeschlossen werden. Eine Regierung, an der ich mich beteiligen soll, muss sich dem Humanismus verpflichten.«

»Da brauchen Sie sich keine Sorgen zu machen. Die SS wird schließlich aufgelöst, die Offiziere der Lagerverbände entlassen. Und die Wehrmacht ist sowieso sauber geblieben«, ertönte die Stimme Halders. Becks Augen verengten sich und er fokussierte den General wie ein Raubtier, das zum Sprung ansetzt. »Wir können über alles reden«, erwiderte er in scharfem Tonfall, »aber Sie brauchen nicht meinen, mich für dumm verkaufen zu können. Dieser Krieg ist ein dreckiger Krieg, und da hat sich keine Seite mit Ruhm bekleckert, auch unsere nicht.«

Einige nickten, andere schienen da anderer Meinung. Doch das war nun nicht wichtig. Wichtig war einzig, dass mit dieser Konversation die Grundpfeiler einer neuen Militärregierung gelegt worden waren.

Beck klatschte dramatisch in die Hände.

»Also dann, meine Herren.«

Er blickte in die Gesichter seiner alten – neuen – Kameraden. Rommel nickte zufrieden.

»Ich hoffe allerdings, hier ist niemand von Ihnen dem Wahnsinn verfallen, bald Wahlen abhalten zu wollen?« Beck schaute in die Runde und nun grinsten alle.

*

Eine Stunde später waren die hohen Offiziere wieder auseinandergegangen. Die Masse der Männer suchte nun Schlaf, um am nächsten Tag in aller Frühe alles Erforderliche in die Wege zu leiten. Bloß Halder und Canaris, der die ganze Zeit schon eine Akte in den Händen hielt, blieben noch einen Moment im holzvertäfelten Flur stehen.

»Bitte«, sprach der Chef der Abwehr, »auch wenn es spät ist. Das hier duldet keinen weiteren Aufschub. Schon schlimm genug, dass Fellgiebel das im Sommer nicht an den Führer weitergeben wollte.«

Der neue Kanzler des Deutschen Reichs, Franz Halder, nahm die Akte entgegen und las den Titel: »Bericht über die Aushebung des sowjetischen Agentennetzwerkes in Warschau.«

An Frau Else Engelmann, 13.4.1943

(23) Bremen
Hagenauer Str. 21

Liebste Elly,

endlich komme ich dazu, Dir wieder zu schreiben, und ich will Dir gleich sagen, daß ich Dich von ganzem Herzen vermisse. Ich wette, Du bist bereits ganz verrückt vor Sorge, weil es zuletzt doch viel Bewegung hier an der Ostfront gab, doch lass Dir bitte gesagt sein, dass Du ganz beruhigt wegen mir sein kannst.

Seit Stalingrad bin ich davon überzeugt, dass unserer Armee eine ganze Division voller Schutzengel beiwohnt. Wenn ich daran denke, was unserer 6. Armee passiert wäre, hätten uns Paulus und von Manstein nicht in letzter Sekunde aus der Stadt geholt! Ich bete jeden Abend seitdem zum Herrgott. Bitte lache nicht über mich!

Zurzeit befinden wir uns zum Glück im Hinterland und wir machen nichts als Ausbildung und schonen uns. Aber ich will Dich nicht mit militärischem Allerlei überfrachten, ich will Dir nur sagen, dass sich einiges hier gebessert hat seit dem Winter! Paulus ist ein fähiger Mann und wird uns wohl nicht verheizen. Aber nun zum Wichtigsten: Wie geht es der Kleinen? Hört sie artig auf ihre Mama? Hast Du schon ruhige Nächte oder jammert der kleine Stinker Dir noch stündlich die Ohren voll? Jetzt ist es schon wieder vier Monate her, dass wir uns gesehen haben, und der nächste Fronturlaub wird noch auf sich warten lassen. So lange muss ich wohl den Sommer in Russland genießen. Es schmerzt mich, Gudruns halbes Leben zu verpassen, aber wenn das alles hier vorbei ist, holen wir die verlorene Zeit nach! Bitte grüß Du ganz lieb meine Mutter und meinen alten Herrn. Er soll endlich aufhören, so viel Kuchen zu futtern! Grüße auch Deine Eltern und Deine Schwester. Ich denke an Euch. Immer. Jeden Tag.

Dein Sepp.

Außerhalb von Mezhove, Sowjetunion, 13.04.1943

In der Beinahe-Katastrophe in und um Stalingrad und den anschließenden harten Kämpfen des Winters in der Region zwischen Stalins Stadt und dem Asowschen Meer hatte das Panzer-Regiment 2 große Verluste hinnehmen müssen. Die Sowjets waren mit einem unglaublichen Aufgebot an Männern und Material gegen die Linien der Heeresgruppen A und B geschwemmt und hatten die Front schließlich bis Maikop und Rostow zurückgedrückt, wo die feindliche Offensive endlich ein Ende genommen hatte und den ausgezehrten deutschen Kräften eine Pause gönnte. Die 16. Panzer-Division war auf 45 Prozent ihres Solls abgeschmolzen und hatte somit dringend aus den Kämpfen herausgezogen werden müssen, was vor vier Wochen endlich geschehen war. Das Panzer-Regiment 2 hatte es nicht ganz so hart erwischt – dennoch, die Auszeit im Hinterland war bitter nötig. Hier wurde das Regiment nun mit Personalersatz und neuen Panzern versorgt.

Leutnant Josef Engelmann saß angelehnt an eine Rotbuche im Schatten einer Ansammlung von Bäumen, die an dieser Stelle die weiten Wiesen des Verfügungsraums durchbrachen. Jener Verfügungsraum war in den Augen Engelmanns alles andere als optimal: Zu viele Freiflächen, zu wenig Bewuchs zum Unterstellen des Materials, doch jeder Protest des Kommandeurs bei der übergeordneten Führung war vergebens gewesen.

Wilde Sonnenblumen, die deutlich kleinere und zerzaustere Blütenblätter hatten als solche, die der Leutnant von den Feldern seiner Heimat her kannte, reckten überall im ukrainischen Tiefland ihre Köpfe in die Höhe, während sich das Gras der Wiesen in saftigem Grün zeigte. Der Frühling war gekommen und mit ihm eine geradezu unbarmherzige Sonne, die gnadenlos die Gräser und Weiden grillte. Es war ruhig, nur das laute Auflachen eines einzelnen Mannes hallte hin und wieder über die Felder. Das war Stabsfeldwebel Kreisel; den kannte jeder im Regiment, und seine Lache war legendär.

Engelmann, recht zufrieden mit seinem Brief, packte nun Schreibzeug und Papier in seine Brusttasche und nahm sich vor, ihn noch heute abzusenden. Der groß gebaute, schlanke Offizier krempelte den linken Ärmel seiner schwarzen Feldjacke hoch und brachte neben seinem verschwitzten Arm ein schweizerisches Uhrwerk zum Vorschein. *11.38 Uhr deutsche Zeit,* stellte er fest und nickte zufrieden. Nun öffnete er seine andere Brusttasche und holte eine rote Dose hervor. Er nahm den Deckel ab, fischte ein dreieckiges Stück Schokolade heraus und schob es sich umgehend zwischen die Zähne.

Ob 25 Grad oder nicht, Scho-Ka-Kola muss sein!, dachte er mampfend und richtete sich auf. Feine Schweißperlen hatten sich unter seinem braunen Schopf gebildet. Seine Haare waren kraus, dick und widerspenstig – so widerspenstig, dass ihnen mit keiner Pomade dieser Welt beizukommen war.

So versuchte Engelmann, sie möglichst kurz zu halten, denn als deutscher Offizier durfte er auf keinen Fall aussehen wie der Struwwelpeter.

Der Leutnant schlenderte gemütlich die Baumgruppe entlang und trat dann auf die offene Wiese, wo ihn die Sonne empfing. Die schwarzen Uniformen der Panzertruppe waren bei so einem Wetter alles andere als ein Geschenk, doch Engelmann blieb nichts anderes übrig, als über die offene Ebene zur großen Baumgruppe dreihundert Meter südlich zu laufen, denn dort standen die Panzer des 1. Zugs der 9. Kompanie – die Panzer seines Zuges. Die Sonne knallte erbarmungslos, sodass Engelmann nun seine Schritte beschleunigte.

Schweiß floss in Bächen an seinem Körper hinab und drang schon bis in die äußeren Uniformteile vor. Wenigstens schützte ihn seine Feldmütze ein wenig vor den Strahlen. Erst jetzt wurde dem Leutnant bewusst, mit was für Luxusproblemen er sich hier in der Ukraine herumschlagen durfte. Vor zwei Monaten noch hatte er um sein Leben kämpfen müssen, hatte sich einen Granatsplitter eingefangen, Erfrierungen an den Fingerspitzen und zeitweise ein Knalltrauma erlitten. *Und jetzt? Jetzt ist mir ein bisschen zu warm, und an manchen Tagen langweile ich mich zu Tode. Was für ein Leben!* Engelmann wünschte sich ganz sicher nicht an die Front zurück und war froh um jeden Tag, den er in der Etappe genießen durfte.

Etappe, ließ er sich das Wort auf der Zunge zergehen und dachte mit Unbehagen daran, dass die schöne Zeit bald schon wieder vorbei sein würde. Die Wehrmacht versuchte bereits seit Längerem, das Wort »Etappe« zu eliminieren, um den Zusammenhalt in der Truppe zu stärken, doch der gemeine Soldatensprech arbeitete langsam und bisweilen auch nicht immer in die gewünschte Richtung.

Engelmann schüttelte diese Gedanken ab und versuchte stattdessen, die Ruhe des Augenblicks zu genießen. Hier in Mezhove hatten die Soldaten des PzRgt 2 sogar die Möglichkeit, nach Stalino in die Oper oder ins Kino zu fahren. Hier war es fast wie im Frieden, auch wenn Engelmann weiterhin eine geladene Pistole, seine »Taschenflak«, am Koppel trug.

Der Leutnant hatte die halbe Strecke über die Wiese bereits hinter sich gebracht und erkannte nun auch deutlich seine Männer, die in einem kleinen Waldstück vor ihm mit den fünf Panzer IV Ausführung F2 seines Zuges zugange waren. Das Regiment hatte kürzlich 58 Rekruten zugewiesen bekommen, die nun schnellstens ihre Vollausbildung erhalten sollten.

Seit letzter Woche schon hatte Engelmanns 1. Zug den Auftrag, die Neuen am Panzer IV auszubilden, mit dem Hauptaugenmerk auf Instandhaltung, technischem Dienst und taktischem Verhalten – wie man so ein Ding bewegt und sich darin verhält, hatten die Jungs immerhin schon auf der Schule gelernt; in der Theorie zumindest. Heute Vormittag bis zur Verpflegung, sowie am Nachmittag stand Abtarnen auf dem Dienstplan, und was der Leutnant aus gut 100 Meter Entfernung sah, gefiel ihm schon sehr gut. Doch er wollte sich nun auch aus der Nähe ein Bild vom Verlauf der Ausbildung machen, obwohl er seinem Sprechfunker und besten Unteroffizier, Feldwebel Nitz, in solchen Angelegenheiten blind vertrauen konnte.

Endlich war der Leutnant bei seinem Zug angelangt. Die fünf Panzer waren hier am Rande des kleinen Waldstücks so weit unter die Bäume gefahren worden, dass die Baumkronen ausreichend Sichtschutz gegen feindliche Flieger boten, auch wenn fast 200 Kilometer hinter der Front eigentlich nicht mit solchen zu rechnen war. Nitz und einige andere Männer aus Engelmanns Zug beaufsichtigten die Rekruten, die wie schwarze Ameisen um und auf den Panzern herumwimmelten, um sie mit Ästen und Blattwerk zu tarnen. Weitere Rekruten schafften von den umliegenden Bäumen massig Astwerk heran, das vor Ort mit Fuchsschwänzen und Taschenmessern auf die richtige Größe zurechtgesägt wurde. Beim Tarnen war das Wichtigste das Verwischen der Konturen, und was Engelmann hier sah, stellte ihn sehr zufrieden.

Die Panzer IV Ausführung F sahen ein bisschen aus wie eckige, dreistufige Pyramiden mit rechteckigem Fundament: Auf die breite Wanne baute ein rechteckiger, kleinerer Korpus auf, aus dem vorne rechts die Mündung eines Maschinengewehrs 34 herausragte. Auf diesem mittleren Korpus wiederum thronte ein in seiner Grundform rechteckiger Turm, der mit einem 7,5-Zentimeter-Rohr versehen war, das in der Ausführung F2 vorne noch über die Wanne hinausragte. Insgesamt bestach der Panzer IV durch seine kantige Gestaltung und fiel daher durch seine sehr scharfen Konturen rasch auf, die so in der Natur nun mal nicht vorkamen. Aus diesem Grund war es so wichtig, das Hauptaugenmerk bei der Tarnung auf die Konturen zu legen, um den Panzer von Weitem möglichst in einen grünen Klumpen zu verwandeln, der auch als Buschreihe durchgehen konnte.

Feldwebel Nitz – wie gesagt, ein guter Mann – wusste natürlich, dass man im Gelände keine Meldung machte, also stapfte er nun, als er den Leutnant erblickte, bloß auf ihn zu, um ihm vom Stand der Ausbildung zu berichten.

»Herr Leutnant, die Ausbildung verläuft wie besprochen«, meldete der Feldwebel und zupfte sich dabei an seinem feinen Schnurrbart. Nitz war einige Jahre älter als Engelmann und stets und ständig ein überaus korrekter Soldat. Seine Untergebenen betitelten ihn in seiner Abwesenheit oft als »Papa Nitz«, weil er immer ein Ohr für ihre Sorgen und Nöte hatte und nur selten den Schleifer gab. Dem Umstand, dass er aus der Nähe von Leipzig stammte, verdankte er außerdem seinen hervorstechenden Dialekt.

»In Ordnung. Wie ich sehe, kommen Sie bis zum Mittag durch?«

»Jawohl, das schaffen wir. Nach dem Essen machen wir dann wie gesagt mit den Tarnnetzen weiter.«

Von den Grundlagen zum Komplexen. So muss es sein, freute sich Engelmann innerlich.

»Und wie geht es Ihrem Rücken?« Hier hinter der Front konnten die Soldaten langsam ihre über die letzten Monate gesammelten Wehwehchen auskurieren: Eiterflechten, Gliederschmerzen und Läusebefall waren im russischen Winter keine Seltenheit und konnten an der Front oft nicht umgehend behandelt werden. Hier in der Etappe jedoch ging es den Männern merklich besser – dafür stieg allerdings die Zahl der Geschlechtskranken sprunghaft an, obwohl die Wehrmacht fleißig Kondome verteilte. Nitz hingegen plagten seit Monaten schon teils heftige, teils erträgliche Rückenschmerzen, gegen die noch kein Truppenarzt ein Mittel gefunden hatte.

»Es muss, Herr Leutnant. Es muss«, erwiderte er mit zusammengekniffener Miene.

»Dann weitermachen«, gab Engelmann dem Feldwebel zu verstehen. Dieser wandte sich umgehend den Rekruten zu.

»Nein! Nein, nein, nein, nein, nein!«, stöhnte Nitz plötzlich auf, als er sah, was die Rekruten am Zugführerpanzer, auf dessen Rohr in weißen Lettern »Elfriede« geschrieben stand, nun veranstalteten. »Ihr könnt doch keine dicken Stöcke zwischen die Laufräder stopfen, Männer!« Als die Worte noch nachhallten, stand Nitz bereits neben dem Panzer und zupfte massives Astwerk aus den Ketten, während drei Rekruten in schwarzen Panzeruniformen danebenstanden und sich reumütig zeigten. Und dann begann Nitz den Jungs zu erklären, warum das nicht gehe und was man bei den Ketten stattdessen in Sachen Tarnung machen könne, ganz so, wie manch einer seinem Kind ein Buch vorlesen würde. Engelmann musste grinsen. Er mochte solche Leute – Leute, die ihren Kopf und die Sprache benutzten, statt die Männer einfach nur mit Sport und Drill zu schinden. Er betrachtete die Szenerie noch einen Moment lang, dann wandte er sich ab; er hatte schließlich noch einen Brief wegzubringen. In weiter Ferne begann es leise und gleichmäßig zu röhren. Engelmann blickte auf und sah, wie sich eine Propellermaschine rasch aus nordöstlicher Richtung näherte. Unbeeindruckt wandte er seinen Blick wieder ab und verließ den Verfügungsraum seines Zugs. Er hatte gute 1.500 Meter zu laufen, um den Kompaniegefechtsstand zu erreichen, wo auch das motorisierte Postamt seine Zelte aufgeschlagen hatte. Über ihm rauschte der Flieger dahin. Das Rattern des Propellermotors – eine Seltenheit mittlerweile am Himmel – brachte Engelmann wieder ins Grübeln, wobei er dieses Mal an die Gesamtlage denken musste. Er schaute der Zukunft mit sehr gemischten Gefühlen entgegen. Wahrlich, seit dem Winter hatte sich einiges gebessert, doch das waren allesamt »interne« Angelegenheiten. Die Situation an den Fronten bewertete er als äußerst kritisch. Der Zweifrontenkrieg, den Hitler angeblich immer hatte verhindern wollen, war mit dem Bombenkrieg der Alliierten lange schon Realität, und eine Invasion im Westen schwebte quasi als dumpfe Vorahnung in der Luft. Engelmann war froh, dass Halder im Winter wenigstens den Wahnsinn in Nordafrika beendet hatte, so waren einige

Truppen für andere Frontabschnitte freigeworden. Doch es war nicht nur die Gesamtlage auf der Weltkarte, die Engelmann mit Sorgen erfüllte, vielmehr hatte er das Gefühl, täglich auf subtile Art mit all den Unzulänglichkeiten konfrontiert zu werden, die das Reich am Ende den Sieg kosten könnten: Es fing bei so Kleinigkeiten wie den Flugzeugen am Himmel an.

Zu Beginn des Ostkrieges war das ganze Firmament bedeckt von den Maschinen der Luftwaffe gewesen, und brauchte man vorne im Gefecht Unterstützung, waren ruck zuck die Stukas da. Letztes Jahr dann waren schon deutlich weniger Flieger in der Luft gewesen, um die Frontsoldaten zu unterstützen, und diesen Winter glaubte Engelmann erstmals mehr feindliche als eigene Maschinen ausgemacht zu haben.

Das war eine Beobachtung, die sich durch alle Bereiche der Wehrmacht zog. Und Verluste konnten kaum noch ausgeglichen werden. Wann war Engelmann zum letzten Mal einer Einheit begegnet, die im Soll stand? Er wusste es beim besten Willen nicht.

Er wusste auch nicht, wie lange die Wehrmacht noch in der Lage sein würde, diesen Krieg zu führen, wenn sie nicht bald irgendwo einen Durchbruch erzielte. Hatte es 1941 noch einen deutschen Angriff auf breiter Linie gegeben, der sich auf über 2.500 Kilometer entfaltete, hatte es ein Jahr später schon nur noch für eine Offensive gegen die südliche Hälfte der Front gereicht.

Und in diesem Jahr?, ratterte es in Engelmann, während das gleichmäßige Summen des Flugzeugs nicht abreißen wollte.

Die ständigen Ausbildungsvorhaben der letzten Wochen, die sich auf Taktik und Angriffsbewegungen konzentrierten, deuteten an, dass etwas im Busch war. Engelmann glaubte allerdings nicht, dass die Wehrmacht noch einmal die halbe Ostfront mit einer Offensive würde bedienen können.

Er war sich sicher, dieses Jahr würde der Angriff bloß noch einem einzelnen Abschnitt gelten. *Wenn das so weitergeht, heißt unser Kriegsziel im nächsten Jahr, Feld XY einzunehmen.* Engelmann bekam ein mulmiges Gefühl bei solchen Gedanken, also schüttelte er sie rasch wieder ab. Noch war nichts verloren, und mit Halder an der Spitze sowie von Manstein und Paulus hier im Osten durfte er zumindest auf fähige Männer bauen.

Der Leutnant strich sich über den Reichsadler auf seiner Brust und das darunter zur Unkenntlichkeit vernähte Hakenkreuz. *Ja, seit dem Winter hat sich einiges verändert.*

Leutnant Engelmann hörte, wie der Flieger in seinem Rücken wieder lauter wurde, sich also näherte. Er drehte sich um und beobachtete, dass die Propellermaschine beidrehte und zum Verfügungsraum seines Zugs zurückkehrte.

Plötzlich weiteten sich seine Augen: Das war ein Sowjetflieger! Noch ehe er hätte reagieren können, setzte das Biest zum Sturzflug an. Bordkanonen wummerten. Engelmann warf sich zu Boden und hielt sich beide Hände über den Kopf. Instinktiv öffnete er den Mund, damit es im Falle einer Explosion in seiner Nähe seine Lunge nicht zerfetzte. Doch die Projektile waren nicht für ihn bestimmt. Sie schlugen in das Waldstück vor ihm ein, in dem sich seine Panzer befanden – und seine Männer! Engelmann konnte nichts unternehmen, bloß tatenlos zuzusehen, während in seinem Kopf ein rasches Vaterunser durchratterte. Der rote Erdkampfbomber beendete sein Höllenfeuer, als er dem Boden gefährlich nahegekommen war, drehte ab und jagte hinfort. Sekunden später war er bereits aus Engelmanns Blickfeld verschwunden. Das Röhren des Propellers wurde leiser, dafür ertönte ein heller Schrei. Nitz sprintete aus dem Waldstück.

»Wir brauchen hier sofort einen Sanitäter!«

Nördlich von Orel, Sowjetunion, 14.04.1943

Außerhalb von Orel war der Abend ruhig. Obwohl die Stadt, die der Wehrmacht als Umschlagplatz für Nachschub diente, nur wenige Kilometer von der Front entfernt lag, war weder Artilleriefeuer noch sonstiger Kampflärm zu hören. Seit Wochen schon stand die Front weitgehend still, doch auf deutscher Seite wurde deutlich, dass sich etwas zusammenbraute. Mittlerweile erreichten fast täglich Eisenbahnen mit Panzern die Stadt, während große Verbände im Umland zusammengezogen wurden. Unteroffizier Berning, ein schlanker, fast schon dürrer Kerl von 23 Jahren, hatte vor einer Woche, als er in der Innenstadt den Truppenarzt aufgesucht hatte, sogar einige dieser Tiger-Panzer gesehen, die derzeit in aller Munde waren. Bei jenen Panzern handelte es sich um kantige und große Biester, größer noch als der Panzer IV. Nun aber war ein anderes Ereignis in den Mittelpunkt seiner Aufmerksamkeit gerückt. Berning zupfte sich an seinen schwarzen Haaren, die am Pony lang und zurückgekämmt und an den Seiten ganz kurzgeschoren waren und unter seiner Feldmütze hervorlugten. Währenddessen lauschte er den Stimmen, die die Luft erfüllten – sie transportieren laute und aggressive Worte. Kein Zweifel, ein Streit lag in der Luft.

Der Unteroffizier und seine Gruppe waren in einer verlassenen Scheune untergezogen und hatten es sich nun zwischen Heuballen und Holzplanken gemütlich gemacht, während der Schein zweier Taschenlampen feine Lichtkegel in die Dunkelheit zeichnete. Die Soldaten mussten natürlich aufpassen, dass das Licht das Gebäude nicht verließ, schließlich wollten sie nicht zum Ziel für feindliche Sturzkampfbomber werden. Glühende Punkte tanzten hie und da durch die Luft, nämlich überall dort, wo ein Soldat eine Zigarette rauchte. Die gesamte Schnelle Abteilung 253 lag hier – nördlich von Orel – in einem verlassenen Bauerndorf in Stellung und war derzeit mit der Bekämpfung gut organisierter Partisanengruppen beschäftigt, deren Zahl auf mehrere tausend, teils gut ausgebildete Kämpfer geschätzt wurde. An diesem Tag erst wieder waren zwei Einheiten der Abteilung im Verbund mit motorisierten Kräften des Panzer-Grenadier-Regiments 63 gegen Lagerstätten des Feindes vorgegangen und konnten die Operation als vollen Erfolg verbuchen. Die Gruppe Berning war nicht dabei gewesen.

Allgemein ließ sich sagen: Die Wehrmacht hatte die Probleme in dieser Region seit Neujahr – vor allem durch die weniger repressive Politik gegenüber der Zivilbevölkerung in Verbindung mit gezielten Operationen gegen bewaffnete Kräfte – spürbar in den Griff bekommen. Der Einsatz an diesem Tag war zugleich Anlass für den Streit, der wahrscheinlich noch am anderen Ende des Dorfes zu vernehmen war: Im Nachbargebäude lag der Stab des Abteilungskommandeurs, der seine Wut gerade in tosendes Gebrüll umwandelte. Berning vermutete, dass alle Kompaniechefs anwesend waren, doch zu hören war neben dem Kommandeur bloß einer: Oberleutnant Haus, Führer der »schwarzen Kompanie«, der ebenso schrie und fauchte, als würden beide sich in einem Wettbewerb der Lautstärke zu übertrumpfen versuchen. Die Stimmen drangen bloß dumpf an die Ohren der Soldaten, doch sie verstanden jedes Wort:

»Ich dulde nicht länger, dass in meinem Verantwortungsbereich so eine Sauerei passiert! Sie und Ihre Männer sind nichts als ein Haufen von Wegelagerern, und es ist eine Schande, eine einzige Schande, dass Sie unsere Uniformen tragen!«, brüllte der Kommandeur.

Berning und seine Männer wussten natürlich, worum es ging, denn der Buschfunk hatte die Ereignisse des Tages bereits in Form von Gerüchten verbreitet: Man munkelte, die schwarze Kompanie habe bei einem Munitionslager der Partisanen mehrere aufgefundene Frauen erschossen – unbewaffnete Frauen.

»Bei allem Respekt, aber wachen Sie auf!«, schlug die Stimme von Haus mit voller Kraft zurück. »Wir führen hier Krieg und sind nicht im Pfadfinderlager. Wenn wir mit diesen Leuten keinen kurzen Prozess machen, werden Sie hier bald mehr als bloß ein paar Partisanen haben!«

»Reden Sie nicht so einen Nonsens! Die Zeiten haben sich geändert, und wir können es uns nicht leisten, die Zivilbevölkerung mit Füßen zu treten!«

»Ich bitte Sie, Oberst, ...«

»HERR! Verdammt noch mal, da kommt ein ›Herr‹ vor den Dienstgrad! Ich hätte Sie niemals als Kompanie bestehen lassen dürfen, als Sie meinem Verantwortungsbereich übergeben worden sind! Ich hätte Sie gleich zerschlagen und aufteilen sollen, so wie es viele andere Kommandeure getan haben!«

»Auch wenn Sie mir vorgesetzt sind, verbitte ich mir, in diesem Ton über meine Männer zu sprechen! Meine Männer sind Soldaten und Sie haben stets ihre Pflicht getan ...«

»... Ihre Pflicht ...?«

»Jawohl, ihre Pflicht! Und ich kann mich an Zeiten erinnern, in denen unsere Leistungen wertgeschätzt wurden – auch und gerade von den Kameraden der Wehrmacht. Es ist eine Ungeheuerlichkeit, wie wir plötzlich in dieser Armee behandelt werden!«

»Glauben Sie eigentlich selbst, was Sie da reden? Jedenfalls haben Sie das heute nicht umsonst gemacht!«

»Fein, Herr Oberst. Ich stehe mit erhobenem Haupt zu meinen Handlungen und kann sie jederzeit und vor jedem Gericht verteidigen. Ich habe bloß dem Vaterland gedient.«

»Das haben Sie nicht umsonst gemacht, Haus! Ich werde ihre Kompanie noch heute Nacht auflösen und auf die anderen Einheiten aufteilen! Sie aber, und ebenso Zugführer Raumann, sind mit sofortiger Wirkung von allen Aufgaben entbunden. Sie beide können sich einen Stuhl schnappen, in den Raum nebenan setzen und auf besseres Wetter warten, denn vorerst nehmen Sie an keinen Operationen mehr teil. Ich werde den Vorfall dem Kommando melden, und wir werden abwarten müssen, wie die über Sie entscheiden.«

»Dann teile ich Ihnen hiermit mit, dass ich mich über Ihr Auftreten gegenüber meinen Männern und mir beschweren werde!«

»Tun Sie das. Das ist Ihr gutes Recht. Und jetzt gehen Sie mir aus den Augen!«

Der Abend hatte plötzlich seine Stille wieder und die Soldaten wandten sich anderen Dingen zu. Berning aber befielen wieder die eigenen Gedanken. Der Kelch des Kampfeinsatzes war an diesem Tag an ihm vorbeigegangen – und er war aus mehreren Gründen froh darum.

*

Zwei Stunden vergingen. Berning hatte Probleme damit, einzuschlafen, da ihn Gedanken an die Zukunft quälten. Die Ereignisse der letzten Wochen wiesen darauf hin, dass etwas Großes bevorstand. Neben dem Bekämpfen von Partisanen hatte Bernings Einheit nämlich vor allem eines betrieben: Ausbildung. Überwinden von Drahtsperren, ewige Sandkastenspiele mit den immer gleichen Geländebildern und Nahkampf in der Stellung. Noch konnte niemand sagen, was es war, doch die Spatzen pfiffen bereits von den Dächern, dass die Wehrmacht bald ihre diesjährige Offensive beginnen würde.

Berning beunruhigte das, denn er brauchte keinen Krieg und keinen Angriff. Er wäre am liebsten bis zum Endsieg irgendwo zig Kilometer hinter der

Front geblieben. Berning wollte gerade die Augen schließen, da trat eine breitschultrige Gestalt in die Scheune und blickte sich um. »Unteroffizier Berning?«, hallte eine raue Stimme durch den Raum.

»Hier.« Selbst in diesem einen Wort kam der österreichische Dialekt des Unteroffiziers zur Geltung. Berning richtete sich halb auf und kramte mit einer Hand nach seiner Taschenlampe, denn es war stockdüster. Die Gestalt trat vor ihn und nahm Haltung an.

»Obergefreiter Steffen Kolter zur Stelle!«, meldete er sich. Berning betätigte schlaftrunken die Lampe und leuchtete sein Gegenüber direkt an. Ein kräftiger Kerl mit Halbglatze, grauem Haaransatz und einer dicken Knollennase kniff die Augen ob des plötzlichen Lichtscheins zusammen.

»Was wollen Sie hier?«, fragte Berning. Neben ihm wachte einer seiner Soldaten auf und reckte langsam den Kopf in die Höhe.

»Soll mich hier melden, Befehl vom Oberst. Ich bin Ihrer Gruppe zugeteilt worden.«

Berning nickte langsam.

»Gut«, sagte er und überlegte. »Suchen Sie sich erst einmal einen Platz zum Schlafen.«

»Klasse«, freute sich der Soldat neben Berning und zeigte die Zähne, die als weiße Leisten in der Dunkelheit schimmerten. »Wir können morgen jede helfende Hand gebrauchen, wenn wir die Feldduschen aufbauen tun.« Der Mann, der sich nun eine Zigarette anzündete, hieß Rudi Bongartz. Er war sowieso stets mit einer Zigarette im Mundwinkel zu sehen. Selbst wenn es nur wenige Kippen pro Person täglich gab, Bongartz schaffte es irgendwie, seinen Bedarf zu decken. Der Gefreite war ein großer und schlanker Soldat mit schwarzen Haaren, einem für Mitteleuropäer ungewöhnlich dunklen Hautteint und einfachen Ausdrucksformen.

»Prima Idee, Gefreiter Bongartz. Also dann«, sagte Berning und gähnte.

»Nein«, lautete die kurze und gelassene Antwort Kolters.

»Nein, was?«

»Einfach nein. Unteroffizier, ich habe nicht die härteste Ausbildung der Welt genossen und ich habe auch nicht mit den besten Soldaten aller Zeiten gekämpft, um jetzt irgendwelche Duschen zusammenzuschustern. Für so etwas werden hier doch sicher ein paar Rekruten herumhüpfen.«

»Ähem, wie nein ...?« Berning, der deutlich jünger war als Kolter, fühlte sich, als hätte ihm jemand ein Brett mit voller Wucht vors Gesicht geschlagen. Er war völlig überrumpelt und wusste nicht, was er sagen sollte. So etwas hatte er noch nie erlebt!

»Herr Obergefreiter, wenn ich Ihnen einen Befehl ...« Doch Kolter drehte sich bereits um und entschwand in die Dunkelheit der Scheune, während noch ein »Ich geh pennen« seine Lippen verließ.

»Herr Obergefreiter … ähem … Herr Obergefreiter …« rief ihm Berning hinterher, doch Kolter schien das nicht zu stören. Berning blickte völlig verdutzt drein, dann starrte er Bongartz an, den er in der Dunkelheit nur schemenhaft wahrnahm. Der Gefreite zuckte mit den Schultern und drückte dann seine Kippe auf dem Scheunenboden aus.

Obojan, Sowjetunion, 17.04.1943

Genosse Zampolit (der politische »Berater« des Verbandes, denn der politische Kommissar war 1942 abgeschafft worden) wedelte wild mit den Armen, als er vor den 120 anwesenden Soldaten die Herrschaft des Proletariats als die größte Errungenschaft des 20. Jahrhunderts anpries, die es nun gegen den Faschismus in Bruderschaft mit dem Kapitalismus zu verteidigen gelte. Mahnend hob er seinen Zeigefinger und verwies darauf, dass es in diesem Krieg nicht darum gehe, eine Region oder eine Stadt zu verteidigen. Es gehe um nichts weniger als um die Verteidigung der Freiheit aller Arbeiter und Bauern. Genosse Zampolit breitete die Arme aus, als wollte er ein Unwetter heraufbeschwören, und spuckte seine Worte förmlich aus, als er von den deutschen Barbaren sprach, die in der Allianz der Unterdrückung zusammen mit den Italienern, den Finnen, den Ungarn, den Rumänen, den Bulgaren und den Japanern Verbrechen gegen die Menschlichkeit begehen würden, indem sie den freien sozialistischen Arbeiterräten den Krieg aufgezwungen hätten.

Dann aber wurde Zampolit plötzlich ganz ruhig und fuhr mit sanfter Stimme fort, sodass die Genossen in den hinteren Reihen ihn kaum mehr verstehen konnten. Die Augen des Redners glühten förmlich, als er Herbert Baum zur Sprache brachte. Einen Moment lang hielt er inne und ließ seinen Blick prüfend über das Auditorium schweifen. Natürlich konnte niemand etwas mit dem Namen anfangen. Also erzählte der Genosse Zampolit die Geschichte von Herbert Baum, einem deutschen Kommunisten, den die Nazis brutal gefoltert und dann ermordet hätten, weil er von der Freiheit, von der Gleichheit und von der Herrschaft aller Arbeiter geträumt habe. Die Rote Armee, der bewaffnete Schulterschluss der sozialistischen Arbeitergemeinschaft, sei also nicht bloß auf einer Mission zur Verteidigung des Mutterlandes, so Zampolit weiter. In diesem Krieg gehe es darum, ihre unterjochten Brüder in Europa von der Unterdrückung durch den Faschismus und den Kapitalismus zu befreien, um den frei denkenden Völkern Europas den Sozialismus zum Geschenk zu machen. Es gehe um so viel mehr als nur um das eigene Leben, die eigene Familie, das eigene Land, mahnte Genosse Zampolit mit eiserner Stimme an. Es gehe um die Freiheit der Menschheit!

Genosse Rjadowoi Arthur Petrosjan konnte die Augen kaum offenhalten, und das, obwohl er stehen musste, so wie alle Genossen während dieser politischen Unterrichtung. Was interessierten ihn – einen armenischen Bauernsohn – irgendwelche Arbeiterräte in Italien? Bis vorletztes Jahr hatte er sein Heimatdorf nie verlassen, und nun plötzlich musste er tausende Kilometer von zu Hause entfernt gegen Deutsche kämpfen. Arthur verstand das alles nicht, verstand diesen Krieg nicht. Mehr aber noch begriff er ihn einfach nicht als seinen Kampf. Natürlich würde er sein Desinteresse niemals öffentlich kundtun. Mit aller Macht kämpfte er gegen die Müdigkeit und den Schlafmangel an, immerhin hatten die Ausbilder seine Kompanie mitten in der Nacht geweckt und seitdem geschunden. Seine Lider waren so schwer und zitterten, doch vorne neben dem Genossen Zampolit standen die Offiziere seiner Einheit. Sie würden jedes Anzeichen von Müdigkeit mit Prügel bestrafen – oder Schlimmerem.

Also kämpfte Arthur weiter. Gedanken an seine Heimat fluteten sein Hirn. Zuhause würde er jetzt vermutlich die Schweine und die Hühner füttern, während die Babuschkas ein wahres Festmahl zubereiteten: Schweinebraten, Brot, Eier, Käse. In der Armee hingegen bekam Arthur nur Dreck zu fressen! Oder deutsche Kugeln, wenn man ihn wieder auf so eine Selbstmordmission schicken würde! Arthur spürte, wie die Wut in ihm anstieg. Warum hatten diese Sozialisten ihn aus seinem Dorf zerren müssen? Was ging ihn das Ganze hier an? Ideologien waren für ihn nicht von Belang! Er wusste ja nicht einmal, wie man Ideologie schreibt. Sollten sie doch kommen, die Deutschen! Arthur war das gleich. Dann würden halt andere über das Land herrschen, auf dem der Hof seiner Familie stand. Das würde am Ende doch auch nichts ändern und das Leben würde weitergehen. Die Wut schnürte Arthur die Kehle zu. Er spürte, wie ihm eine Mordshitze in den Kopf stieg und sein Herz wild zu schlagen begann. Er wäre am liebsten nach vorne gegangen und hätte dem Genossen auf die Schnauze gehauen, der gerade irgendetwas von einer Pariser Kommune brabbelte. Danach würde Arthur nach Hause gehen wollen, zu seinem Vater, seiner Mutter und seiner Großmutter, die ihn stets ermahnte, in die Tukh Manuk-Kapelle zu gehen, um dem Schwarzen Jungen zu huldigen. Großmutter war so religiös!

Arthur wollte nach Hause, und nun, wo er die Wut erfolgreich bekämpft hatte, kamen ihm fast die Tränen. Ein flaues Gefühl machte sich in seinem Magen breit. Ja, er wollte wahrlich nach Hause. Vater brauchte doch seine Hilfe bei der Arbeit, seitdem ihm aserbaidschanische Banditen einst alle Finger gebrochen hatten. Ständig hatte er Schmerzen in den Händen und nun musste er auch noch alles allein bewerkstelligen. Arthur tat es richtig weh, seine Familie im Stich lassen zu müssen. Am meisten aber sehnte er sich nach Sesede, der vollbusigen, schwarzhaarigen Schönheit mit ausreichend Polster um die Hüften. Oh, nun gingen Arthurs Gedanken plötzlich in eine ganz andere Richtung und sein Körper reagierte sofort. Er wollte sie, er wollte sie so sehr. Sie hatte ihn bereits einmal zwischen ihre Beine gelassen, in der Nacht, bevor er fortmusste. Und sie hatte ihm versprochen, sie würde seine Frau werden, wenn er zurückkehrte. Ja, selbst die Eltern waren einverstanden! Nun wollte Arthur nur umso mehr nach Hause.

Außerhalb von Mezhove, Sowjetunion, 18.04.1943

Befehlsausgabe! Die Zugführer, der Kompaniehauptfeldwebel, der Kompanietruppführer sowie der Chef standen am Befehlspanzer der Kompanie, einem Panzer III, der ein bisschen wie ein noch nicht ausgewachsener Panzer IV aussah und dessen Kanone eine Attrappe war. Die Wanne des Panzers war dafür mit allerlei Fernmeldetechnik ausstaffiert. Als Befehlspanzer erkennbar war er dennoch auch von außen, denn eine recht auffällige Rahmenantenne wand sich hinter dem Turm an einem Aufbau entlang.

Der Kompaniechef, ein erfahrener Mann, der auf die 50 zuging und dessen Gesicht mit Schmissen übersät war, blickte mit finsterer Miene in die Gesichter seiner Unterführer. Eine Karte, die den gesamten europäischen Teil Sowjetrusslands und sogar ein Stück von Asien zeigte, lag vor den Füßen der Soldaten ausgebreitet, und der Chef hielt einen langen Stock in seiner Hand, mit dessen Spitze er beständig die eingezeichnete Frontlinie – die Ostfront – entlangfuhr.

Vom Ladogasee im Norden bis nach Maikop im Süden hatte die Wehrmacht eine Front von über 2.500 Kilometer Länge zu unterhalten. Zwischen Orel und Belgorod – beide Städte befanden sich in deutscher Hand – ragte das Gebiet um die Industriestadt Kursk wie ein Felsvorsprung in das von den Deutschen gehaltene Gebiet hinein. Engelmann ahnte, dass es mit dem »Urlaub« nun vorbei war.

»Die Division hat ihre Marschbefehle erhalten«, begann der Chef. »Alle Teile der Kompanie stellen daher umgehend Marschbereitschaft her. Stellen Sie sich darauf ein, dass wir ab dem 21. April von Stalino mit der Reichsbahn gen Front verlegen werden. Alle Einzelheiten folgen morgen früh, aber so viel schon mal vorweg: Wir werden uns an einer Operation zur Begradigung des Frontbogens bei Kursk beteiligen, genannt Unternehmen *Zitadelle*.«

»Wie lautet der Plan?«, wollte Engelmann wissen.

»Es ist ganz einfach: Wir stoßen mit zwei Angriffskeilen in die Flanken.«

»Von Manstein will die Front begradigen, um Kräfte freizumachen, heh?«, sinnierte Engelmann laut. Die anderen Zugführer nickten stumm und starrten auf die Karte.

»Geplant ist eine Zangenbewegung aus Norden und Süden über Olchowatka beziehungsweise Prochorowka«, erwiderte der Chef und zeigte mit seinem Stock auf die in die Karte eingezeichneten Ortschaften, die beide knapp hinter der Frontlinie auf der sowjetischen Seite lagen.

»Wir haben durch den Frontbogen nicht nur die Möglichkeit, die Front zu begradigen«, erklärte der Chef weiter, »sondern auch massierte Feindkräfte durch die Zangenbewegung einzuschließen und zu vernichten.«

Engelmann runzelte die Stirn und rieb sich über das Kinn. »Der Russe wird sich ausrechnen können, dass wir dort angreifen«, sagte er. »Außerdem ist das gar nicht Mansteins Art. Hatte der Feldmarschall nicht das Schlagen aus der Nachhand als unsere einzige Option gepredigt?«

Der Chef schüttelte vehement den Kopf. »Nicht von Manstein«, gab er zurück, »*Zitadelle* hat der Kanzler selbst durchgesetzt – gegen einigen Widerstand aus dem Offizierskorps, wie man sagt.«

»... geht das schon wieder los ...«, murmelte Engelmann und schüttelte langsam den Kopf.

»Nein. Halder hat vollkommen recht.« Das Antlitz des Chefs strahlte Überzeugung und Zuversicht aus. »Wir müssen handeln. Meine Herren, wir holen uns die Initiative im Osten zurück.«

Engelmann wollte das noch nicht so recht glauben.

Luzern, Schweiz, 18.04.1943

Der Tag, der über Luzern heranbrach, begann bereits in der Dämmerung mit Regen.

Ein kräftiger Kerl namens Thomas Taylor, breites Kreuz und Sommersprossen im Gesicht, blickte mit müden Augen durch das Fenster der winzigen Wohnung auf die Reuss, die die Stadt quasi in zwei Hälften zerteilte und nun Abermillionen von Regentropfen auffing. Taylor wischte sich mit der rechten Hand durchs Gesicht und spürte, dass er ganz dringend einen Kaffee brauchte, doch die Jungs von der Abwehr hatten natürlich mal wieder gar nichts vorbereitet. Taylor war froh, dass sie wenigstens daran gedacht hatten, ihm ein Bett in die Wohnung zu stellen.

Diese verdammten Bürokraten!, fluchte er im Geiste. *Die Arschgeigen können ihren Scheiß nächstes Mal selber machen!* Der Duft von verbranntem Tabak erfüllte die Luft. Taylor zog an seiner Zigarette und stieß den Qualm in langen Bahnen aus.

Der junge Mann blickte auf seine Armbanduhr und streckte sich. Er musste sich sputen ... und er fühlte sich scheußlich. Kein Wunder bei der Odyssee, die er in den letzten Tagen hinter sich gebracht hatte. Taylor streifte sich mit einer Hand durch das rote Haar und klimperte mehrfach mit den Augenlidern. *Na ja, spätestens der Regen draußen wird mich wachmachen.* Er blickte abermals aus dem Fenster. Draußen ergoss sich ein wahrer Wolkenbruch über Luzern. Laut prasselten die Tropfen gegen die Dächer der Häuser.

Himmel, Arsch und Zwirn!, flutete er sein Hirn noch einmal mit Vulgärausdrücken, daraufhin griff er nach seinen Klamotten und begann damit, sich anzuziehen: Hemd, Hose, Schlips. Eine Uniform wäre im lieber gewesen, aber das käme wohl hier in der Schweiz nicht so gut an.

Warum hielt sich Taylor in Luzern auf? Diese Frage hatte auch er sich oft gestellt und war immer wieder zu einer sehr zufriedenstellenden Antwort gelangt: weil er der Beste war. Taylor hatte sich über die Jahre mehr und mehr unentbehrlich für seine Einheit gemacht, was vor allem seinem multinationalen Hintergrund und seinen multiplen Sprachtalenten geschuldet war – und natürlich seinen soldatischen Talenten, das durfte nicht vergessen werden. Taylor, Jahrgang 1920, war ein zunächst in Polen lebender Deutscher mit schottischem Vater. Mit diesem Hintergrund beherrschte er neben Deutsch auch Englisch und Polnisch absolut fließend, kannte darüber hinaus die entsprechenden Kulturen und Gepflogenheiten und konnte sich somit jederzeit als Engländer, Schotte, Ire, Pole und vielleicht sogar als US-Amerikaner ausgeben. Durch seine deutsche Reichsbürgerschaft, denn er war auf deutschem Boden geboren worden und hatte eine deutsche Mutter, und dank seiner Militäraffinität hatte er sich im Jahr 1938 zum Dienst in der Wehrmacht gemeldet. Danach half ihm der Zufall: Über eine Abfrage an seine Einheit brachte ihn sein damaliger Divisionskommandeur mit Oberst i. G. von Lahousen zusammen, der auf der Suche nach Polnisch sprechenden Soldaten und Zivilisten war. So kam es, dass Taylor nicht bloß als einfacher Fußsoldat den Polenfeldzug miterlebte, sondern noch vor Kriegsbeginn nach Breslau geschleust wurde, um jenseits der Grenze als Teilnehmer des *Kampfverbandes Ebbinghaus* wichtige Industrieanlagen zu besetzen und bis zum Eintreffen der Wehrmacht zu halten. Danach ging alles ganz schnell: Als das Deutsche Reich im Oktober '39 die erste Kommandoeinheit in Form von zwei Kompanien aus der Taufe hob, war Taylor von Anfang an mit von der Partie. Er war froh, in der mittlerweile divisionsstarken Einheit, die allgemein hin als »Brandenburger« bekannt war, dienen zu dürfen. Zum einen fühlte Taylor sich einfach zu mehr berufen, als nur in einem Schützenloch an der Front zu versauern. Taylor gefiel der Nervenkitzel seines abenteuerlichen Berufes und – dies war vielleicht der wichtigste Punkt – er wollte sich möglichst unentbehrlich für sein Land machen, und nur in einer Spezialeinheit kann dies einem einzelnen Soldaten wirklich gelingen. Thomas hatte den Rassenwahn einiger Deutscher bereits kennengelernt; und auch wenn derzeit alle Zeichen auf Besserung standen, so fürchtete er trotzdem, möglicherweise irgendwann doch noch unter die Räder zu kommen. Er fühlte sich jedenfalls als Deutscher und tat das, was er als seine Pflicht für das Reich hielt.

Wie es allerdings zu dieser Geschichte in der Schweiz gekommen war, lässt sich recht simpel zusammenfassen: Die Abwehr benötigte für einen speziellen Auftrag jemanden, der sowohl als Engländer als auch als Schweizer durchgehen konnte, und da jene Abwehr, der ursprüngliche Urheber des Ebbinghaus-Verbands, immer schon eng mit den Brandenburgern zusammengearbeitet hatte, hatte man sich natürlich auch dort nach Personal umgeschaut und war schließlich bei Unteroffizier Thomas Taylor hängengeblieben. Nun war Taylor wahrlich kein Schweizer, dafür aber mit einem wichtigen Talent gesegnet: Er war perfekt darin, andere nachzuahmen; egal ob bestimmte Menschen mit ihren Macken und ihrer ganz eigenen Sprechweise oder gleich ganze Dialekte und Akzente; was Taylor einmal gehört hatte, konnte er absolut überzeugend wiedergeben. Unter anderem waren seine Imitationen von Himmler, Hitler und Göring der Brüller in seiner Einheit.

So war es jedenfalls dazu gekommen, dass Taylor im Dezember nach Stuttgart zur Abwehr überstellt worden war, wo er sich intensiv auf seinen Auftrag vorbereitet und dazu auch stundenlang schweizerische Radiosender und Spielfilme konsumiert hatte. Vor zwei Tagen hatte die Reichsbahn ihn von Stuttgart nach Konstanz gebracht, von wo aus er in der Nacht über die Grenze hinweg in die Schweiz eingesickert war – so wie er es einst in der Spähtruppausbildung gelernt hatte. In einem kleinen Grenzdorf hatte er sich anschließend ein Fahrrad »organisiert« und war den ganzen Weg bis nach Luzern geradelt, wo ihm eine vorbereitete Wohnung der Abwehr zur Verfügung stand. *So weit, so gut,* dachte Taylor. Er war natürlich froh, die härtesten Monate des Jahres über nicht in Russland verbracht zu haben, vor allem, da die Sowjets in jenem Frontabschnitt, in dem Taylors Kompanie bei dessen Abreise operiert hatte, ein Hölleninferno verursachten. Gleichwohl stach es ihn auch, dass er in so schweren Zeiten nicht bei seinen Kameraden war, und er hoffte inständig, sie würden ihm das nicht übelnehmen.

Abermals blickte Taylor aus dem Fenster. Auf der Scheibe fuhren die Regentropfen Rennen. Wenn nicht bereits gestern Abend oder in der Nacht geschehen, passierte jetzt gerade ein Mord in Luzern und somit musste das Vereinigte Königreich mit einem Spion weniger auskommen. Oder die Sowjetunion. Die Abwehr war sich der Herkunft des Spions noch nicht ganz sicher.

Dreckiges Geschäft!, schoss es Taylor durch den Kopf. So war das Menschsein eben – ein dreckiges Geschäft in allen Lebenslagen.

*

Noch immer hatte es nicht aufgehört zu regnen. Es platschten dicke Tropfen in die Reuss, doch immerhin war es nicht allzu kalt. Thomas Taylor schritt über die mit Holz überdachte Kapellbrücke auf einen breiten Turm kurz vor dem anderen Ufer zu, der – Taylor wusste keine passendere Beschreibung – ziemlich wie ein erigierter Penis ausschaute, wie er da aus dem Wasser der Reuss emporragte. Ein heller Mantel schützte Taylors P08-Pistole indes davor, entdeckt zu werden. Es würde sich gleich herausstellen, ob er sie brauchte.

Ein dürrer Mann mittleren Alters mit eingefallenen Wangen, einer dicken Brille im Gesicht und in einen Mantel gehüllt samt Hut, wartete am Ende der Brücke im Schutze einer Hausfassade.

Taylor blickte sich um, doch außer ihm und diesem Kerl war keine Menschenseele zu sehen.

Warum auch? Sonntagmorgen, Regen … wer zum Teufel würde da das Haus verlassen?, seufzte er in sich hinein. *Ach ja, ich.*

Er schritt auf den dürren Mann zu. Kurz trafen sich ihre Blicke.

»Beautiful weather it is, young friend«, sprach der Mann mit deutschem Akzent und starrte auf das Wasser der Reuss.

»Indeed, it is. So, Dora gave me the day off«, erwiderte Taylor und starrte ebenfalls aufs Wasser. *Was denken sich die Engländer nur für einen Schwachsinn aus?* Innerlich schüttelte er den Kopf.

»Okay, so you are the new pal?« Nun trafen sich ihre Blicke und Taylor antwortete: »Let's skip the small talk and do business.« *Kommen wir zum Geschäft.*

»As you wish, young friend.« Und mit diesen Worten überreichte der dürre Mann Taylor einen Umschlag.

»I fear, my sources are vanishing. Nevertheless, your government should suggest handing this over to your friends as well«, ergänzte er in ernstem Tonfall. »The Germans are up to something.« *Meine Quellen machen sich rar. Aber Ihre Regierung sollte darüber nachdenken, dies auch an ihre Freunde weiterzugeben. Die Deutschen führen irgendetwas im Schilde.*

»Haven't you heard? Germany is nearly done … just a matter of time.« *Nicht gehört? Deutschland ist so gut wie geschlagen.* Es tat Taylor beinahe weh, eine solche Lüge auszusprechen, doch er spielte hier nun mal eine Rolle.

»We'll see.« Damit beendete der Mann das Gespräch, drehte sich um und verschwand im Regen. Taylor blickte ihm noch einen Augenblick lang nach.

»Goodbye, Mr. Rößler«, flüsterte er. Immerhin hatte Taylor von seiner Waffe keinen Gebrauch machen müssen, was drei äußerst erfreuliche Dinge bedeutete: Erstens hatte die verdammte Abwehr endlich mal gute Arbeit geleistet, zweitens verfügte das Reich nun über eine hervorragende neue Quelle, und drittens konnten sie den Engländern nun nach Belieben manipulierte Informationen zukommen lassen. Oder den Sowjets – wie gesagt, zu 100 Prozent durchschaute die Abwehr das Netzwerk noch nicht. Schließlich warf Taylor einen Blick auf den Umschlag, auf dem aber nur ein einziges Wort stand, mit dem er nichts anzufangen wusste: »Zitadelle.«

Nördlich von Ponyri, Sowjetunion, 02.05.1943

Heeresgruppe Mitte – 75 Kilometer nördlich von Kursk

»Unteroffizier Berning?« Ein Melder erreichte die Mulde im Waldboden, in der Bernings Gruppe untergezogen war. Der sternenklare Himmel und der leuchtende Mond sorgten dafür, dass es nicht vollkommen düster war.

»Hier!«, ertönte eine helle Stimme mit österreichischem Einschlag. Sekunden später hatte der Melder ihren Besitzer ausgemacht. »Unteroffizier Berning. Befehl vom Zugführer! Gruppe Berning Spähtrupp! 23.15 Uhr beim Kompaniechef melden!«

Der Unteroffizier wiederholte umgehend den Befehl – ganz so, wie es jeder deutsche Soldat lernte. Durch das Wiederholen brannten sich die Informationen zum einen beim Empfänger ein, zum anderen konnte sein Gegenüber dabei noch einmal überprüfen, dass alles richtig verstanden worden war.

»Gruppe Berning Spähtrupp, 23.15 Uhr beim Kompaniechef.«

Der Melder bestätigte, und so schnell, wie er aufgetaucht war, so schnell entschwand er wieder in die Dunkelheit. Berning jedoch drehte sich zu seinen Männern um, die er nur in Umrissen ausmachte. Nichtsdestotrotz spürte er ihre Blicke, ihre ernsten Mienen und die Anspannung, die in der Luft lag. Die Offiziere hatten ihnen lange und inständig eingebläut, wie wichtig die bevorstehende Operation war – und nun würde es also beginnen. Berning spürte einen unangenehmen Stich in der Magengegend. Er fühlte sich so gar nicht bereit für das, was da kommen sollte.

Da die Gruppe direkt hinter der eigenen Sicherung lag, musste Berning keinen Alarmposten auslegen und konnte daher jeden seiner neun Soldaten um sich versammeln.

Abermals wanderte sein Blick die schwarzen Silhouetten mit den Umrissen von Stahlhelmen ab. Die Nacht war ruhig, allein das Zirpen der Insekten war zu hören. Es war beinahe beängstigend – die Ruhe vor dem Sturm. Berning wusste, der Feind befand sich vielleicht fünf Kilometer von hier entfernt, mehr nicht. Fünf Kilometer in Richtung Norden, und er würde auf Menschen treffen, die versuchen würden, ihn zu töten. Berning hatte Angst, wahnsinnige Angst, doch das wollte er seinen Männern nicht zeigen. Er spürte, wie sie ihn erwartungsvoll anblickten. Er hatte dennoch stets gehofft, diesen Krieg zu überstehen, ohne auf einen Menschen schießen zu müssen. Bisher hatte das funktioniert. In den Gefechten, die er miterlebt hatte, hatte er stets absichtlich danebengeschossen. Das war sein großes Geheimnis. Er war auch stets nur einer von vielen gewesen. Aber nun? Nun dieser Spähtrupp!

»In Ordnung, Männer. Jetzt gilt's!«, begann er und gab damit die übliche Militärparole wieder, weil ihm zuerst nicht einfiel, was er sagen sollte.

Er fühlte sich unwohl, so als wollte sich sein ganzer Körper gegen die bevorstehende Aufgabe wehren. Berning lief kurzzeitig Gefahr, sich übergeben zu müssen, konnte es dann aber noch abwenden. Schließlich hängte er seinem Spruch eine persönliche Note an: »Ist alles so weit gut bei euch, ja?«

Er sah nickende Köpfe, bis eine hohe Stimme die Stille durchbrach: »Bochum!«, erwiderte Rudi Bongartz mit Spaß in der Stimme. Der junge Gefreite war ein Bursche, den man nur als vollkommen bescheuert beschreiben konnte. Bongartz war immer gut gelaunt, selbst inmitten des härtesten Kampfes. Ebenso war er ein sehr gutmütiger und liebevoller Mensch, der im Gefecht dennoch ohne zu zögern mit Gewehr, Messer und Faust alles tötete, was keine deutsche Uniform trug. Rudi war außerdem absoluter und bedingungsloser Anhänger der Fußballmannschaft VFL Bochum, die derzeit in der Gauliga beachtliche Erfolge einfuhr, wo sie im letzten Jahr sogar den dritten Platz errungen hatte. Rudi war das Herz und die Seele der Gruppe, und egal, wie schwer die Zeiten auch waren, er hatte es noch immer geschafft, die Männer wieder in die Spur zu bringen.

Damit war das Eis dann auch gebrochen: Die Soldaten schmunzelten und entspannten sich merklich. Und Bongartz legte nach: »Ja, was denn? Siebter Platz und wir kommen gerade erst, das sag ich euch. Wir kohohohommen! Wartet mal ab! Bochum, Freunde! Bochum!« Kolter saß etwas abseits und grinste.

Nun aber verstärkte sich in Bernings Magen wieder das flaue Gefühl. Sie würden bei der Operation *Zitadelle* als Spähtrupp bestimmt die Speerspitze bilden, eine in seinen Augen zweifelhafte Ehre.

»Na gut, Männer«, räusperte sich der Unteroffizier mehrfach, dann gab er in knapper Ausführung seine Vorbefehle aus, sodass seine Gruppe, während er der Befehlsausgabe des Chefs beiwohnen würde, schon vorarbeiten konnte: Munitionsbestände prüfen, Granaten empfangen, überflüssiges Material an die 1. Gruppe übergeben, die Nachbargruppen über das Vorhaben informieren und so weiter. Vor allem: Soldbücher abgeben!

»Und Bongartz?«, beendete Berning seine Weisungen.

»Jau?«

»Du besorgst uns noch mal Kaffee.«

Nördlich von Ponyri, Sowjetunion, 03.05.1943

Heeresgruppe Mitte – 75 Kilometer nördlich von Kursk

Langsam, ganz langsam wich die Nacht der Helligkeit, doch noch war keine Sonne zu sehen. Bernings Gruppe hatte den Auftrag erhalten, die sogenannte Höhe 241, eine kleine Erhebung etwa drei Kilometer vor den deutschen Stellungen, zu gewinnen und zu prüfen, ob das dahinterliegende Gelände, eine weite Freifläche, eingeschlossen von Wäldern, feindfrei wäre. Im schlimmsten Fall musste der Spähtrupp Berning die Fühlung zum Feind herstellen und sich auf der Höhe eingraben, bevor dann gegen Mittag die Pioniere nachrücken würden, um die auf besagter Freifläche vermutete Minensperre zu räumen. Auf diese Weise waren schon in der vergangenen Nacht Dutzende Minenfelder, die im direkten Angriffsbereich der deutschen Truppen lagen, außer Gefecht gesetzt worden.

Bernings Atmung ging unstet, als seine Gruppe aus dem Wald hinaustrat. Die Welt schien nur aus Umrissen zu bestehen, doch die nahende Helligkeit machte rasch an Boden gut.

Noch nie war in Bernings Verantwortungsbereich ein Soldat gefallen und das, obwohl er schon seit über einem Jahr Unteroffizier war. Das war nicht ausschließlich seinen Fähigkeiten als Gruppenführer geschuldet: Die Gruppe Berning hatte häufig einfach Glück gehabt; so hatte die Abteilung den zurückliegenden Winter zur Auffrischung in Norditalien verbracht und fast nie befand sich Bernings Gruppe am Schwerpunkt der Feindaktivitäten, wenn doch mal die eigene Division unter Feuer lag.

Und nun dieser Spähtrupp!, dachte Berning und sondierte mit den Augen die Umgebung. Vor ihnen lag eine kleine Freifläche, die mit einzelnen Buschreihen übersät war. Dahinter befand sich ein dichtes Waldgebiet mit moorartigem Untergrund, das es zu durchqueren galt, und wiederum dahinter würde die Höhe 241 als kleiner Hügel zu sehen sein, der sich über das bis zum Horizont flache Land erhob.

Eigentlich ideal für Panzer, überlegte der Unteroffizier und versuchte, sich durch solche Gedanken von seinen Ängsten abzulenken, die bereits seine Atmung beschleunigten und ihm den Schweiß in die Handflächen trieben. Der Holzkorpus seines Karabiners 98k wurde ganz glitschig zwischen seinen feuchten Fingern. Direkt hinter Berning bewegte sich seine Gruppe in Schützenreihe. Da war zuerst Bongartz, der als Kettenraucher am liebsten auch jetzt eine Kippe zwischen den Lippen gehabt hätte und das Maschinengewehr 42 trug. Das MG war bereits mit einem Hunderter-Gurt bestückt, einen zweiten hatte sich Bongartz um den Hals gehängt. Neben Bongartz marschierte der Obergrenadier Udo Feitenhansel mit seinem K98k nebst einem weiteren Soldaten namens Schröder. Der Rest folgte in einigem Abstand dahinter und ganz am Ende schloss Steffen Kolter ab. Kolter hielt sich für etwas Besseres als seine Kameraden, meinte Berning. Das ließ Kolter mit allem, was er sagte und tat, durchblicken. Doch er war aus soldatischer Sicht tadellos. Kolter diente Berning daher als Stellvertreter und sollte die Gruppe notfalls von hinten führen. Genauso hatte der Unteroffizier es auf der Schule in Sigmaringen gelernt.

Schule, ließ sich Berning das Wort auf der Zunge zergehen. *Schule ist Schule und Praxis etwas völlig anderes!* Das sagten die Alten immer wieder und auch Berning spürte, dass er bald die tiefere Bedeutung solcher Sprüche kennenlernen würde. Er fühlte sich einfach viel zu unerfahren und jung für diese Aufgabe, denn das war immerhin sein erster »scharfer« Spähtrupp. Er wollte das überhaupt nicht. Er wäre nun lieber daheim in Podersdorf am See im österreichischen Burgenland. Dort würde er um diese Jahreszeit mit Gretel den Tag am See verbringen und abends in der Scheune ihrer Eltern mit ihr schlafen – so wie sie es im letzten Sommer getan hatten, als er Fronturlaub gehabt hatte. Berning spürte, dass ihn diese Gedanken erregten, also musste er sie schnell abschütteln. Das Bildnis von Gretels straffen Brüsten verflüchtigte sich vor seinem geistigen Auge, als er sich zu seinen Männern umdrehte und ihnen bedeutete, anzuhalten und in die Hocke zu gehen.

Immerhin waren sie nicht der einzige Spähtrupp, der in diesem Augenblick die schützenden Stellungen der eigenen Linien verließ. Ohne dass Berning es sehen konnte, wusste er, dass rechts und links von ihm nun überall solche Trupps loszogen, um die Reste der umfangreichen Minengürtel, die die Sowjets gelegt hatten, aufzuklären.

»In Ordnung, Männer!«, sprach er zu seiner Gruppe. Große Augen blickten ihn an. Sie erwarteten von ihm, bestmöglich geführt zu werden, und Berning wusste in diesem Augenblick, dass er das nicht leisten konnte. Am liebsten wäre er jetzt aufgestanden und einfach gegangen. Seine Augen wurden ganz glasig und er hielt einen Augenblick lang inne. Er musste tatsächlich mit den Tränen kämpfen.

»Na gut«, stammelte er dann und fing sich wieder, »ihr kennt den Auftrag. Bis zur Waldkante vorne werden wir durch den sMG-Trupp überwacht. Hier gilt es: Zeit sparen, also Laufschritt. Ich zeige das Ziel im Gelände.«

Im sich anbahnenden Licht konnte man so gerade eben die Waldkante in 150 Meter Entfernung erkennen. Berning entdeckte einen markanten, dünnen Laubbaum, dessen Stamm auf halber Höhe abgeknickt war und dessen Blätter daher das Erdreich berührten.

»Diese Richtung, die ich zeige«, befahl er, »150, abgeknickter Baum. Das ist unser Ziel. Im Laufschritt auf mein Zeichen. Verstanden?«

»Abgeknickter Baum, verstanden!«

»Verstanden, Herr Unteroffizier!«

»Jawohl, verstanden!«

»Bochum!!!«

»Jawohl, Baum 150.«

Berning blickte sich wieder um. »Ähem ... auf mein Zeichen«, wiederholte er noch einmal, während seine Hand die Skizze aus seiner Brusttasche zog, die er sich in der Nacht anhand der Karte des Chefs angefertigt hatte. Er betrachtete die stümperhaften Linien auf dem Zettel.

Stellungen, Freifläche, Wald, Freifläche, Höhe, ging er alles noch einmal im Kopf durch. *Warum verdammt habe ich die Skizze herausgeholt? Ich kenne den Weg!*

Endlich erhob sich Berning und gab das Zeichen zum Aufbruch. Umgehend sprinteten die Soldaten los.

*

Die Sonne war aufgegangen und warf unbarmherzige Strahlen, für die der russische Sommer bekannt war, auf die Erde. Keuchend erreichte Berning als Erster die Waldkante. Er war ein laufstarker Bursche, doch 150 Meter über unebenes Terrain mit Waffe, Munition und Ausrüstung waren kein Pappenstiel. Hinter ihm schlossen schwer atmende Kameraden auf.

»Rundumsicherung im Wald!«, japste der Unteroffizier und bewegte sich nun selbst einige Meter in den Wald hinein.

»Meldung!«, verlangte er umgehend, während seine Männer um ihn herum in Stellung gingen. Sie nutzten dazu Bäume und Vertiefungen Im Boden als Deckungsmöglichkeiten und brachten ihre Karabiner in Anschlag.

»Meldung!«, brüllte Berning noch einmal und spürte, dass er bereits heiser wurde.

»Feindfrei!«, polterten einige Stimmen durcheinander.

»Verstanden«, bestätigte Berning und rieb sich über die verschwitzte Stirn. Sein Helm begann zu rutschen und zu nerven und seine Kleidung klebte überall am Körper. Was im Winter die Kälte war, waren im Sommer allerdings die verdammten Mücken. Alles juckte und ständig schwirrten sie um einen herum. Berning wedelte mit der Hand einige Mücken vor seinem Gesicht fort, dann wandte er sich dem sMG-Trupp am anderen Ende der Freifläche zu und hob das Gewehr über seinen Kopf – das Zeichen für »feindfrei«.

Der Truppführer drüben erwiderte das Zeichen, dann wandte sich der Unteroffizier dem düsteren Wald zu. Die Baumkronen lagen hier so dicht beieinander, dass sie ein geschlossenes Dach bildeten, und der Bewuchs am Boden war ebenso dicht und zudem oft mit Dornen besetzt. Berning machte einen Schritt und wusste: Ab hier waren sie auf sich gestellt.

*

Arthur Petrosjan wurde durch die Wärme des anbrechenden Tages geweckt. Noch hatte er die Augen geschlossen, da juckte es schon überall an seinem Körper. Die Insekten waren längst wach! Plötzlich riss Arthur die Augen auf. Wie vom Blitz getroffen fuhr er hoch und grapschte sein Mosin-Nagant, ein Repetiergewehr. Er stand in einer Mulde im Boden mitten im Wald.

Da nét že!, stöhnte er innerlich. *Nicht doch!* Sein Herz begann zu rasen. Schweiß drang ihm aus der Stirn und überflutete sein Gesicht. Abermals blickte Arthur sich ruckartig nach allen Seiten um. *Net!*

»Továriŝ Rajdowoi Michailovic?«, flüsterte er, immer wieder, »Továriŝ Rajdowoi Michailovic?« Verzweifelt rief er seinen guten Kameraden aus Georgien, doch er wollte auch nicht zu laut sein. Er wusste, dass er sich hier nahe den deutschen Linien aufhielt – und er war vollkommen allein! Sein Zug war in der Nacht auf Patrouille durch dieses Waldstück marschiert und sie hatten genau hier, wo Arthur nun aufgewacht war, Rast gemacht. Er hatte eigentlich sichern sollen, doch er war zu erschöpft gewesen von den Eskapaden der letzten Tage. Ständig waren sie bis tief in die Nacht im Einsatz gewesen, nur um anschließend von den Ausbildern, die sich im Lager ausgeschlafen hatten, mit Waffendrill fertiggemacht zu werden. Arthur war sich sicher, sollten die Deutschen es nicht schnell genug schaffen, die Rote Armee plattzumachen, würde die das auch ganz von selbst vollbringen.

Und nun bekam Arthur Angst. Hatte der Genosse Serschant – der Feldwebel – bereits bemerkt, dass er fort war? Was würde er wohl denken? Arthur war schließlich schon zweimal negativ auffallen. Sie würden denken, er desertiere! Er laufe über zu den Deutschen! Dieses Mal würde es mit einer Prügelstrafe nicht getan sein! Sie würden ihn erschießen!

Arthurs Augen wurden glasig und sein Magen drehte sich. Er hatte soeben sein ganzes Leben verwirkt!

Blin!, fluchte er innerlich. *Scheiße!* Dann flüsterte er den Fluch noch einmal: »Blin!« Dabei liefen ihm die Tränen. Plötzlich hörte Arthur einen Ast knacken. Er schreckte hoch. Wieder knackte es! Und noch einmal! Das waren Schritte! Ganz in der Nähe! Arthur hatte seine Kameraden doch noch nicht verloren. Sofort kletterte er aus der Mulde und folgte den Geräuschen. Noch hatte er eine Chance, mit einer einfachen Strafe davonzukommen.

*

So behutsam man sich auch durch den Wald bewegte, vollkommen geräuschlos klappte es nie. Hie und da knackte immer mal ein Ast oder der Boden knirschte, doch als Spähtrupp, der hinter den feindlichen Linien agierte, sollte man zumindest versuchen, sich so leise wie möglich fortzubewegen. Hier im dichten Waldstück südlich der Höhe 241 war das allerdings kein leichtes Unterfangen. Der Bodenbewuchs war dort, wo nicht alles im schlammigen Moor versank, so dicht, dass jeder Schritt zum Kraftakt gereichte. Unteroffizier Berning und seine Männer kämpften sich durch kniehohe Brombeersträucher, deren Dornen sich in ihre Beine bohrten. Hinzu kam der dichte Bewuchs auf Augenhöhe. Junge Birken und hochgewachsene Sträucher verwehrten den Blick auf alles, was weiter als 20 Meter entfernt lag.

Berning blickte auf seine Armbanduhr, ein Geschenk seines Vaters zum 21. Geburtstag. Sie waren spät dran und mussten sich sputen, sonst wären am Ende die Pioniere noch vor ihnen an der Höhe. Ein scharfer Pfiff durchschnitt

34

plötzlich die Geräuschkulisse und die Soldaten erstarrten in ihrer Bewegung. Berning drehte sich um und sah Bongartz, der mit dem Schaft seines Maschinengewehres in nördliche Richtung wies – das gruppeninterne Zeichen für »möglicher Feind im Vorfeld«. Bernings Blick folgte dem Hinweis in die Tiefen des Waldes, wo ihm grünes Dickicht die Sicht versperrte. Dann vernahm auch er ein Knistern von dort.

Da vorne ist etwas … jemand!, schoss es ihm durch den Kopf. Er hatte plötzlich Angst, sein Gewehr würde ihm aus den schweißnassen Händen gleiten. Er umfasste das Holz so fest, dass die Handgelenke zu schmerzen begannen.

*

Arthur stolperte durch den Wald und vergaß in diesem Moment alles, was er je an militärischer Ausbildung genossen hatte. Er musste an seinen Hof denken und an seinen Vater, der nun irgendwie alleine zurechtkommen musste. Arthur wollte einfach weg. Raus aus diesem miserablen Wald, weg von diesem beschissenen Krieg. Das flaue Gefühl in seinem Magen verstärkte sich. Es war nun nicht mehr bloß die Angst um Bestrafung, wenn er seine Einheit erst einmal gefunden hatte – das Wichtigste war natürlich, dass *er sie* fand und nicht umgekehrt, sonst würden sie ihn in jedem Fall für einen Deserteur halten. Doch in diesem Augenblick kehrte auch das Gefühl des Heimwehs zurück, dass ihm in den Magen drückte und in ihm den Wunsch aufkeimen ließ, sich einfach hinzusetzen und zu heulen. Was sollte er nur tun?

Vor ihm tauchte eine dicke Buschreihe auf, so dicht, dass er nicht hindurchsehen konnte, und irgendwo dahinter hatte er die Geräusche ausgemacht.

Blin!, fluchte er innerlich ein weiteres Mal, denn der Lärm war verstummt. Dann plötzlich erstarrte er und riss sein Gewehr hoch. Was, wenn es Deutsche waren?

Frischer Schweiß bildete sich auf Arthurs Stirn und benetzte seine Haare. Sein Helm rutschte auf dem nassen Schopf nach vorne und raubte ihm die Sicht, sodass er ihn in den Nacken hinten schieben musste.

Unschlüssig, ob er weitergehen sollte oder nicht, wagte er einen Schritt vorwärts und blieb stehen. Er hatte seine Waffe ja nicht einmal durchgeladen! Und wenn es doch seine Kameraden waren? Wie würden sie reagieren, wenn sie ihn zuerst ausmachten, mit erhobener Waffe? Wie würde der Genosse Serschant reagieren? Arthurs Augen zuckten. Er nahm seinen ganzen Mut zusammen, senkte seine Waffe, schwang sie sich über die Schulter und marschierte mit vorgehaltenen Händen, um sein Gesicht zu schützen, durch das Buschwerk.

»Da kommt jemand durch die Büsche«, flüsterte Bongartz und brachte sein Gewehr in Anschlag. Bernings Gruppe war vollkommen erstarrt – wie

35

versteinert. Bernings Hände übergossen seine Waffe mit Schweiß und der Helm rutschte ihm auf dem Kopf hin und her. Kurz nur blickte er sich zu seiner Gruppe um. *Nein!*, dachte er. *Anfängerfehler!* Alle seine Soldaten hatten ihr Augenmerk auf den Busch gelegt, außer Kolter, der in seinem Sicherungsbereich in Richtung sechs Uhr geblieben war.

»Psst ...«, haschte Berning nach der Aufmerksamkeit seiner Gruppe. »... Sicherungsbereiche einhalten!«

Hatte Arthur da gerade eine Stimme gehört? Er stockte und lauschte, doch er vernahm nun keine Geräusche mehr vor sich. Er war sich nicht sicher, schließlich war er wie ein Kamel durch das Dickicht gestapft, wodurch das Knacken der Äste und Nachgeben des Bodens unter seinen Stiefeln alle anderen Geräusche in den Hintergrund gerückt hatte. War dort überhaupt irgendjemand hinter den Büschen?

Slúšaju, flehte er im Geiste. *Slúšaju ... Slúšaju ...* Arthur war ein gläubiger Mensch. Er glaubte zwar nicht, dass Gott sich in die Schicksale Einzelner einmischte, doch in diesem Moment bat er jede zur Verfügung stehende höhere Macht, ihm beizustehen. Dann fasste er abermals seinen Mut zusammen. Arthur hob seinen rechten Stiefel an, an dem dicke Lehmklumpen klebten, und tat den nächsten Schritt. Er hoffte inständig, oft genug in seinem Leben in der Kapelle des Tukh Manuk gewesen zu sein.

Eine winzige Fliege schwirrte Berning vorm Gesicht herum, doch er wollte sich nicht bewegen, um sie zu verscheuchen. Den ganzen Körper unter Spannung haltend, hatte er sein Gewehr auf den Busch ausgerichtet und lauschte den sich nähernden Geräuschen. Hinter dem Geäst zeichnete sich eine menschliche Gestalt ab. *Ein Deutscher? Ein Russe?* Berning wusste es nicht, er wollte aber auf keinen Fall das Risiko eingehen, auf einen Kameraden zu schießen. Innerlich hoffte er, die Gestalt würde sich einfach umdrehen und wieder verschwinden.

»Feuer nur auf meinen Befehl!«, wisperte Berning. Die Fliege landete oberhalb seiner Oberlippe. Sie kitzelte auf seiner Haut und kletterte in sein rechtes Nasenloch. Berning wäre vor Ekel am liebsten aus der Haut gefahren, doch er verharrte regungslos. Dann plötzlich öffnete sich vor ihm das Buschwerk und ein Rotarmist trat heraus. Umgehend erstarrte der Mann im Angesicht seiner Feinde. Die Deutschen starrten ihn an – mit erhobenen Waffen.

Arthur stockte der Atem beim Anblick der Deutschen. Mit offenem Mund begann er am ganzen Körper zu zittern und zu hyperventilieren. Kohlendioxid schoss in schnellen Stößen aus seinem Mund, während seine Glieder verkrampften.

Unteroffizier Berning glotzte den Russen mit großen Augen an, unfähig, einen klaren Gedanken zu fassen.

Kapituljácija!, war das einzige Wort, welches Arthurs Gedanken zuließen. *Kapitulation!* Diese Deutschen, das waren doch gute Menschen! Gebildete

Menschen! Die würden ihn ordentlich behandeln! Die Warnungen vor deutschen Gräueltaten waren doch nichts als Propaganda! Plötzlich erhellte sich Arthurs Geist und Freude überkam ihn. Er brauchte jetzt nicht mehr kämpfen, und wer weiß, vielleicht würden sie ihn sogar nach Hause schicken. Was wollten die Deutschen auch mit einem armenischen Bauernjungen anfangen? Vielleicht würde er bald schon nach Hause zurückkehren ...

Arthurs rechte Hand ließ den Lederriemen seiner Waffe los, die er sich über die Schulter gehängt hatte. Mit einem dumpfen Klang küsste das Mosin-Nagant-Gewehr den Boden. Dann machte er einen Schritt auf die Deutschen zu.

»Stopp, stehenbleiben!«, brüllte Berning auf Deutsch und Russisch. Kolter, der bis dato eisern in seinem Sicherungsbereich verharrt hatte, drehte sich um, um nachzuschauen, was da in seinem Rücken los war. Alles, was er sah, war ein sowjetischer Soldat.

Arthur flehte und bettelte, ihn nicht zu erschießen, doch er konnte doch bloß Armenisch und ein bisschen Russisch. Er merkte, dass sie ihn nicht verstanden. Schweiß floss ihm in Strömen den Rücken hinunter.

Berning erkannte, dass der Mann sich ergeben wollte. »Ruhig bleiben, Männer!«, brüllte er, doch da hatte Kolter bereits den Abzug seiner Waffe betätigt. Das Projektil jagte Arthur durch den Oberleib. Seine Lippen formulierten einen stummen Schrei und er klappte zusammen.

»Mensch, ihr Idioten!«, brüllte Kolter seine Kameraden an. »Wollt ihr warten, bis der euch absticht?«

Berning war vollkommen verwirrt. Fragend blickte er nach seinen Männern. »Ich glaube, der ... der wollte sich ergeben«, stammelte er. Seine Gedanken rasten. Hatten sie gerade ein Kriegsverbrechen verübt? Wollte der arme Mann sich bloß ergeben? Oder wollte er ihn doch angreifen? Kolter öffnete schließlich den Mund und sagte: »Ergeben? Da treff mich doch der Schlag ...« Weiter kam er nicht, denn just in diesem Moment zischte ihm ein 7,62-Millimeter-Geschoss durch den Körper. Kolter blickte noch einmal ungläubig auf das plötzlich in seiner Brust entstandene Loch, dann fiel er vorne über und blieb regungslos liegen. Im nächsten Augenblick wurde von drei Seiten das Feuer auf Bernings Gruppe eröffnet.

»Feuer!«, brüllte der Unteroffizier. Seine Kameraden warfen sich zu Boden oder sprangen hinter die umliegenden Bäume, um Deckung zu finden. Einzelne Projektile sirrten durch das Unterholz und rissen tiefe Wunden in die Stämme. Der Wind trug von allen Seiten russische Worte an die deutschen Soldaten heran, gebrüllte Befehle und Ausrufe des Feindes. Im Nordwesten, wo der Wald etwas lichter wurde, erkannte Berning umherhuschende braune Gestalten.

Eine PM 1910, ein schweres, russisches Maschinengewehr mit einem Schild hinter dem Lauf und einer Lafette auf Rädern, knallte los und zerriss alles um Bernings Gruppe herum in Fetzen. Kurze Feuerstöße zerhackten junge und mittelgroße Bäume und schleuderten das Geäst umher, während die Einschläge auf dem Boden kleine Erdfontänen aufwarfen. Berning sah, wie einem seiner Kameraden die Schulter zerfetzt wurde und Fleischbrocken sowie Uniformfetzen herumwirbelten. Ein anderer hielt sich den Karabiner vor den Körper, um die nächste Patrone ins Patronenlager zu repetieren, als ein Geschoss das K98k zum Bersten brachte und anschließend in das Gewebe des Soldaten eindrang. Holzsplitter strudelten umher und das Gewehr zerbrach in zwei Teile. Die Verteidigungslinie der Gruppe Berning löste sich auf und im nächsten Moment rannten die Überlebenden seiner Einheit drauflos.

Östlich von Stroitel', Sowjetunion, 03.05.1943

Heeresgruppe Süd – 102 Kilometer südlich von Kursk

Engelmanns Einheit war mit ihren Panzern in einem schmalen Waldstück untergezogen und erwartete dort den Angriffsbefehl. Jetzt kam es einzig darauf an, wie rasch die Pioniere die Minensperren räumen würden.

Noch standen alle Luken von Engelmanns Panzer namens Elfriede offen. Die ersten Sonnenstrahlen küssten bereits das Erdreich und es war schon jetzt ungewöhnlich warm. Die Besatzung nutzte daher die Zeit, die sich im Panzer stauende Hitze über die Luken abzulassen und gleichzeitig selbst Luft zu schnappen. Sie würden noch lange genug in ihrem Kasten eingepfercht sein, in dem sich quasi ein kleiner Mikrokosmos aus Hitze, schlechter Luft und Benzingestank bildete. Engelmann wunderte sich, wo der Befehl zum Angriff blieb. Es lag eine knisternde Spannung in der Luft. Die gesamte Heeresgruppe Süd schien einen Augenblick lang innezuhalten angesichts der bevorstehenden Schlacht. Es würde nicht bloß eine Schlacht werden – es würde eine Entscheidungsschlacht werden. Scheiterten sie heute, hier bei Kursk, würde die Initiative im Osten endgültig an den Feind übergehen und jeder konnte sich ausmalen, was das bedeutete.

Engelmann hatte den Turmdeckel nach beiden Seiten umgeklappt und lugte hinaus. Er zupfte sich seine Panzerschutzmütze zurecht und achtete darauf, dass das Kehlkopfmikrofon und die Kopfhörer richtig saßen. Vorne rechts in der Wanne ragte Feldwebel Nitz aus dem Panzer und starrte mit ernster Miene auf das bevorstehende Schlachtfeld, während der Ladeschütze, Stabsgefreiter Eduard Born, seinen Kopf mit den femininen Gesichtszügen aus seiner Luke streckte, die seitlich am Turm angebracht war. Sie alle genossen die zwar warme, aber weitaus angenehmere Luft außerhalb des Panzers, während der Richtschütze, Obergefreiter Theo Ludwig, sowie der Kraftfahrer, Unterfeldwebel Hans Münster, bereits tief im Bauch der Bestie aus Stahl verschwunden waren. Wie üblich schlief Münster.

Engelmann blickte sich mit gemischten Gefühlen um. Zuerst sah er links von sich die vier anderen Panzer seines Zuges, deren Besatzungen in ebenso angespannter Wartehaltung den Angriffsbefehl erwarteten. Rechts von Engelmann lag der 3. Zug, ebenfalls mit dem Panzer IV ausgestattet. *Das war ja schon einmal was!*, dachte der Leutnant, denn sie hatten längst nicht immer über so viele »Vierer« verfügt – zeitweise hatte es nicht einmal für einen kompletten Zug gereicht. Leider langten die Ressourcen der Wehrmacht aber immer noch nicht aus, den Panzer IV flächendeckend zur Verfügung zu stellen: So mussten der 2. Zug und der Kompanietrupp mit dem deutlich kleineren, leichteren und schwächer bewaffneten Panzer III auskommen, und dann gab es da sogar noch einen leichten Zug, der bloß mit den tschechischen Panzern 38 (t) antrat. Das Bild zog sich durch die gesamte Abteilung und durchs ganze Regiment: Die Vierer machten gerade mal ein Drittel aller Panzer aus. Engelmann seufzte. Ihm taten die armen Hunde leid, die die Schlacht um Kursk mit einem Panzer 38 (t) schlagen mussten, und er dankte dem Herrgott, dass seinem Zug Panzer IV zugeteilt worden waren. Die sowjetischen T-34, unglaublich zähe Biester mit einer potenten Kanone, waren selbst für einen Panzer IV würdige Gegner, doch in einem Panzer 38 (t) blieb einem nur das Beten im Angesicht eines solchen Widersachers.

Wieder so ein Indiz, dachte Engelmann und ihm wurde mulmig zumute. Mit jedem Monat traten die sowjetischen Panzer in größerer Zahl auf, während die Wehrmacht Konservendosen wie den tschechischen Panzer 38 (t) wieder fit machen musste, um überhaupt alle Verbände ausreichend motorisieren zu können. Anders hätte sich der Beginn der Offensive bereits im Mai nicht realisiert lassen, weshalb einige Generäle darauf gepocht hatten, Operation *Zitadelle* in den Hochsommer zu verschieben.

Engelmann hatte Halders Aufruf an die Truppe gar nicht lesen müssen, um zu begreifen, wie essenziell wichtig diese Offensive war. Der Nimbus der Unbesiegbarkeit der Wehrmacht war bereits 1941 beim Sturm auf Moskau im Abwehrfeuer der Roten Armee versiegt, und die Verbündeten des Reiches wankten. Die Wehrmacht brauchte diesen Sieg, denn nun, im vierten Kriegsjahr, hatte der Iwan seine gigantische Kriegsmaschinerie endgültig aktiviert und produzierte monatlich bald mehr Panzer, Flugzeuge und Geschütze als das Deutsche Reich in einem Quartal. Hinzu kam die drohende Invasion im Westen, die bereits wie ein Damoklesschwert über Deutschland schwebte. Eine zweite, landgestützte Front würde der Wehrmacht das Genick brechen, dessen war Engelmann sich sicher.

Er schluckte. Er wollte sich das nicht eingestehen, aber irgendwo tief im Inneren spürte er bereits, dass sie längst verloren haben könnten. Er wagte nur noch nicht, über die Konsequenzen nachzudenken, denn ihm war klar:

Eine militärische Niederlage wäre gleichbedeutend mit dem völligen Untergang des Deutschen Reiches.

Und dann war da noch der Bombenterror in der Heimat. Immer öfter wurden Soldaten des Regiments in den Urlaub geschickt, weil sie Bombentote in der Familie zu beklagen hatten – und auch Engelmanns Familie lebte nicht gerade in einem Dorf ...

Rasch schüttelte der Leutnant solche Gedanken wieder ab. *Es muss einfach noch Hoffnung geben,* sagte er sich, *es muss!*

Engelmann vernahm, wie es im Funkgerät des Panzers knisterte. Umgehend verschwand Nitz im Bauch der Stahlbestie.

»Was ist?«, fragte Engelmann und spürte diese leichte Aufregung in sich aufsteigen, die er noch vor jeder Schlacht verspürt hatte. »Geht es los?«

Doch Nitz brauchte noch einen Moment, um den Funkspruch vollständig abzuhören, dann steckte er seinen Kopf wieder aus der Luke und antwortete: »Nein. Die Russen haben die halbe Kompanie Pioniere direkt vor uns aufgebracht.«

»Menschenskind!«

»Wir sollen jetzt die Gasse bei der 10. nutzen, weil nicht bekannt ist, wie weit die mit dem Räumen bei uns gekommen sind. Reihenfolge: 1. Zug Spitzengruppe, dann 2. Zug, leichter Zug, Kompanietrupp, 3. Zug.«

»Bei der 10. ...«, wiederholte Leutnant Engelmann, mehr zu sich selbst sprechend, »... bei der 10. ...« Er verschwand dabei in der Kuppel. Er hatte eine Karte an der Turminnenwand befestigt. Engelmann starrte auf das dargestellte Gelände und die eingezeichneten Bereitstellungsräume für den Angriff.

»Dann müssen wir uns nach Westen verschieben.«

»Besser ist das. Wäre schade, wenn Elfriede auf eine Mine fährt«, gab Münster schlaftrunken zu bedenken.

»Ja, schade für uns vor allem.«

Nördlich von Ponyri, Sowjetunion, 03.05.1943

Heeresgruppe Mitte – 75 Kilometer nördlich von Kursk

Die Überreste der Gruppe Berning wurden gejagt – von Menschen und von Kugeln. Berning rannte, wie er noch nie in seinem Leben gerannt war, und dachte nicht daran, die Reste seines Spähtrupps neu zu koordinieren, um vielleicht kämpfend auszuweichen. Die jungen Männer liefen nur noch um ihr Leben, während hinter ihnen die russischen Stimmen lauter wurden. Bernings Kopf pochte und glühte. Sein Blickfeld verengte sich; er sah nur noch die Bäume und Äste vor sich, während die Ränder seines Blickfeldes zunehmend in Dunkelheit verschwanden. Er wollte hier weg, nichts anderes. Er konnte nicht mehr ans Kämpfen, nicht mehr an seinen Auftrag denken. Er konnte bloß noch laufen.

Berning sah in diesem Augenblick Bongartz rechts von sich, wie dieser während des Rennens sein Maschinengewehr, diesen großen und schweren Metallbrocken, neu packte, sich plötzlich umdrehte und hinwarf. Im nächsten Moment spuckte das MG 42 mit lautem Knall 25 tödliche Boten pro Sekunde. Bongartz strich mit kurzen Feuerstößen die nachrückenden Russen ab, die sofort zu allen Seiten in Deckung sprangen.

Berning war am Ende. Verbrauchte Atemluft platzte ihm in schnellen Schüben aus der Lunge. Seine Atmung raste wie eine Lokomotive und sein Blick verlor zunehmend an Farbsättigung. Er wusste, dass sie verwundete Kameraden zurückgelassen hatten, als sie losgestürmt waren, doch was sollte er schon dagegen unternehmen? Berning ließ sich zu Boden fallen und krabbelte blitzschnell hinter einen querliegenden Stamm. Maschinengewehrartig saugte er Luft in seine Lunge und presste sie wieder hinaus. Er spürte Seitenstechen und glaubte Blut zu schmecken. Dann wagte er endlich einen Blick über den Stamm hinweg. Er sah Bongartz, der sich unter schwerem Feuer aufraffte und mit seinem Maschinengewehr hinter einen Baum einige Meter weiter warf, ehe er sich den zweiten Gurt vom Hals zog, um damit die Waffe zu laden. Berning beobachtete auch, wie der Obergrenadier Günther Schröder in diesem Augenblick von den Beinen gerissen wurde, als mehrere Projektile seinen Körper durchschlugen. Ein schreiendes Gesicht grub sich in den mit Laub bedeckten Boden. Weiter hinten lagen Kolter – bewegungslos – und noch zwei andere Soldaten, welche sich hin und her wälzten wie Regenwürmer, die man in der Mitte durchgeschnitten hatte. Noch weiter hinten sah er Soldaten in brauner Uniform und mit breiten Schüsselhelm, der so typisch für die Rote Armee war. Dann fixierte er wieder Bongartz, der am Spannschieber seiner Waffe zog, den Deckel öffnete und den Gurt einlegte, bereit, sich wieder ins feindliche Feuer zu werfen, um den Kampf zu führen. Bongartz zeigte seine Zähne, als er den Deckel der Waffe herunterklappte und Erdfontänen neben seiner Deckung wie Kaskaden in die Höhe sprangen. Berning erkannte weiter den Obergefreiten Feitenhansel und noch einige andere, die nun endlich stehen blieben, als Bongartz' »Säge« wieder ertönte. Feitenhansel drehte sich um und gab einen Schuss ab. Berning fasste einen Entschluss. Während sowjetische Kugeln über ihm die Baumkronen rasierten, wurde ihm klar, dass sie kämpfen konnten … kämpfen mussten! Sie konnten es schaffen! Er musste nur endlich seinen Aufgaben als Gruppenführer gerecht werden!

»Ich habe gleich nichts mehr, Herr Unteroffizier!«, brüllte Bongartz und reduzierte die Frequenz der Feuerstöße. »Die restliche Mun liegt vorne!«

Berning erhob sich und brachte seine Waffe in Anschlag. Er sah die Rotarmisten 100, vielleicht 120 Meter vor sich, wie sie rasch unter dem Feuer ihrer Maschinenpistolen und Gewehre vorrückten. Er musste jetzt einen Schwerpunkt mit dem MG bilden, solange noch Munition da war. Dann Ausweichen unter Feuer; den Gegner mit einzelnen Feuerstößen niederhalten und sich nach Süden absetzen – zurück zu den eigenen Stellungen. Das war ihre einzige Chance. Berning umfasste den Griff seiner Waffe fester und legte den Finger über den Abzug. Er nahm sein Ziel auf: Einen Russen, der ohne Deckung dastand und seine PPSch-41 nachlud. Plötzlich tat es einen Schlag und Berning war, als hätte ihm jemand in den Bauch getreten. Umgehend ließen seine Hände die Waffe fallen, dann brach Berning hinter dem Stamm zusammen. Ihm wurde ganz warm um den Unterleib und er spürte, wie eine angenehme Flüssigkeit seinen Schritt und seine Beine umwob wie die Wärme einer liebenden Mutter. Für den Augenblick gab er sich diesem wohligen Gefühl hin, dann plötzlich realisierte er, dass er getroffen worden war. Er hörte noch, wie das eigene MG verstummte. Russische Ausrufe tanzten in seinem Geist, während er über sich die Baumkronen sah, die sich leicht im Wind wiegten. Alles war grün und wurde dunkler.

Prochorowka, Sowjetunion, 03.05.1943

5. Gardepanzerarmee – 85 Kilometer südlich von Kursk

Genosse General-Polkownik Nikolay Sidorenko blickte mit ernster Miene auf die Lagekarte, die den gesamten Kursker Bogen abbildete und auf der sein Adjutant gerade die aktuellen Entwicklungen eingetragen hatte.

Sidorenko, Mitte fünfzig, kurzes, graues Haar und unrasierte Wangen, richtete sich auf und spürte sein Kreuz, dann rückte er sich die Schirmmütze zurecht, die auf seinem Kopf herumrutschte wie Kraut und Rüben.

Die jüngsten Lageentwicklungen deuteten darauf hin, dass er Recht gehabt hatte – und in diesem Augenblick hasste Sidorenko es, Recht zu haben. Wie oft hatte er bei seinen Vorgesetzten vorgesprochen und auf die Brisanz des Frontbogens in diesem Abschnitt hingewiesen, der wie ein Balkon in das von den Faschisten besetzte Land hineinreichte? Doch die Führung hatte erst vor wenigen Wochen begriffen, dass der Bogen verstärkt werden musste. Große Truppenverbände waren im Zulauf, aber sie waren eben noch nicht hier. Sidorenko blickte abermals auf die Lagekarte. Er konnte erahnen, was die verfluchten Faschisten vorhatten. Sie würden mit zwei Angriffskeilen von Norden und Süden über Olchowatka beziehungsweise über Obojan in Richtung Kursk vorstoßen, um so mindestens drei sowjetische Armeen einzukesseln und zu vernichten. Ganz kurz huschte ein Grinsen über Sidorenkos

Lippen. Diese verdammten Nazis würden früher oder später an ihrer Arroganz ersticken. Nur weil sie im Jahr 1941 erfolgreich darin gewesen waren, ganze Verbände der Roten Armee einzukesseln, hieß das nicht, der Trick würde zwei Jahre später noch immer funktionieren. Die Brüder und Schwestern der Arbeiterbewegung hatten ihre schmerzlichen Erfahrungen mit den Deutschen gemacht – und sie hatten daraus gelernt! Hatten Sie? Sidorenko zählte alle eigenen Einheiten zusammen, die im Bogen konzentriert waren, und rechnete die vermuteten Kräfte der Nazis dagegen. Im Bogen bahnte sich ein Kräfteverhältnis eins zu eins an, wahrlich zu wenig für einen Angriff, wenn man der goldenen, militärischen Regel folgen wollte, doch Sidorenko war realistisch genug anzuerkennen, dass ein deutscher Verband seinem russischen Äquivalent in Sachen Kampfkraft und Stärke überlegen war. Funkgeräte in jedem Fahrzeug plus ein zusätzliches Besatzungsmitglied pro Panzer sowie die bessere Ausbildung vieler deutscher Unterführer waren Punkte, denen die Rote Armee bisher vor allem mit purer Masse begegnet war.

Eines wusste Sidorenko mit Gewissheit: Das Deutsche Reich, das gleichzeitig an mehreren Fronten mit über 20 Nationen Krieg führte, vermochte der großartigen Sozialistischen Räterepublik mit ihren fast 200.000.000 Einwohnern, ihren nahezu unerschöpflichen Ressourcen und fossilen Brennstoffen und ihren gewaltigen Industrieanlagen nicht das Wasser zu reichen. Klar war, die Sowjetunion – und damit der Sozialismus – würde am Ende über die Faschisten siegen. Die Frage war nur, wie viel Blut und wie viel Stahl dieser Sieg kosten würde. Im Kursker Bogen sah es allerdings anders aus. Die bevorstehende Schlacht könnte mit einer Niederlage enden, auch wenn ein Sieg den Faschisten weder etwas nützen noch im Gesamten etwas ändern würde. Trotzdem, für Sidorenko war die Situation gefährlich. Er schwor sich daher in diesem Augenblick, diesen Verbrechern, Mördern und Unterdrückern, die sich selbst für so überlegen hielten, hier – in Kursk – die Stirn zu bieten, ganz gleich, welchen Blutzoll er dafür würde bezahlen müssen. Er machte sich eine mentale Notiz, dass er schnellstmöglich mit Konew sprechen musste, der vor zwei Wochen, als der drohende Angriff der Nazis endlich auch für die Offiziere des Stawka ersichtlich geworden war, zum Oberbefehlshaber der Woronesher Front gemacht worden war. Sidorenko ergriff nun sein Glas, das neben der Karte auf dem Tisch stand, und spülte einen Schluck Merlot aus Moldawien die Kehle hinunter. Mochte sein ganzes Volk ruhig im Wodka ersaufen, für Sidorenko gab es seit jeher nur ein Getränk: Rotwein. Dann plötzlich klopfte es an der Tür und ein junger Offizier, sein Adjutant, trat wieder herein. Ihm folgten einige deutsche Soldaten, allesamt Offiziere und Unteroffiziere. Sie waren selbstredend entwaffnet, trugen zerknirschte Gesichter zur Schau und Uniformen der Pioniertruppe – das verriet Sidorenko die schwarze Paspelierung der Schulterklappen.

»Towaritsch Nikolay Sergejewitsch, mi podobrali eti njemtzi w Osërowki«, meldete der Offizier. *Wir haben diese Deutschen vor* Osërowka *aufgegriffen.*

»Da«, lautete die knappe Antwort Sidorenkos, dann nickte er tief und bedeutete seinem Adjutanten, zur Seite zu treten. Blitzschnell zog er seine Pistole und schoss dem Unterfeldwebel ganz links eine Kugel in den Kopf, sodass ihm blutige Klumpen aus dem Schädel platzten und der erschlaffte Körper zu Boden sackte. Die anderen Deutschen erstarrten in Todesangst und blickten Sidorenko entgeistert an. Auch der Adjutant im Hintergrund versteinerte in Anbetracht der Methoden seines Vorgesetzten. Dieser griff nun nach der Lagekarte und schmiss sie den Faschisten vor die Füße, dann sagte er in passablem Deutsch: »Zeichnet die deutschen Bereitstellungsräume für den Angriff ein!« Die Deutschen musterten aus weit aufgerissenen Augen die Karte, dann verfingen sich ihre Blicke wieder in Sidorenkos Miene. Die Nazis zögerten – einen Moment bloß – einen Moment zu lange! Sidorenko hob seine Pistole und streckte den Stabsfeldwebel in der Mitte mit zwei Schüssen in die Brust nieder. Wie von der Tarantel gestochen, warfen sich die beiden verbliebenen Deutschen auf den Boden und begannen zu zeichnen.

Östlich von Stroitel', Sowjetunion, 03.05.1943

Heeresgruppe Süd – 102 Kilometer südlich von Kursk

Warten – das ewige Warten vor dem Angriff ist beinahe das Allerschlimmste am Krieg. Viele Menschen wissen gar nicht, dass der Krieg zum größten Teil aus Warten und nicht aus Gefechten besteht. Die Soldaten warten auf die Verpflegung, sie warten auf den nächsten Ausbildungsabschnitt, oder sie warten auf den Abmarsch. Und ganz selten, zwischen all der Zeit in der Etappe, zwischen Ausbildung, Heimaturlaub und dem ewigen Ausharren vorne in den Stellungen, da warten die Soldaten sogar regelrecht auf das Gefecht. Und das ist das schlimmste Warten überhaupt, da man sich im Moment des Wartens noch in Sicherheit wiegt, zugleich aber weiß, dass man in kürzester Zeit in Lebensgefahr schweben wird. So ist das Warten sogar schlimmer als das Gefecht selbst, denn im Kampf, trotz all der Grausamkeiten, des Blutes und des Todes, steht ein Soldat so sehr unter Strom, dass er gar nicht mehr über seine Handlungen nachdenken kann, sondern einfach agiert. Wenn er in solch einer Verfassung getötet wird, hatte der Soldat bis zum Zeitpunkt seines Todes zumindest nicht die Möglichkeit, über seine Misere zu grübeln, da er zu sehr mit seinen Handlungen beschäftigt war. Während des Wartens allerdings, wenn alle Befehle gegeben sind, alle Soldaten ihren Platz im bevorstehenden Gefecht kennen und nur noch der richtige Zeitpunkt zum Angriff kommen muss, hat man viel zu viel Zeit, über seine Situation, über den Krieg, über einfach alles nachzudenken. Dann fragt man sich plötzlich, warum überhaupt Menschen aufeinander schießen und sich großes Leid antun, wo doch alle nebeneinander in Frieden leben könnten. Dann kommt auch die Frage auf, warum man gegen andere Menschen antreten muss, die vielleicht ebenfalls keinen Krieg wollen und ihr Leben nicht verlieren möchten. Dann fragt man sich, wieso die Mehrheit der Menschen überhaupt Kriege ausficht, die die meisten Menschen gar nicht wollen, und man fragt sich, welche unsichtbare Kraft die Menschen, die in Frieden leben möchten, veranlasst, übereinander herzufallen.

Solche Gedanken schossen auch Engelmann durch den Kopf, als er aus der Luke seines Panzers auf das Vorfeld starrte und den Angriffsbefehl abwartete, der einfach nicht kommen wollte.

Schließlich duckte sich der Leutnant zurück in den Bauch seines Panzers, um nach seinen Männern zu sehen. Münster schlief natürlich, so wie immer, während Nitz in einen Brief an seinen Schwager vertieft war. Born, ein sehr gebildeter Mannschaftssoldaten, nutzte das über die geöffnete Luke in den Panzer einfallende Licht, um ein Buch mit der Aufschrift »Krieg der Welten« zu lesen. *Außerirdische, die die Menschheit angreifen?*, sinnierte Engelmann, der sich mal den Klappentext des Werks vorgenommen hatte. *Was für ein Unfug! Als hätten wir nicht schon genug Probleme mit unserer eigenen Spezies.*

Plötzlich zerschnitt ein lautes Pfeifen die Geräuschkulisse von laufenden Motoren und bedächtig quatschenden Soldaten. Engelmann vernahm das Geräusch erst unbewusst, während er noch über Marsbewohner mit Tentakeln nachdachte. Viel zu spät wurde ihm die Gefahr der Situation bewusst, da krachte es auch schon und im Wald hinter seinem Panzer schossen Dreck und Gehölz bis auf Höhe der Baumkronen in die Luft.

»Scheiße! Deckel zu!«, schrie er in seinen Panzer hinein, dann schloss er selbst die Kommandantenluke. »Deckel zu, verdammt!«, stöhnte er noch einmal und darauf wurden endlich alle Schotten dichtgemacht.

Hinter, vor und neben Engelmanns Panzer wurde die Erde aus dem Boden gerissen und in die Luft geschleudert. Dicke Erdbrocken und Steine prasselten gegen die Hülle des Panzers, während Engelmann und seine Besatzung dem Orchester des Todes lauschten. Solange sie innerhalb ihres Kastens blieben, waren sie verhältnismäßig sicher, es sei denn, der Artillerie gelang ein direkter Treffer, aber das war dann wohl Pech. Schreie erklangen von draußen, sie drangen lediglich als dumpfe Laute in den Panzer herein.

»Die Artillerie kleckert nicht zufällig genau in unseren Aufmarschraum rein!«, brüllte Engelmann und schaffte es kaum, dass Getöse zu übertönen. Draußen rissen neue Fontänen frische Krater in den Boden. Ein Baum knackte unter dem anhaltenden Feuer und stürzte um. Seine Krone landete genau auf einem Panzer 38 (t), doch dessen Fahrer gab umgehend Gas und befreite seinen Kasten aus dem Geäst.

»Die wissen ganz genau, wo wir sind!«, stellte Nitz mit Resignation in der Stimme fest.

»So viel zum Überraschungsmoment!«

Nördlich von Ponyri, Sowjetunion, 03.05.1943

Heeresgruppe Mitte – 75 Kilometer nördlich von Kursk

Als Berning wieder zu sich kam, sah er zuerst das Gras, das an ihm vorüberzurasen schien. Es dauerte einige Momente, bis er begriff, dass er auf den Schultern von jemandem lag, der ihn nicht bloß trug, sondern mit ihm rannte. Berning hörte deutlich das Keuchen seines Trägers, vernahm, wie dessen Atemorgan in schnellen Schüben Luft einsog und wieder ausstieß. Die Atmung des Trägers ging schnell, raste fast, als wollte sie den Träger selbst noch überholen. Als Berning zu klaren Gedanken kam und ihm langsam dämmerte, was zuletzt geschehen war, da war das Erste, was ihm in den Sinn kam, die Erleichterung über den Umstand, dass sein Träger, der ihn wie einen Sack Kartoffeln über beide Schultern geschwungen hatte und Berning somit nur dessen Rücken und Beine sehen konnte, eine feldgraue und keine braune Uniform trug. Dann konzentrierte er sich auf seine Umgebung, doch außer den flinken Schritten des Trägers und dessen hoch frequentierter Atmung konnte er nichts vernehmen – vor allem keine Schüsse und keine russischen Befehle.

Der Schmerz kehrte erst langsam zurück, grub sich dann aber mit voller Wucht in Bernings Empfindungen. Sein rechter Oberschenkel brannte, als hätte ihn jemand mit Säure übergossen, und seine ganze Feldhose war durchnässt. Er biss die Zähne zusammen, doch am liebsten hätte er geheult. Dann spürte er auch den heftigen Schmerz im Schienbein. Er reckte seinen Kopf so weit es ging und erkannte aus dem Augenwinkel, dass sein Träger nicht nur ihn, sondern auch noch ein MG 42 schleppte, das nun zwischen dessen Schultern und Bernings Schienbein eingeklemmt war und mit jedem Schritt gegen ebenjenes donnerte.

»Bongartz?«, fragte Berning mit gebeutelter Stimme.

Die Anstrengung verwehrte Bongartz fast völlig das Sprechen und nun musste er den Preis für seinen Sprint mit Maschinengewehr und seinem Gruppenführer auf dem Rücken zahlen. Laufstark wie er war, war er nun dennoch am Limit seiner Kräfte angelangt. Seine Schritte verlangsamten sich und seine Atmung wurde lauter. Jeder Luftausstoß gereichte nun zu einem langen Japsen aus den Tiefen seiner Lungenflügel.

»Keine Bange, Herr Unteroffizier«, schnaufte er. »Wir sind gleich zurück.«

Sie erreichten jene Waldkante, die der sMG-Trupp noch überwachen konnte. Bongartz stoppte und fiel einfach um. Berning knallte hart ins Unterholz und stöhnte, während der Gefreite sich bereits unter ihm und dem Maschinengewehr hervorkämpfte, dabei ächzte und umgehend aufsprang.

»Wir sind schon im Strafraum«, krächzte er, mehr zu sich selbst als zu Berning, und riss sich den Helm vom Schädel.

»Wie war das? Zweimal den Blechhut schwenken?«

»Dreimal!«, stöhnte Berning mit zerknirschter Miene. »Dreimal, Bongartz!« Der Unteroffizier hielt sich mit beiden Händen seinen Schritt. Auch wenn der Schmerz eher im Bereich des Oberschenkels lag, traute er sich nicht, an sich hinabzublicken und sich das Fiasko anzuschauen – zu viel Angst hatte er davor, was er dort eventuell sehen würde.

Bongartz sprang auf die Freifläche – ein gefährliches Unterfangen –, hielt seinen Helm in die Höhe und schwenkte ihn dreimal hin und her über seinem Kopf. Dann ließ er sich sofort zu Boden fallen und verharrte in völliger Bewegungslosigkeit; allein sein Brustkorb hob und senkte sich im Sekundentakt, während sein Puls sich langsam beruhigte. Augenblicke vergingen – nichts geschah. Bongartz erhob sich und heftete seinen Blick auf die vermeintlich rettende Waldkante am anderen Ende der Freifläche, dann sah er es: Zwischen zwei Buschgruppen reckte sich ein deutscher Soldat, von dessen Helm lange Grashalme abstanden, in die Höhe, nahm nun ebenjenen Helm vom Kopf und schwenkte ihn dreimal.

Berning lag immer noch mit zusammengebissenen Zähnen genau dort, wo Bongartz ihn abgeladen hatte. Der Gefreite kehrte zu seinem Gruppenführer zurück, las erst das MG und dann unter großem Ächzen Berning auf und begab sich auf den Weg zurück zu den deutschen Stellungen.

Berning sah, wie Bongartz der Schweiß in Strömen vom Hinterkopf herab in die Uniform lief. Sie traten auf die Freifläche und unter die glühende Sonne, die mit jeder Minute erbarmungsloser schien. Dann erblickten sie es: Östlich ihrer Position brachen Infanteriekräfte aus dem Wald – so weit die beiden schauen konnten. Berning kniff die Augen zusammen angesichts der Sonne, die sich langsam in Richtung Süden arbeitete, und bestaunte die geballte Macht der 253. Infanterie-Division. Die Soldaten trugen ihre Waffen in Pirschhaltung und beobachteten mit konzentrierter Miene das Vorfeld. Sie marschierten im Schritttempo in langen Reihen nebeneinander, sodass im Falle eines Angriffes von vorne sofort die geballte Feuerkraft aller zur Verfügung stand. Schon gesellte sich das Röhren von Propellermaschinen zur angespannten Ruhe der Szenerie, einen Augenblick später schoss ein Dutzend deutsche Maschinen über die Köpfe der Soldaten hinweg, während ganz weit hinten die Panzergrenadiere in ihren Halbkettenfahrzeugen aus dem Unterholz stießen. Der Angriff hier im Norden hatte begonnen und trotz aller

Schmerzen zog sich in diesem Augenblick ein breites Lächeln über Bernings Gesicht. Er hatte seinen *Heimatschuss* erhalten.

Östlich von Stroitel', Sowjetunion, 03.05.1943

Heeresgruppe Süd – 102 Kilometer südlich von Kursk

Noch immer hämmerte die Artillerie des Feindes schonungslos in die deutschen Stellungen hinein, auch wenn sie sich weiter nach Süden vorgearbeitet hatte. Im Panzer Engelmann waren nach wie vor die Detonationen der Granaten zu vernehmen, und würden die Panzermänner die Luken öffnen und hinaussehen, sie würden weiter hinten im Wald auch noch die Fontänen erblicken, die haushoch in den Himmel emporstiegen. Der feindliche Artilleriebeschuss hatte im Regiment keine Opfer gefordert, denn die Soldaten hatten sich in oder unter den Panzern schützen können. Doch nun klopften die Russen die Stellungen der Grenadiere ab, die den ersten Funksprüchen nach zu urteilen eine Abreibung kassierten.

»Wenn nicht bald der Angriffsbefehl folgt, haben wir hier nichts mehr zum Angreifen«, murmelte Born und blickte gegen die Decke des Panzers. Fünf Mann, eingepfercht in einem Kasten aus Stahl, bedeutete ein Zusammensein auf engstem Raum, so eng, dass man um Berührungen gar nicht umhin kam. Das hatte aber auch seine Vorteile: Eine Panzerbesatzung wuchs rasch zusammen, was man auch daran merkte, dass die Dienstgrade innerhalb einer solchen Kampfgemeinschaft oft verschwammen. So sprachen selbst die Mannschaften in Anwesenheit des Offiziers offener ihre Gedanken aus, als sie es sonst vielleicht getan hätten. Born rutschte auf seinem Sitz nun hin und her, doch entweder drückte die Panzerwand in seinen Rücken oder er der Schaft des Maschinengewehrs drückte gegen ihn.

»Keine Sorge, die Flieger machen gleich Schluss mit dem Treiben.« Das dumpfe Krachen draußen übertönte fast die Worte von Nitz, der auf die Stukas anspielte, welche vor wenigen Minuten auf dem Weg zu den feindlichen Stellungen über sie hinweggejagt waren. Es würde definitiv bald losgehen: Zum einen hatte die Luftwaffe mittlerweile 500 Sturzkampfbomber plus Jagdschutz allein im Abschnitt der Heeresgruppe Süd in der Luft, die zur Stunde sowohl die russische Artillerie beharkten als auch den vordersten Verteidigungsgürtel bombardierten. Zum anderen – es war dank des sowjetischen Granatenregens nur nicht hörbar – schossen auch die deutschen Geschütze bereits seit 20 Minuten auf die feindlichen Stellungen.

»Wann geht es denn endlich los?«, fragte Münster laut. »Wir haben doch längst Büchsenlicht! Wer hat denn da verpennt?«

Engelmann blickte auf seine Uhr: *06:50 Uhr deutscher Zeit*. Hier in Russland war bereits der Vormittag angebrochen.

Auch wenn er den Schlachtplan beinahe auswendig aufsagen konnte, studierte er erneut seine Karte; je häufiger er sich vorab die Details vergegenwärtigte, umso weniger kostbare Zeit würde er später darauf verschwenden müssen – nämlich dann, wenn es darauf ankam, blitzschnelle Entscheidungen zu treffen. Engelmann legte seine Stirn in Falten, während sein Finger die geplante Marschstrecke nachzeichnete.

Nach all den umfangreichen Vorbereitungen für das Unternehmen *Barbarossa* – den Überfall auf die Sowjetunion – und nach zwei Jahren Krieg in Russland, hatte es die Wehrmacht noch immer nicht auf die Kette bekommen, ordentliche Karten mit römischen Lettern zu beschaffen, was bedeutete, dass Leutnant Engelmann auch dieses Mal mit kyrillischen Buchstaben kämpfen musste, um Ortschaften und Straßen zu identifizieren. Das machte es Ihm nicht einfacher.

Der Plan sah vor, nordöstlich über den Lipoviy Donez, ein schmaler Nebenarm des Donez', vorzustoßen. Sie würden nach vier Kilometer auf eine laut der Aufklärung verlassene Minensperre der Russen treffen – was Engelmann sich nicht vorstellen konnte, da Sperren ohne Überwachung ihren Sinn verfehlten. Hinter der Sperre warteten weitere vier Kilometer flaches Land darauf, überwunden zu werden. Das Gelände war insgesamt sehr panzerfreundlich. Auf der Linie Osërowka-Schtscholokowo, zwei winzige Bauerndörfer – ja eigentlich mehr große Bauernhöfe –, wurde der erste Verteidigungsgürtel des Feindes erwartet. War dieser einmal überwunden, galt es weiter vorzurücken in Richtung der Straße, die nach Prochorowka führte, wobei auf dem Weg dorthin auf der Linie Lutschki I-Plota mit dem zweiten Verteidigungsgürtel gerechnet wurde. Beide Stellungssysteme lagen jeweils auf den einzigen Höhenzügen in diesem sonst so flachen Land, was bewies, dass auch die Russen ihre Hausaufgaben gemacht hatten. Lief alles nach Plan – und es lief nie alles nach Plan –, dann würden die deutschen Angriffsspitzen bei Einbruch der Nacht hinter den Linien der zweiten russischen Verteidigungslinie stehen.

Plötzlich knisterte das Funkgerät. Nitz presste mit seiner rechten Hand das Empfangsgerät, ein in eine Halterung für den Kopf eingebauter Lautsprecher, mit aller Kraft gegen sein Ohr. Nach wenigen Augenblicken bestätigte er, dass er den Spruch erhalten hatte, drehte sich vom Gerät weg und nickte tief. »Es geht los«, informierte er über sein Kehlkopfmikrofon den Kommandanten und den Fahrer. Münster gab die Meldung dann an den Richt- und den Ladeschützen weiter, denn beide waren nicht an den Funkkreis angeschlossen und mussten stets direkt angesprochen werden.

»In Ordnung«, erwiderte Engelmann, indes wurden seine Gedanken geflutet mit Befehlen und Verhaltensweisen, die nun abzuarbeiten waren. Jahre der Ausbildung und Jahre des Krieges hatten ihn geprägt.

»Ihr wisst, was das bedeutet. Wir befinden uns im Gefechtsmodus.« Engelmann hatte über die Dauer dieses Feldzugs immer dieselbe Panzerbesatzung führen dürfen, und über die Zeit hatte sich innerhalb der kleinen Gemeinschaft ein Ritual eingebrannt: Zu Beginn eines Gefechtes, genauer: wenn Engelmann den »Gefechtsmodus« feststellte, verfielen die sonst üblichen Höflichkeitsfloskeln und Hierarchiehuldigungen, und alle im Panzer gingen vom »Sie« über ins »Du«.

Engelmann holte eine rote Dose aus seiner Brusttasche und schob sich ein Stück Schokolade in den Mund. Dann gab er seine Befehle: »Hans, Motor an und Gas geben. Wir setzen uns an die Spitze des Zugs. Reihenfolge nach uns wie folgt: Müller zwei, Laschke drei, Meyer vier, Marseille fünf. Durchgeben über Funk, Ebbe.« Wie immer hatte Nitz das Funksystem des Panzers bereits entsprechend Engelmanns Wünschen eingestellt: So waren Mikrofon und Kopfhörer des Kommandanten auf den internen Funkkreis geschaltet, während Nitz wahlweise zwischen dem Funkkreis des Zuges und dem der Kompanie hin und her wechselte.

»Müller zwei, Laschke drei, Meyer vier, Marseille fünf, jawohl«, wiederholte Nitz und sprach umgehend ins Sendegerät: »Wir Spitze, Reihenfolge danach Anna 3, dann Anna 2, Anna 4, Anna 5.«

Der Panzer heulte auf, als Münster den Motor startete, die Kupplung kommen ließ und beschleunigte. Umgehend fegte Elfriede hinaus auf die freie Fläche. Der Leutnant öffnete den Turmdeckel beidseitig und streckte seinen Oberkörper nach draußen. Ganz gleich, welche Gefahren damit auch verbunden sein mochten, nichts war wertvoller, als mit den eigenen Augen und Ohren uneingeschränkt das Schlachtfeld abtasten zu können. Engelmann machte auch gleich schwarze Punkte in der Luft aus, am Horizont weit voraus, die sich wieder und wieder zu Boden stürzten und dann abdrehten. Er hoffte, die Stukas würden das Gros der russischen Verteidigung ausschalten, ehe diese seinen Panzern gefährlich werden konnte.

Überall stoben nun die Panzer der III. Abteilung des Regiments aus dem Wald heraus auf die Ebene, während russische Granaten weiter das Hinterland planierten. Panzer 38 (t), Panzer III und Panzer IV rollten über die Freifläche, die sich hier schier endlos bis zum Horizont zog und nur ganz im Norden von kleineren Waldstücken und einzelnen Höhen durchbrochen wurde. Die Ketten der Bestien aus Stahl zermalmten das Land unter sich, zerquetschten Gehölz, Büsche und Steine. Sie bewegten sich direkt auf den Minengürtel zu, der vor einigen zusammenhängenden Hügeln angelegt worden war, und in den die Pioniere seit der Nacht Gassen für jede Kompanie hineingeschlagen hatten.

Direkt hinter den Panzern marschierten die Infanteriekompanien und Pioniere aus dem Unterholz. Die Männer zogen Grimassen und sahen auch sonst sehr gebeutelt aus. Die russischen Granaten hatten ihnen eine heftige Abreibung verpasst. Im Windschatten der Panzer rückten die Männer vor, um immer dann zum Einsatz zu kommen, wenn Hindernisse aus dem Weg geräumt oder feindliche Infanteriekräfte vernichtet werden mussten.

Auch rechts von Engelmanns Zug schien der Angriffsbefehl angekommen zu sein. In weiter Ferne fuhren Halbkettenfahrzeuge zur Formation auf. Gleich dort, wo das Waldstück endete, in welchem Engelmanns Männer bis vor Kurzem noch gewartet hatten, preschte nun die Schwere Panzerabteilung auf die Ebene. 42 Panzer VI »Tiger«, kantige Monster mit einem martialischen Rohr, das weit über die Wanne hinausragte, sollten als Schwerpunktelement den Durchbruch forcieren und einen Weg für die nachrückenden Kräfte freimachen. Die stählernen Raubkatzen fächerten auf der Freifläche umgehend auf und bildeten so eine weite Angriffsfront.

»Nicht so viel Gas geben, Hans«, sagte der Leutnant, der seinen Fahrer allzu oft ausbremsen musste. Während sie an Geschwindigkeit verloren, sah er den Tigern dabei zu, wie diese an ihnen vorbeizogen und die Führung des Angriffs übernahmen. Tausende Tonnen Stahl walzten in diesem Frontabschnitt über die Erde, und als der Leutnant das Zusammenwirken der Waffen – Luftwaffe, Artillerie, Fronttruppen – in seinem vollen Ausmaß erblickte, da erfasste ihn doch kurzzeitig ein erhabenes Gefühl. Was die deutsche Wehrmacht hier auffuhr, suchte seinesgleichen. Was sonst als einen Sieg hatten solche Anstrengungen verdient? Plötzlich tat es einen lauten Knall, als hätte jemand einen bis zum Bersten aufgepusteten Ballon zum Platzen gebracht. Einen Wimpernschlag später hüllte sich einer der Tiger in schwarzen Qualm. Engelmann erkannte umgehend die Ursache: Das war kein Treffer, das war ein Motorbrand. Auch weiter hinten an der Schneise im Wald stand bereits einer der schweren Panzer bewegungslos da, während der Kommandant fluchend aus der Luke kletterte. Noch immer hatten die neuen Panzer mit technischen Problemen zu kämpfen, auch wenn es nicht mehr so schlimm war wie im letzten Jahr. Doch die Hoffnung ruhte ohnehin auf dem neuen Panzer V »Panther«, der an diesem Tage zum ersten Mal zum Fronteinsatz kam. 30 Exemplare waren noch rechtzeitig vom Band gelaufen, um die Operation zu unterstützen.

*

Nach fünfzehnminütiger Fahrt über gut gangbares Gelände hatten die Angriffsspitzen den vermutlich verlassenen Minengürtel erreicht. Engelmann erkannte in der Ferne die Hügelgruppe, die direkt hinter den Minen das Land anhob und mit kleinen Waldstücken übersät war. Der Zug des Leutnants befand sich nun wieder selbst an vorderster Front, denn die Tiger hatten sich vor wenigen Minuten nach Osten verschoben, um die für sie vorgesehenen Gassen durch das Minenfeld zu nutzen. Die Zusammenführung der Kräfte sollte erst dahinter wieder stattfinden, wo dann das Regiment im Windschatten der Tiger durch die erste Verteidigungslinie der Russen stoßen sollte. Dabei bildete Engelmanns Zug nicht bloß das Spitzenelement seiner Kompanie, nein, die Kompanie war gleichzeitig das Spitzenelement der Abteilung und diese das Spitzenelement des Regiments. Engelmanns Panzer würde also der Erste sein, der an den Feind geraten würde, und das war dem Panzermann recht so. Natürlich trieb ihn dabei keine Todessehnsucht an, doch er sah gleichwohl lieber sich und seinen Panzer IV in Gefahr als jene Kameraden, die mit veralteten Panzermodellen auskommen mussten.

Als Elfriede sich dem Sperrgürtel näherte, erkannte Engelmann die Markierungen, die die Pioniere aufgestellt hatten: In den Boden gerammte Metallstangen wiesen den Weg durch das Minenfeld. Die Gassen waren erwartungsgemäß sehr eng, gerade einmal zwei Kästen passten nebeneinander. Das bereitete Engelmann Bauchschmerzen. *Wenn die Russen diese Sperre nicht überwachen,* sinnierte er, *vergeben sie eine riesige Chance.* Aber wie gesagt, er konnte sich das nicht vorstellen. An Nitz gewandt erteilte er neue Befehle: »Ebbe, lass Müller auf unsere Höhe herankommen, dann passieren wir als die Ersten das Minenfeld. Marseille setzt sich ans Ende des Zugs. Augen und Ohren offenhalten; ich glaube noch nicht, dass hier kein Iwan sitzt.«

Engelmann stützte sich mit beiden Armen an den Rändern seines Ausgucks ab und verengte die Augen, um die im gleißenden Sonnenlicht liegenden Hügelgruppen zu sondieren. *Ein gut platzierter Heckenschütze dort hinten beendet mein Leben schneller, als mir lieb ist,* schoss es ihm durch den Kopf. Einige Panzerkommandanten versteckten sich daher fast ausschließlich in ihrer Kuppel, doch Engelmann brauchte die freie Sicht. Als militärischer Führer musste er Informationen sammeln – das wichtigste Gut in der Schlacht. Wie sonst könnte er die zur Lage passenden Befehle erteilen?

Die Panzer Engelmann und Müller mussten sich einander auf fünf Meter nähern, um nebeneinander in die Gasse zu passen. Zu beiden Seiten hatten sie dann noch einen Meter Platz zu den Markierungen. Die Sonne brannte mit einer für Mai ungewohnten Intensität auf die Erde hernieder. Engelmann griff in seinen Panzer und zog seine Sonnenbrille heraus, die er in die Karte eingehakt hatte, um im grellen Licht besser sehen zu können.

»Sachte, Hans, sachte!«, wies er seinen Fahrer an, während der Panzer im Schritttempo die gut 80 Meter tiefe Minengasse entlangfuhr. Neben ihnen grölte der Motor von Müllers Panzer. Dort war der Kommandantendeckel geschlossen, ergo war Müller nicht zu sehen. Engelmann seufzte. Hinter ihnen fuhren bereits die nächsten zwei Panzer des Zugs auf. Die Hügelgruppe vor ihnen war schlecht einsehbar, viele Kusseln und Baumgruppen boten ideale

Verstecke. *Normalerweise ist das der richtige Zeitpunkt, den Herrgott anzusprechen,* dachte sich Engelmann und musste grienen. Er – den der Krieg von einem passiven Christen in einen gläubigen Menschen verwandelt hatte – sprach dieser Tage oft mit Gott; er empfand es jedoch gleichzeitig als nicht richtig, den Herrn um Kriegsglück zu bitten. Engelmann war der festen Überzeugung, Gott würde nicht bloß seine schützende Hand über die Deutschen halten, sondern ebenso über die Russen. Daher mussten die Menschen ihre Differenzen schon unter sich ausmachen.

Die beiden vordersten Panzer hatten bereits das erste Drittel der Gasse überwunden, als sich auch Müllers Kommandantendeckel öffnete und der Oberfeldwebel, ein schlanker Kerl mit eingefallenen Wangen, seinen Oberkörper herausstreckte.

»Bei Ihnen so weit alles in Ordnung?«, rief Engelmann ihm zu.

Müller blickte mit zufriedener Miene in den Himmel und hob beide Arme, so als wollte er das Land segnen. Dann grinste er breit und nickte.

»Sehr schön«, schrie Engelmann mit aller Kraft, während das Grollen der Motoren und das Quietschen der Ketten fast nicht zu übertönen war. »Vorne fächern wir auf und beziehen Hinterhangstellungen!«

Wieder nickte Müller. Engelmann verschwand im Bauch seines Kastens.

»Ebbe«, keuchte er und wischte sich mit dem Ärmel den Schweiß weg, der unter seiner Mütze hervorquoll, »Befehl an alle: Wir fächern hinter der Sperre auf, Ziel bei elf Uhr, die drei vorgezogenen Hügel, dort bildet wir eine Hinterhangstellung.«

»Jawohl!« Und damit wandte Nitz sich ab und hielt sich das Sendegerät an den Mund. Während Nitz' Worte durch den Panzer klangen, erhob sich Engelmann wieder und blickte nach draußen. Schlagartig stieg hinten bei den Hügeln Rauch auf. Instinktiv riss der Leutnant beide Arme über den Kopf und duckte sich leicht. Am Panzer neben ihm tat es einen irren Schlag. Funken sprühten, während das Geschoss von der Turmpanzerung abprallte, dann kreischte Müller auf, riss die Hände nach oben und sackte zurück in den Panzer. Im Anschluss erst donnerte der Knall des Schusses über die Ebene hinweg.

»Scheiße, was war das?«, schnaubte Engelmann, während der Schweiß ihn zu ertränken drohte.

»Elf Uhr, bei 400 Meter!«, wiederholte Nitz einen eingehenden Funkspruch. Der Leutnant blickte aus seiner Luke und sah den aufsteigenden Rauch bei einer Buschgruppe zwischen den Hügeln.

»Gib Gas, Hans, und bring uns aus der Gasse raus!« Münster nickte und beschleunigte, während der Motor jaulte.

»Ebbe, an alle: Zweierreihen auflösen und Tempo machen. Wenn die uns hier erwischen, ist die ganze Gasse dicht!«

»Verstanden Sepp.« Nitz drehte an einem der Schaltknäufe an dem in einer Halterung angebrachten Funkgerät, das ein bisschen wie ein

Volksempfänger aussah, um die Lautstärke zu erhöhen, dann legte er mit in Falten geworfener Stirn los. Seine Worte sprudelten nur so aus ihm heraus, als er die Befehle weitergab. Draußen knallte schon das Geschütz von Müllers Panzer. Engelmann sah die Erdfontäne, die viel zu weit links von der vermuteten Feindstellung in die Höhe schoss. Der Leutnant kniff die Augen zusammen, dann krachte es zwischen den Hügeln schon wieder. Mündungsrauch hüllte die Kusseln ein, und einen Wimpernschlag später stieg im Minenfeld rechts des Panzers Engelmann ein Springbrunnen aus Dreck und Grasnarben in die Höhe.

»Verfluchte Dreckskerle!«, ächzte Engelmann und hielt sich erneut beide Arme schützend über den Kopf, während er mit Erdklumpen beworfen wurde. Dann sah der Leutnant deutlich eine russische Tellermine, die durch die Explosion aus dem Boden gerissen worden war, gute 80 Meter durch die Luft geschleudert wurde, dann im Gras aufschlug und wie ein Fußball noch einige Male in die Höhe sprang, ehe sie liegen blieb.

Elfriedes Motor heulte unterdessen weiter auf, als Münster auf Vollgas ging. Die Ketten wühlten sich ächzend durch die Erde. Benzingestank erfüllte die Luft, und der Tank erreichte 25 Kilometer pro Stunde. Mehr war im Gelände nicht drin, doch sie hatten das Ende der Gasse beinahe erreicht. Plötzlich schnatterte in der Ferne ein Maschinengewehr. Feine Erdsprenkel wühlten den Boden vor Engelmanns Panzer auf, dann sprühten Funken über die Außenhülle. Engelmann duckte sich weg, verschwand im schützenden Bauch und klappte beide Deckelseiten zu.

»Maschinengewehr rechts!«, brüllte er und setzte sich auf seinen Kommandantensitz, der in erhöhter Position zwischen dem des Ladeschützen und dem des Richtschützen lag.

»Die wollen uns blenden!«, gab Nitz zu bedenken und ergriff nun selbst sein MG – er könnte es noch einsetzen müssen. Dann stieg vorne zwischen den Hügeln wieder blitzartig Rauch auf und das nächste sowjetische Panzerabwehrgeschoss ging auf die Reise. Es krepierte zwischen Engelmanns und Müllers Panzer im Boden, noch ehe der Schall des Schusses über sie hinwegdonnerte. Eine Wand aus Erde baute sich auf und ergoss sich über die Bestien aus Stahl. Müllers Panzer feuerte. Zu tief! Erde warf sich drüben über die Buschgruppen.

»Hat Müller den Feind ausgemacht?«, keuchte Engelmann und klammerte sich mit beiden Händen am Stahl der Kuppel fest.

Die Frage war an Nitz gerichtet, der sich umgehend hinter das Funkgerät klemmte.

»Nein!«, antwortete er Sekunden später. »Die schießen mit Spreng auf gut Glück!«

»Scheiß Verschwendung! Münster, geh auf 11.30 Uhr zum Feind!«

Der Panzer Engelmann erreichte das Ende der Gasse und Münster drehte sofort nach links ab. *Bloß dem Geschütz nicht den Hintern präsentieren!*, dachte Engelmann. Noch immer kleckerte das russische Maschinengewehr wahllos zwischen die Panzer.

»Sepp?« Eduard war nervös und hatte schon die Finger auf der Munition. »Soll ich was laden?« Der Leutnant schloss seine Luke, während das Maschinengewehr gegen die Panzerung klopfte. Von innen hörte sich das so an, als würde jemand Steine gegen den Panzer werfen. Dann blickte er durch den Sichtblock im Turm und erkannte die feindliche Stellung 250 Meter vor sich. *Diese verdammten Schweinehunde haben uns ganz schön nah auflaufen lassen!*, kreisten seine Gedanken. *Die wissen wahrscheinlich selbst, dass das ein Himmelfahrtskommando ist!* Noch immer wusste er nicht, ob nun ein Geschütz oder ein Panzer auf den Hügeln positioniert war. Dann plötzlich sah er den für Pak-Geschütze so typischen Schild in der Sonne blitzen.

»Spreng!«, befahl er. Eduard wusste, was zu tun war. Er griff die erste von insgesamt 87 Patronen und hievte sie in die Ladevorrichtung. Engelmann ließ durch seine Sichtscheibe die feindliche Stellung nicht aus den Augen. Wieder spuckte die Buschgruppe vorne schlagartig Rauch aus. Der Leutnant kam gar nicht mehr dazu, seinen Körper unter Spannung zu bringen. Es tat einen Schlag, als hätte King Kong persönlich gegen den Panzer getreten. Volltreffer! Im Inneren flogen die Besatzungsmitglieder durcheinander. Hans würgte den Motor ab, während er heftig gegen die Seitenwand geschleudert wurde, und der Panzer kam knarzend zum Stehen. Einen Augenblick später schoss Müllers Kasten und setzte dem Geschütz im Vorfeld endlich ein Ende. Der Wind wehte nun leise Schmerzensschreie von Menschen im Todeskampf herüber, die Engelmann aber nicht hören konnte. Seine Ohren klingelten und sein Blick pulsierte wie nach zu viel Alkoholgenuss. Der Leutnant hielt sich mit beiden Händen den Schädel und klimperte mit den Augen. Unter ihm stöhnte und fluchte Münster, der den elektrischen Anlasser betätigte und den Motor damit ins Leben zurückholte. Glücklicherweise konnte der Panzer IV Ausführung F2 einiges an Prügel einstecken. Der Pak-Treffer hatte zwar eine tiefe Narbe in den Turm gerissen, war aber nicht durch die Panzerung gedrungen.

»Meldung!«, krächzte Engelmann mit heiserer Stimme.

»Der Motor ist in Ordnung! Ich glaube, wir haben Glück gehabt.«

»Müller hat es schwer erwischt!«, meldete Nitz, nachdem er ein kurzes Gespräch mit dem Nachbarpanzer geführt hatte. »Stark blutende Wunde am Hals. Meinert übernimmt Anna 3.«

»Verstanden«, bestätigte Engelmann und biss sich auf die Unterlippe. Müller war gemeinhin ein beliebter Soldat des Zuges und – daheim warteten eine schwangere Frau und drei Kinder auf ihn.

»Ebbe, Verteidigungspositionen einnehmen und Verwundetentransport über Kompanieführung anfordern. Wir müssen Müller nach hinten bekommen.«

»Verstanden. Verteidigungspositionen und Verwundetentransport.« Nitz klemmte sich wieder hinter das Funkgerät.

»Und, Ebbe?«

»Ja?«

»Laschke soll nach rechts rüber und dort in Stellung gehen.«

»Verstanden.« Umgehend trat der Feldwebel mit den anderen Einheiten des Zugs in Verbindung und übermittelte die Befehle, während Hans weiter Gas gab und sich somit Engelmanns als auch Müllers Panzer linksseitig der Hügelgruppe näherten. Am liebsten wäre der Leutnant wieder nach draußen gegangen, doch dort vorne zwischen den Hügeln stromerte noch immer ein feindlicher MG-Trupp herum. Engelmann war mutig, aber nicht lebensmüde. Allerdings: Sollten die sowjetischen MG-Schützen genauso denken, dann hatten sie sich längst aus dem Staub gemacht. Jetzt galt es daher, rasch weiter vorzustoßen, denn mittlerweile durfte auch der letzte Russe begriffen haben, was da zur Stunde über die sowjetische Front hereinbrach.

Nördlich von Ponyri, Sowjetunion, 03.05.1943

Heeresgruppe Mitte – 75 Kilometer nördlich von Kursk

Als Bongartz und Berning endlich die eigenen Stellungen erreicht hatten, war über den sMG-Trupp umgehend ein Funkspruch an den Zugführer, Oberfeldwebel Claaßen, ergangen. Die Abteilung setzte daraufhin eine ganze Kompanie auf das Waldstück an, das zunächst im Zuge der Angriffsbewegungen der Spitzengruppe umgangen worden war. Als Reserve für die Operation hatte die Schnelle Abteilung 253 sowieso noch zumindest bis zum nächsten Tag Zeit, bis sie endgültig nachrücken würde. Es dauerte keine zwanzig Minuten, da machten sich zugweise Infanteristen im Laufschritt auf den Weg. Sollte es noch verwundete Kameraden zu bergen geben, durfte keine Zeit verloren werden. Der Gefreite Bongartz erhielt den Auftrag, Berning umgehend über den Zuggefechtsstand ins Verwundetensammelnest zu bringen.

*

Bongartz hatte Berning sowie das Maschinengewehr bis zurück in den Zuggefechtsstand geschleppt, wo nun zahlreiche Soldaten aufblickten und auf die blutige Hose des Unteroffiziers starrten. Der Gefreite war vollkommen am Ende und schwitzte Wasserfälle. Zitternd presste er Luft aus seiner Lunge, während sich Bernings Gesichtsausdruck deutlich aufgehellt hatte. Das Donnern von Geschützen in der Ferne sowie nahe Schüsse beherrschten die Geräuschkulisse, während sich hier im Bereich des Zugs, der in einem lichten Laubwald lag, alle Mann darauf vorbereiteten, die zurückkehrenden Spähtrupps wieder aufzunehmen.

Unter einem Stöhnen der Erschöpfung setzte Bongartz den Unteroffizier ab, indem er ihn ganz vorsichtig auf dessen Füße stellte, um ihm danach dabei zu helfen, sich sachte ins Gras zu legen. Doch als Bernings Stiefel den Boden berührten, während er krächzend sein Gesicht zur Grimasse verzog, verlor Bongartz die Balance und kippte dank des Gegengewichts vom Maschinengewehr nach hinten über ins Gras. Berning blieb einfach stehen. Bongartz schob sich den Helm in den Nacken und musterte seinen Gruppenführer verdutzt. Berning erkannte, dass es in Bongartz arbeitete. Die Miene des Gefreiten verzog sich zu einem einzigen, wutverzerrten Ausdruck.

»Sie können noch stehen?« Bongartz war vollkommen fassungslos, doch Berning verstand nicht. Er blickte an sich hinunter, sah die durch das Projektil zerfetzte und blutdurchtränkte Hose. Er wunderte sich selbst darüber, dass die Schmerzen deutlich nachgelassen hatten.

»SIE KÖNNEN NOCH STEHEN?« Bongartz Augen wurden zu zusammengepressten Schlitzen, seine Hände zu Fäusten. Er kam kaum zu Atem, doch Zorn platzte ihm aus allen Poren.

Berning machte einen Schritt auf seinen Gefreiten zu und verzog beim Auftreten das Gesicht, doch es ging – er konnte gehen.

»SIE KÖNNEN GEHEN?!« Bongartz sprang auf die Beine und wirkte plötzlich so, als wollte er seinem Gruppenführer ins Gesicht schlagen.

»Beruhigen Sie sich doch mal, Bongartz«, stammelte Berning, der nun sichtlich eine Tracht Prügel fürchtete. Der Unteroffizier wedelte mit den Armen und trat wieder einen Schritt rückwärts.

»Tun *Sie* sich doch beruhigen! Wissen Sie, wie viele Männer wir gerade zurückgelassen haben?«

Berning starrte Bongartz aus seinen tiefblauen Augen an. Seine Lippen formten ein stilles »Oh«, dann erst fiel der Groschen bei ihm. Mit einem Schlag wurde ihm ganz heiß und unwohl. Mit zitternden Händen rieb er sich die Augen.

»Berning!«, unterbrach eine raue Stimme das Chaos und der Zugführer, Oberfeldwebel Mauritius Claaßen, trat zwischen die beiden Soldaten. Der stämmige Mann Anfang 40 mit einem schmalen Bart über der Oberlippe fokussierte den Unteroffizier mit dunklen Augen. Dieser zitterte am ganzen Körper. Dann betrachtete Claaßen die zerfetzte und blutverschmierte Hose.

»Was stehen Sie hier herum, Unteroffizier?« Claaßen war alles andere als begeistert. »Ihre gesamte Gruppe ist vernichtet worden, und Sie stellen sich einfach hier hin und warten auf besseres Wetter? Sagen Sie, haben Sie nicht mehr alle Murmeln im Trichter? Warum bekomme ich nicht umgehend Meldung von Ihnen?«

Berning starrte seinen Zugführer mit glasigen Augen an, während er längst die Kontrolle über Teile seines Körpers verloren hatte. Seine Glieder schlackerten wie bei einem Erdbeben. Er öffnete schließlich den Mund, wollte etwas sagen, doch er wusste nicht, was. Ihm war bewusst, dass er auf ganzer Linie versagt hatte. Und dann wurde Berning wieder unwohl. Wie ein Schlag in die Weichteile trafen ihn der Schwindel und das flaue Gefühl im Magen. Er glaubte, sich jeden Augenblick übergeben zu müssen. Er spürte – wie in der Früh beim Spähtrupp –, dass er hier dermaßen fehl am Platze war; dass er weder in diese Uniform noch an diesen Ort gehörte. Er wollte nach Hause, mehr nicht. Er wollte bloß noch weg von den schießenden Russen und den brüllenden Kameraden, die nie zufrieden mit ihm waren.

Er wollte irgendwo sein, wo er akzeptiert wurde. Dabei war für ihn noch das kleinste Übel, dass Claaßen ihn vor den Augen des Gefreiten zur Sau gemacht hatte.

»Bongartz!«, sagte Claaßen. »Sie haben gute Arbeit geleistet, Junge.« Er nickte dem Gefreiten aufrichtig zu. »Melden Sie sich bei Unterfeldwebel Schredinsky, 1. Gruppe.« Bongartz senkte sein Haupt. Man sah seiner Miene an, wie sehr ihn der Verlust vieler guter Kameraden schmerzte. Mit einem leichten Nicken trottete er in Richtung des Platzes der 1. Gruppe hinfort, während er sich eine Zigarette in den Mundwinkel steckte.

»Ach, und Bongartz?«, rief Claaßen im nach.

Bongartz blieb stehen und drehte sich zu seinem Zugführer um. »Herr Oberfeldwebel?«

»VFL Bochum gegen Alemannia Gelsenkirchen am Samstag: sechs zu drei.«

Ein kurzes, kräftiges Lächeln zog sich über das Gesicht von Bongartz, doch es verschwand rasch wieder.

»Wie ich gesagt habe, Herr Oberfeldwebel. Wir machen noch den vierten Platz!« Mit diesen Worten verschwand Bongartz im Gestrüpp.

Claaßen lächelte einen Moment lag und flüsterte etwas wie »verdammter Drecskerl«, dann versteinerte seine Miene, und er wandte sich Berning zu, der noch immer dastand wie ein Schluck Wasser in der Kurve.

»So, Sie melden sich jetzt umgehend beim Truppenarzt.«

Berning nickte.

»Und danach führen wir zwei eine Unterhaltung, die Ihnen nicht gefallen wird!«

Südlich von Osërowka, Sowjetunion, 03.05.1943

Heeresgruppe Süd – 97 Kilometer südlich von Kursk

1941 noch hatte der Luftraum über der Sowjetunion den deutschen Flugzeugen gehört, doch solche Zeiten waren lange vorbei. Milchs Teilstreitkraft hatte durch die Misswirtschaft seines Vorgängers sowie die voranschreitenden Abnutzungserscheinungen nach nunmehr vier Jahren Krieg an Kampfkraft eingebüßt. Und während deutsche Jagdmaschinen in der Heimat in die Pulks tausender alliierter Bomber hineinstoßen mussten, spürten die Piloten der Luftwaffe an der Ostfront, wie die Luftstreitkräfte der Roten Armee mit jedem Tag stärker wurden, derweil die eigene Luftwaffe täglich an Kraft verlor. Nur durch einen gewaltigen Kraftakt war es den Deutschen gelungen, für die Operation *Zitadelle* noch einmal genügend Maschinen zusammenzuziehen, die für die Dauer der Schlacht selbstredend an allen anderen Fronten fehlten, doch diese Maßnahme sollte dem Deutschen Reich noch einmal die Luftüberlegenheit auf einem Schlachtfeld bescheren.

Fast schon ungläubig blickte Leutnant Engelmann in den Himmel, als sein Panzer IV über die Weiten der russischen Steppe vorstieß. Hinter und neben ihm sein Zug, seine Kompanie, seine Abteilung.

Über 70 Panzer der III und IV jagten in kleinen Keilformationen und aufgefächert über eine Breite von mehreren Kilometern dem ersten russischen Verteidigungsring entgegen. Sogar drei Flugabwehrselbstfahrlafetten zur Bekämpfung feindlicher Flieger marschierten mit dem stählernen Pulk der III. Abteilung. Direkt vor Engelmann, mit einem guten Kilometer Vorsprung, walzten 34 Panzer VI Tiger über die Ebene – sechs weitere waren wegen technischer Mängel liegengeblieben und wurden nun von den Werkstattzügen eingesammelt. Und über Engelmann kreisten Jagdmaschinen der Luftwaffe, während wieder und wieder Stukas in Richtung Norden brausten, um dort die Linien des Gegners weichzuklopfen, oder in Richtung Süden, um aufzutanken und aufzumunitionieren. Engelmann hoffte, die Kapazitäten der Luftwaffe würden reichen, die gesamte Operation in diesem Umfang zu unterstützen, denn nichts war giftiger für einen Panzerfahrer als die feindliche Luftüberlegenheit.

Die Tiger rumpelten unnachgiebig voran und wurden vom hohen Gras teils bis zur Oberkante der Wanne verdeckt. Sie bildeten einen Panzerkeil, um forciert an einer Stelle durchzubrechen. Vereinzelt kleckerte russisches Artilleriefeuer zwischen die deutschen Panzer. Ballons aus Erde formten sich dann – hoch wie Bäume – und platzten in alle Richtungen auseinander. Doch den stählernen Raubkatzen und ihren kleineren Brüdern konnten die umherfetzenden Splitter und Steine nichts anhaben; höchstens ein Prasseln gegen die Außenhaut wie bei Platzregen vernahmen die Besatzungen im Inneren.

Engelmann nahm seinen Feldstecher zu Hilfe, um in die Ferne zu blicken, was gar nicht so einfach war, solange der Panzer sich bewegte. Doch für einen kurzen Blick reichte es allemal. Einzelne Holzhütten und platt getrampelte Feldwege durchbrachen hie und da die Landschaft ebenso wie einzelne Bäume und kleinere Waldstücke. In der Ferne erkannte Engelmann einige zusammenstehende Gebäude, die insgesamt wie ein Bauernhof aussahen. Das war Osërowka. Schon schossen Blitze zwischen den Gebäuden empor. Einen Wimpernschlag später stieg blitzartig Qualm auch aus den angrenzenden Waldstücken auf. Die Russen hatten das Feuer eröffnet, doch sie konnten die Tiger auf die Entfernung bloß kratzen. Neuerliche Wellen aus Erde schwappten über die deutschen Panzer, während die vorderste Reihe stoppte und schoss. Die 88-Millimeter-Kanonen zerrten mit jedem Schuss an ihrem Panzer. Man sah dem Stahl förmlich an, wie er unter der enormen Kraft des Explosionsdrucks, der beim Zünden der Patrone ausgelöst wurde, bis zur Belastungsgrenze beansprucht wurde. Doch die Tiger hielten und verwandelten die Stellungen im ersten Verteidigungsring des Feindes in ein rauchendes Inferno. Sprenggranaten rissen Panzerabwehrgeschütze entzwei, während die Panzergranatpatronen problemlos auch frontal in die Panzerung eines T-34 eindrangen. Engelmann ließ seinen Zug in der Deckung der Tiger anhalten und Stellungen beziehen. Weit vorne verwandelte sich ein eingegrabener T-34 in einen Flammenball. Der Turm des Panzers sprang noch über die Flammen hinaus und wurde in hohem Bogen durch die Luft geschleudert. Engelmann empfand die russische Taktik als fatal, ihre Panzer einzugraben und so in ortsfeste Feuerpunkte zu verwandeln, denn so raubte man dem T-34 seine bitter nötige Beweglichkeit, die er gegen den überlegenen Tiger allemal gebrauchen konnte.

Vorne verwandelten die Tiger den Horizont in eine Reihe von Geysiren, die tiefschwarzen Rauch spuckten. Keine fünf Minuten dauerte der Kampf, dann verstummte die letzte sowjetische Kanone. Die Schwere Panzerabteilung setzte ihre Fahrzeuge unter aufheulenden Motoren in Bewegung und preschte auf die in die russische Verteidigung geschlagene Schneise zu.

»Dran bleiben, Hans«, stieß der Leutnant aus, obwohl er den Befehl gar nicht hätte geben brauchen, denn sein Fahrer beschleunigte bereits wieder auf Maximalleistung. Engelmann blickte ins Vorfeld und kniff die Augen zusammen. Trotz Sonnenbrille und der Sonne im Rücken war der Tag so hell, dass er Probleme hatte, das Schlachtfeld zu überblicken, dabei mussten sie jetzt ganz besonders vorsichtig sein. Die russische Infanterie würde es sicherlich nicht auf einen Kampf mit den Tigern anlegen, sondern sich von diesen überrollen lassen, um dann über die nachströmenden Kräfte herzufallen. Ausgerüstet mit Minen, Granaten und Panzerbüchsen konnten sie Engelmanns Zug definitiv gefährlich werden.

Schon schlüpften vorne die ersten Tiger durch die Schneise.

Engelmann stand der Schweiß auf der Stirn und der Fahrtwind blies ihm Staub ins Gesicht, der sofort kleben blieb. Er streckte nun kurz den Kopf in den Panzer und betrachtete seine Männer, deren Gesichter glänzten und deren Mienen konzentriert schienen. Die Hitze staute sich im Innenraum von Elfriede und vermischte sich mit dem Benzingestank und dem Schweißgeruch zu einer höchst unerfreulichen Sphäre, doch die Besatzungsmitglieder hatten derweil größere Sorgen. Ihr Panzer erreichte in diesem Augenblick die zerschlagene Verteidigungslinie.

»Der Alte sagt, wir sollen nach rechts und bis 500 Meter in die Tiefe das Stellungssystem aufrollen«, wiederholte Nitz die Befehle des Chefs, die gerade über Funk hereingekommen waren.

»Verstanden«, bestätigte Engelmann. »Mitgehört, Hans?«

»Jepp, Sepp!« Münster drehte umgehend nach rechts ab.

»Ebbe, lass die anderen auffächern und folgen. Sie sollen Stellungen beziehen in jetziger Reihenfolge alle 100 Meter.«

»Verstanden!«

»Augen und Ohren offenhalten. Macht euch bereit, die MG einzusetzen.« Nitz war noch mit Funken beschäftigt, doch der Ladeschütze Eduard Born nickte eifrig und hätschelte dann den Griff des Koaxialmaschinengewehrs, so als wollte er es auf den Kampf einschwören.

Engelmann schloss seine Luke und klemmte sich hinter den schmalen Sehschlitz. Sein Panzer fuhr unterdessen hinter dem russischen Stellungssystem eine Baumreihe ab und entfernte sich dabei wieder von Osërowka. Dahinter folgten die anderen Panzer des Zugs und dann der 2. Zug mit seinen Dreiern.

Engelmann presste die Augenpartie gegen den Sehschlitz, doch er konnte kaum etwas erkennen außer Baumstämmen und hohem Gras.

Seine rechte Hand erfasste beide Klappen des Turmdeckels, dann hielt er inne. *Lieber Gott im Himmel ...,* bat er den Herrn nun doch um Schutz, holte Luft und stieß die Luke auf. Vorsichtig bewegte er seinen Kopf über den Rand des schützenden Stahls und sondierte die Umgebung. Sein Panzer pflügte rumpelnd den weichen Boden um.

»Achtung!«, sagte der Leutnant ins Kehlkopfmikrofon. »Nicht, dass du dich festfährst, Hans!«

Münster nickte und schaute aufmerksam durch seine winzige Sichtklappe auf das kleine Stückchen Welt, welches diese zu sehen erlaubte. Er biss sich auf die Unterlippe und beschleunigte auf 20 Kilometer pro Stunde. Je schneller sie über den weichen Untergrund bretterten, desto besser!

Engelmann sondierte weiter aus seiner Kuppel das umliegende Terrain. Offenkundig hatten sie den Feind doch überrascht, denn bei einem einzelnstehenden Hof erkannte der Leutnant mehrere offene Militärlastkraftwagen, deren Ladeflächen zugestellt waren mit noch verpackten Antipanzerminen.

Bei Osërowka brannten außerdem zwei Zugmaschinen, an die bereits Haubitzen angehängt worden waren.

Wollten die Russen etwa hier einen weiteren Minengürtel anlegen und ihre Artillerie hinter die zweite Reihe verlegen? Engelmann kam nicht mehr dazu, diesen Gedanken zu vertiefen, denn just im selben Augenblick jagte ein Geschoss knapp an Elfriede vorüber, säbelte die Bäume daneben in der Mitte der Stämme ab, als wären es Streichhölzer, und krepierte weit hinten in der Ebene.

Der Schall des Schusses folgte einen Wimpernschlag später und krachte über Engelmanns Panzer hinweg. Umgehend erkannte der Leutnant die Schmauchwolke, die fast einen Kilometer voraus aus einer Kusselgruppe auf der freien Ebene aufstieg.

Das sind keine Büsche, das ist ein weiterer, eingegrabener T-34! Diese Erkenntnis fiel dem Leutnant wie Schuppen von den Augen. Er reagierte prompt: »Panzergranate!«, brüllte er, dann: »Hans! Umfahr den Mistkerl! Linksumfassend!«

Der Panzer Engelmann drehte unsanft nach links ab und machte Tempo. Der Leutnant krallte sich mit beiden Händen an den Rändern seiner Luke fest, während ihm Schweißtropfen in die Augen liefen. Er klimperte mehrmals mit den Augenlidern und schüttelte sich.

»Geladen!«, ertönte es aus dem Bauch des Panzers.

»Feuer frei auf den Tank!« Doch Elfriede blieb stumm.

»Wo, Sepp?«, fragte Ludwig stattdessen, der durch die Optik des Turms auf ein weites Feld, gefüllt mit Buschgruppen starrte. Mit Hektik in der Stimme lehnte sich der Leutnant zurück in den Panzer. Seine Worte rasten: »Die Buschgruppe, die, die höher ist als ...« Der T-34 schoss ein zweites Mal. Einen Augenblick später ging hinter Engelmanns Zug ein Panzer III in Flammen auf und kam abrupt zum Stehen.

»Scheiße, jetzt schieß doch!«, wetterte Engelmann und klopfte mit beiden Händen auf den Rand seiner Kuppel.

In seinem Rücken begann ein Maschinengewehr zu sprechen. Sowjetische Soldaten, die zwischen den Bäumen bei Osërowka wohl die Gelegenheit erkannt hatten, die Flucht zu wagen, wurden erbarmungslos von ihrem Fehlurteil überzeugt. Sie gingen schreiend zu Boden, als die MG-Salven sie und alles um sie herum durchsiebten.

Dann schoss Ludwig endlich. Es tat einen Knall, der den ganzen Panzer zum Beben brachte, darauffolgend sprühten droben Funken auf und versenkten das abgerissene Astwerk, welches den T-34 in seiner Mulde verbarg.

»Verdammte Scheiße, der hat die Granate einfach geschluckt!«, stöhnte Engelmann mit großen Augen. Er musste Born gar nicht erst befehlen, die nächste Patrone zu laden, das tat dieser ganz von selbst. Stattdessen befahl er mit gehetzter Stimme: »Gas geben, Hans! Wir müssen hinter den

Schweinehund kommen!« Der Motor knarzte und jaulte, und der Panzer beschleunigte auf sein Maximum. Die Ketten gruben sich in den weichen Untergrund und zermalmten ihn. Im selben Augenblick brachen etwa zwei Kilometer östlich von Engelmanns Position die Spitzen der II. Abteilung durch den Verteidigungsgürtel. Mehrere Panzer III stoben auf die Ebene und rückten der eingegrabenen Bestie von der anderen Seite zu Leibe.

Die russischen Panzermänner wissen wahrscheinlich selbst, dass sie tot sind. Sie wollen bloß noch so viele mitnehmen wie möglich, überlegte Engelmann nicht ohne Bewunderung.

Dem Leutnant drängte sich der Gedanke auf, wie es ihm selbst eines Tages wohl ergehen mochte, aber das Kampfgeschehen um ihn herum lenkte ihn schnell wieder davon ab.

Münster ließ Elfriede auf die Ebene hinausstürmen – weg von den Bäumen beim ersten Verteidigungsgürtel –, so schnell der Kasten dies zuließ. Der Panzer Meinert befand sich direkt hinter ihnen.

Wieder blitzte es beim feindlichen Panzer, als er ein weiteres Geschoss auf die Reise schickte. Engelmanns Finger verkrampften sich, bis sie schmerzten. Er konnte nicht ausmachen, wo der Schuss hingegangen war, doch er hatte nichts getroffen, das war alles, was zählte. Die Schlinge um den T-34 zog sich derweil zu – Engelmann und Meinert von links sowie die Panzer III von rechts.

Diese jagten todesmutig dem russischen Tank entgegen, dem sie mit ihren 5-Zentimeter-Kanonen nur im Nahkampf oder von hinten beikommen konnten – ein gefährliches Spiel. Das war, als würden sich Ameisen auf einen Hirschkäfer stürzen. Auch die Besatzung des T-34 hatte nun verstanden, wo die leichter zu erlegenden Ziele zu finden waren. Sein Turm drehte sich langsam in Richtung der Panzer III. Meinert schoss. Links daneben!

Nein!, stöhnte Engelmann innerlich und rieb sich den brennenden Schweiß aus den Augen.

»Geladen!«, drang es aus seinem Panzer.

»Feuer, verflucht!« Elfriede schüttelte sich einmal mehr unter dem Abschuss der Hauptwaffe. Treffer genau zwischen Turm und Wanne! Ein Traumschuss! Wieder verteilten sich Funken über den Feindpanzer und warfen das Astwerk, das der Tarnung diente, in die Höhe ... und wieder schluckte diese verdammte Maschine das Projektil.

Verdammte Russen mit ihren zähen Biestern!, fluchte Engelmann innerlich. Es war zum Heulen. Sie hatten den Feindpanzer bereits zur Hälfte umrundet und würden ihm den nächsten Schuss direkt ins Heck verpassen, dort, wo er am schlechtesten geschützt war. Derweil aber erkannte Leutnant Engelmann, dass ihr Treffer doch nicht ohne Wirkung geblieben war. Der Turm des T-34 drehte sich nicht weiter und das Rohr zeigte plötzlich schräg in den Boden. Der Turm hatte sich verkeilt! Gleichzeitig hatten die Dreier den nun wehrlosen Panzer erreicht. Die russische Besatzung begriff, was die Stunde geschlagen hatte. Alle Luken am T-34 öffneten sich fast zeitgleich, doch es war zu spät. Der vorderste Panzer III jagte dem Russenpanzer aus unter 200 Meter Entfernung eine Granate von schräg rechts unter den Turm, sodass statt Männer Flammen aus den Luken kletterten.

Engelmann sackte erleichtert zusammen. Hinter ihnen wurde noch geschossen, doch vereinzelt. Der erste Verteidigungsgürtel war damit gesprengt. Der Befehlspanzer des Chefs, der zusammen mit dem 3. Zug bei Osërowka zurückgeblieben war und dort russische Spähpanzer bekämpft hatte, fuhr nun in einem Kilometer Entfernung ebenfalls auf die Freifläche und wurde so für Engelmann sichtbar. Dann meldete sich der Kompaniechef über Funk: »Erstes Stellungssystem genommen. Wir schließen umgehend zur Schweren Panzerabteilung auf. Der 1. Zug übernimmt die Führung.«

*

Die Tiger waren bereits auf den zweiten Verteidigungsgürtel der Sowjets gestoßen und hatten diesen bisher an mehreren Stellen herausgefordert, um die ideale Stelle für den Durchbruch zu finden. Die russischen Stellungen lagen zwischen kleinen Hügelgruppen im hohen Gras und waren übersät mit frischen Granattrichtern durch Artilleriebeschuss. Stukas beherrschten den Himmel und stürzten sich weiter hinten auf die Erde hernieder, wo sie mit Bomben oder Bordkanonen feindliche Panzer beackerten.

Engelmanns Kampfwagen kamen in einiger Entfernung hinter den Tigern zum Stehen.

Vorne zwischen den Hügeln stiegen schwarze Rauchfahnen in den Himmel – überall dort hatte es einst eine Pak-Stellung oder einen eingegrabenen Panzer gegeben. Doch der Gegner leistete erbitterten Widerstand. Die feindliche Artillerie schoss sich nun auf die Tiger ein und hüllte sie in Wogen aus Erde. Ein massierter Gürtel aus Panzerabwehrkanonen schoss noch immer aus allen Rohren. Die russischen Granaten rissen glühende Narben in die Hüllen der Tiger, doch der Iwan brauchte schon eine ganze Wagenladung voller Glück, um auf diese Entfernung solch ein stählernes Ungetüm auszuschalten. Die deutschen Bestien steckten knarzend einen Treffer nach dem anderen ein, während sie selbst die russischen Stellungen mit jedem Schuss weiter ausdünnten.

Engelmann blickte nach rechts, wo bis zum Horizont die Panzerkräfte der 6. Armee auffuhren. Weit in ihrem Rücken folgten die Truppen der Infanterie und Grenadiere, die just in diesem Augenblick den ersten Verteidigungsring erreichten und säuberten. Engelmann biss sich auf die Unterlippe. Der Panzerkeil, den sie bildeten, barg die große Gefahr, sich im Angriff zu weit von den nachfolgenden Truppen zu entfernen und somit wiederum durch feindliche Gegenstöße gegen die Nachhut isoliert zu werden. Doch der schnelle

64

Angriff war auf der anderen Seite notwendig, sonst würden sie den Russen zu viel Zeit schenken, um Reserven in den Frontbogen zu verlegen. Die ersten Funksprüche betreffend die Gesamtlage deuteten allerdings einen bisher ernüchternden Operationsverlauf im Süden an, und genau das bereitete Engelmann Bauchschmerzen.

Ihm war von Anfang an klar gewesen, dass es schwierig werden würde, doch irgendwo in ihm war dennoch diese Hoffnung gewesen, hier im Kursker Bogen das Kriegsgeschick noch einmal zu wenden. Engelmann wusste allerdings auch, dass ihm nichts anderes übrigblieb, als weiterzumachen und sein Bestes zu geben. Auf das, was an den anderen Frontabschnitten geschah, hatte er sowieso keinen Einfluss.

Teile des rechten Angriffsflügels waren bereits am frühen Nachmittag liegengeblieben. Das XI. Armeekorps der Armeeabteilung Kempf war bei der Überquerung des Donez in schweres Abwehrfeuer geraten und saß nun am Ostufer des Flusses fest. Während sich das Zentrum des Angriffes in Form der motorisierten Kräfte der 6. Armee über Prochorowka zum Fluss Seim und diesem folgend nach Kursk durchschlagen sollte, bestand die Aufgabe von Kempfs Verband darin, über Rshawez und Korotschka nach Skorodnoje durchzustoßen, um dort den Bogen nach Osten hin gegen sowjetische Gegenangriffe abzuriegeln. Würde diese Abriegelung scheitern, wäre die rechte Flanke der 6. Armee entblößt, was ungemütlich werden könnte. Engelmann biss sich auf die Unterlippe. Er mochte es nicht, wenn sein Schicksal so massiv von anderen Menschen abhing, doch so war das eben als Soldat. Ihm blieb daher nur die Hoffnung, dass der Gefechtsplan aufging.

Plötzlich blieb einer der Tiger im Vorfeld unter lautem Krachen stehen. Ein Geschoss war ihm in die Laufräder geknallt, und nun riffelte die Kette auf. Die anderen Panzer ließen weiter ihre Kanonen sprechen und verwandelten das russische Stellungssystem in eine einzige Wand aus Feuer und Rauch. Engelmann erkannte durch seinen Feldstecher flüchtende Rotarmisten, dann tauchten plötzlich drei russische Flugzeuge auf. Von Nordosten heranrasend, flogen sie im großen Bogen einmal über das Schlachtfeld und drehten bei. Sie hatten es auf die Tiger abgesehen! In Engelmanns Rücken feuerten bereits die Flugabwehrgeschütze, doch die wendigen Iljuschin Il-2 »Schturmowiks« waren zu schnell und zu agil. Sie rollten und flogen Schleifen, während sie in Blumensträuße aus krepierenden Flakgranaten eingehüllt wurden. Die Flieger waren eindeutig auf Tigerjagd, doch auch Engelmann gefiel es nicht, im Angesicht der Erdkampfflugzeuge bewegungslos auf der Freifläche zu stehen.

»Eiserner Gustav am Himmel! Hans! Anfahren und in mittlerer Geschwindigkeit der Schweren folgen!«

»Jepp, Sepp«, ertönte Münsters Stimme in Engelmanns Kopfhörer, dann erwachte Elfriedes Motor hörbar zu neuem Leben. Sie setzte sich umgehend in Bewegung und der Rest des Zugs folgte.

Schon drangen mehrere deutsche Jäger in den Luftraum über dem Schlachtfeld ein und nahmen ihrerseits die Jagd auf, da gingen die Schturmowiks kreischend in den Sturzflug über. Raketen lösten sich unter ihren Tragflächen. Sie zogen lange Kondensstreifen hinter sich her, als sie auf einen Pulk Tiger zusteuerten. Die Bordkanonen der Flieger fügten dem Raketenallerlei noch eine Prise 23-Millimeter-Projektile hinzu. Die Geschosse aus den Bordkanonen wurden von den Tigern gleichgültig aufgenommen. Funkensprühend prallten sie ab und zerstoben in alle Richtungen. Eine gut gezielte Rakete allerdings konnte tödlich sein. Lange Stiele aus Erde schossen kerzengerade in die Höhe, als die Raketen im Boden einschlugen und detonierten, doch ein Tiger kassierte einen Treffer. Schwarzer Rauch umhüllte das stählerne Monster. Das Ungetüm kam knirschend zum Stehen. Dann fing der Panzer Feuer.

Als die Schturmowiks wieder an Höhe gewannen, waren ihnen die deutschen Maschinen schon auf den Fersen und entfachten den Luftkampf. Bloß Augenblicke später stürzte eine brennende IL-2 zu Boden. Sie ging in einer Baumgruppe im Vorfeld nieder. Eine gewaltige Explosion folgte, die die umliegenden Bäume auffraß.

Die Tiger hatten mittlerweile den Beschuss des zweiten russischen Verteidigungsgürtels eingestellt und setzten sich wieder in Bewegung, um ihn zu durchbrechen. Engelmann blickte auf seine Karte. Hinter den Hügelgruppen würden sie noch einmal auf weite Felder stoßen, ehe sie die Straße nach Prochorowka erreichen würden.

»Immer schön an den Tigern dranbleiben.« Engelmann sagte das mehr zu sich selbst als zu seiner Besatzung. Hans beschleunigte weiter und trieb den Panzer auf 20 Kilometer pro Stunde, während sich die Ketten durch den weichen Erdboden quälten. Die vordersten Tiger verschwanden bereits zwischen den Hügeln und hinter den Rauchsäulen. Der Panzer Engelmann passierte nun den Kampfwagen mit der geworfenen Kette, der noch immer bewegungslos in der Gegend herumstand und auf die nachrückenden Grenadiere und Infanteristen warten musste. Anschließend fuhr Engelmann auch an dem brennenden Tiger vorüber. Engelmann spürte umgehend die Hitze, die ihm entgegenschlug, und musste den Blick abwenden. Trotz der Maschinen am Himmel, dem Donnern der Artillerie, dem Knattern der Motoren und dem Quietschen der Ketten war ihm, als würde er ganz leise – eher als Ahnung statt als klar definiertes Geräusch – die Schreie der im Kampfraum verbrennenden Panzermänner hören können. Natürlich war das unmöglich und natürlich waren die Soldaten in jenem Kasten längst tot. Engelmann hatte jedoch bereits einige Male die Schreie von in den Flammen gefangenen

Besatzungen vernommen – erst kräftig, stark und markerschütternd, dann immer schwächer werdend, bis die Geräusche und mit ihnen die Menschen starben. Das war das Grausigste, was Engelmann je erlebt hatte. Er hoffte inständig, sollte ihn einmal eine Granate treffen, dass ihn die Explosion umgehend töten würde und er nicht in seiner »Büchse« elendig verbrannte. Neben den Flammen aber war die Hitze der größte Feind des Panzermannes. Die Sonne knallte immer noch unbarmherzig auf die Schlachtfelder vor Kursk und war mit dafür verantwortlich, dass die Temperaturen im Panzer Engelmann auf über 50 Grad Celsius anstiegen. Alle Besatzungsmitglieder badeten in ihrem eigenen Saft und keuchten und stöhnten unter den beinahe unmenschlichen Bedingungen.

Schließlich erreichten die Kampfwagen der III. Abteilung den zerschmetterten Verteidigungsgürtel.

»Ebbe, Augen auf!«, befahl Engelmann. »Feuer frei auf feindliche Infanterie!«

»Verstanden.«

»Hans, Vollgas. Ich will schnell hinter die Stellungen kommen!«

Engelmann war der festen Überzeugung, dass zwischen den brennenden Panzern und zerstörten Paks noch russische Infanterie lauerte, doch sie würde sich noch nicht zeigen, sondern den Kampf mit den nachfolgenden, ungepanzerten Kräften aufnehmen. Ein ungutes Gefühl verdrehte ihm den Magen und ließ ihn den Drang verspüren, im schützenden Bauch seines Panzers zu verschwinden, doch er zwang sich dazu, über Luke zu bleiben. Er brauchte die freie Sicht nun mehr denn je, und auch der Wert des eigenen Gehörs auf dem Schlachtfeld durfte nicht unterschätzt werden. Engelmanns Ohren schmerzten und piepten zwar bereits ob der Kämpfe des Tages, doch er wollte sie sich nicht mit Watte vollstopfen, wie es einige andere Soldaten taten. Dann könnte er sich auch gleich ins Innere seines Panzers setzen, sich die Ohren zuhalten und Lieder trällern.

Die III. Abteilung überwand den zweiten sowjetischen Verteidigungsgürtel ohne Zwischenfälle und schloss daraufhin zu den Tigern auf, die eine tiefgelegene Ebene überquerten, auf der vereinzelte Gehöfte und Baumgruppierungen zu finden waren. Wieder ließ das hohe Gras die mächtigen Panzer bis zum Turm im Dickicht verschwinden, doch die unbarmherzigen Ketten mahlten sich ihren Weg durch die Flora. An der rechten Flanke begann nun ein dichter Forst, der diesen Frontabschnitt von dem der II. Abteilung abtrennte, die erwartungsgemäß die Straße nach Prochorowka nun ohne voranrollenden schweren Panzerkeil gewinnen musste. Einige Kilometer weiter nördlich wurde der Wald deutlich lichter und ging einmal mehr in kleine Erhebungen, bedeckt mit Büschen, über. Irgendwo dahinter lag besagte Straße und dort würden sich die Kräfte wieder vereinen. Engelmann zeigte sich zufrieden. Tatsächlich schienen zumindest sie ihr Tagesziel zu erreichen.

Doch noch war der Russe nicht geschlagen, und dies bewies er nun auf eindringliche Weise, denn im Norden, wo sich die Hügel über das Land erhoben, stürmten zwei T-34 auf die Ebene und eröffneten das Feuer. Ohne Luft- oder Bodenunterstützung bezeugten die beiden Panzer einmal mehr die hohe Opferbereitschaft der Russen, an denen sich die Deutschen schon oft die Zähne ausgebissen hatten. Die Panzergranaten krepierten zwischen den Tigern und lenkten deren Aufmerksamkeit auf die russischen Tanks. Die schweren Panzer wendeten und richteten ihre Türme aus.

Engelmann, der sich einmal mehr im Windschatten der Schweren Panzerabteilung in einiger Sicherheit wiegen durfte und so zum Beobachter des Gefechts wurde, schüttelte sich beim Anblick der beiden T-34. Mit zusammengekniffenen Augen verfolgte er das Schicksal der in der Sonne glänzenden, hellgrünen Vehikel, die aussahen wie Pyramiden mit Kanonenrohr.

Zwei T-34 gegen knapp 30 Tiger, sinnierte er und nickte den russischen Panzermännern anerkennend zu. *Das ist, als würde Deutschland mit England, Frankreich, den Commonwealth-Staaten, den USA und Russland gleichzeitig Krieg führen ... ach halt, warte! Hahaha. Menschenskind, wir sind im Arsch!*

Ein verzweifeltes Grinsen huschte über Engelmanns Lippen ob seines Galgenhumors, während im Vorfeld die Russenpanzer zusammengeschossen wurden. Dann erstarrte der Leutnant. Die T-34-Besatzungen hatten sich nicht umsonst geopfert, denn just in diesem Augenblick tauchten am Horizont im Nordwesten Dutzende schwarze Punkte auf, die genau in den Rücken der Tiger vorpreschten. Schon bohrte sich ein Geschoss in einen der deutschen Panzer und löschte alles Leben in ihm aus. Die anderen Tiger-Besatzungen begriffen nun, wie sie sich in den Hinterhalt hatten treiben lassen, und begannen zu wenden.

Anfängerfehler!, murmelte Engelmann im Geiste, ehe er seinen Körper unter Spannung brachte und sich innerlich auf den Kampf einschwor.

»Hans! Links ab und auf die Freifläche! Russische Panzer in Stärke von zwei Kompanien greifen aus nordnordwestlicher Richtung an. Bring uns auf 750 Meter ran!«

»Schon gesehen«, stöhnte der Fahrer und führte die Befehle aus.

»Edi, Panzergranate!«

Engelmann kniff die Augen zusammen und fokussierte seine Sinne auf die herannahende Panzerfront. An die 40 Tanks bot der Iwan auf, die sich zum Gegenstoß formierten und nun rasch in die Ebene stürmten. Die Russen wollten die Entfernung zwischen sich und den Tigern verringern, denn sie wussten eines: Würden die Tiger erst einmal gewendet haben, mussten die Russen sehr viel näher herankommen, um die Panzerung der Deutschen durchschlagen zu können, während die Tiger noch auf 2.000 Meter mittlere Kampfpanzer ausschalten konnten. Bei Engelmanns Panzer IV lagen die Dinge etwas anders. Die 7,5-cm-KwK 40-Kanone von Elfriede in der Kaliberlänge L/43 war potent, keine Frage, aber den Luxus eines Tigerkommandanten, der schwer gepanzerte Ziele auf mehrere Kilometer bekämpfen konnte, teilte Engelmann nicht. Dennoch: 40 T-34 gegen 30 Tiger – da konnte er nicht einfach zusehen.

»Ebbe, lass den Zug auffächern und angreifen!«

»Der Alte meldet übrigens, wir sollen auffächern und angreifen.« Nitz grinste kurz und zupfte an seinem Schnurrbart, dann gab er Engelmanns Befehle an den Zug weiter.

»Ja, danke auch«, grummelte Engelmann.

Zur Ausbildung eines Panzerkommandanten gehörte natürlich, die Stärken und Schwächen verschiedener Panzertypen des Feindes zu kennen, doch Leutnant Engelmann hatte es nicht bei den spärlichen Unterrichtsstunden an der Panzerschule belassen, sondern sich stets auch in seiner Freizeit mit dem T-34 und Konsorten beschäftigt. Er wusste, dass er nicht warten konnte, bis ihm die Erfahrungen des Schlachtfeldes die richtigen Entfernungs- und Angriffswerte vermittelten, denn so lange würde er vielleicht gar nicht leben. Wollte er den Krieg überstehen, musste er seinen Feind kennen; und ja, das tat er. Leutnant Engelmann musste daher keine wertvollen Sekunden darauf verschwenden, auf die Panzererkennungs- oder die Panzerbeschusstafeln zu schauen.

70 Millimeter Turm, 45 Millimeter Bug bei 60 Grad, macht 90 Millimeter, ratterten die Daten durch seinen Geist. Er rezitierte weiter die Werte der eigenen Kanone: *90 Millimeter auf 500 Meter, 80 auf 1.000.* Dutzende Panzergefechte, die er bisher erlebt hatte, hatten ihn folgende Faustformel gelehrt: 750 Meter waren eine gute Kampfentfernung gegen T-34 und vergleichbare Tanks. Auf diese Entfernung hatte er gute Chancen, Schaden anzurichten, war gleichzeitig aber noch nicht so nah am Feind, dass er dem Russenpanzer seine Mütze gegen den Turm werfen könnte. Die T-34 rasten auf die Formation der Tiger zu und schossen mit allem, was sie hatten, doch die meisten der stählernen Raubkatzen hatten bereits gewendet und boten den Russen nur noch die massiv gepanzerte Stirn. Panzerbrechende Granaten wurden zwischen den beiden Formationen ausgetauscht, dann gingen die ersten Panzer in Rauch und Flammen auf oder explodierten direkt. Die russische Seite verlor mit einem Wimpernschlag ein Drittel ihrer Kräfte, doch auch die Tiger-Besatzungen mussten ihren Blutzoll zahlen.

Engelmann und die 9. Kompanie attackierten nun von der Seite, während der Rest der Abteilung gerade erst die Ebene erreichte.

»Theo, vorne, der rechts neben den beiden abgeschossenen. 700 Meter!«

»Erkannt«, brüllte Ludwig. Seine Stimme wurde vom Lärm der Schlacht fast vollständig verschluckt.

»Feuer!« Und Ludwig feuerte. Das Geschoss traf die Kette eines T-34 und brachte sie zum Bersten. Bewegungsunfähig blieb der feindliche Panzer liegen. Bewegungsunfähig, allerdings nicht kampfunfähig.

»Laden und direkt noch mal drauf, verflucht!«, forderte Engelmann und schlug mit seiner Faust mehrmals auf den Rand seiner Luke. Der getroffene T-34 drehte seine Kanone langsam in Richtung Engelmanns Zug – doch er war zu langsam. Schon betätigte Ludwig erneut die Hauptwaffe und vernichtete damit endgültig den Russenpanzer, der nun Rauch und Funken spuckte und dann für immer erstarb.

»Hans, nach rechts. Der Rauch versperrt mir die Sicht!«

Umgehend drehte Münster den Panzer nach rechts und machte einige Meter gut. Engelmann duckte sich in seine Kuppel zurück und schloss die Luke; ihm wurde das da draußen nun doch zu gefährlich. Auch die meisten der anderen deutschen Kommandanten waren »abgetaucht«. Durch sein schmales Sichtfenster blickend, versuchte Engelmann, an den dicken Qualmfahnen, die vor ihm das Schlachtfeld verdeckten, vorbeizuschauen. Um ihn herum knallte es überall. Die Tiger schossen ihre Hauptwaffe ab, und hinter Engelmann ballerten die Panzer der 9. Kompanie. Soweit der Leutnant das überblicken konnte, war die Masse der russischen Panzer vernichtet. Er lauschte den Detonationen weiterer T-34, die just in diesem Augenblick zu Stahlklump geschossen wurden, dann trat einen Moment lang tatsächlich so etwas wie Ruhe ein – zumindest, wenn man die Motorengeräusche und das Knistern der Brände ausblendete. Zwei T-34 und ein leichterer und kleinerer sowjetischer Tank suchten zwischen den Wracks all ihrer toten Brüder nun das Heil in der Flucht. Sie machten kehrt und gaben Vollgas, während die Tiger ihnen tödliche Grüße hinterherschickten. Erdfontänen spritzten hoch, doch die Russen hatten Glück.

Plötzlich tauchte doch noch ein neuer Feind auf: Ein KW-2, ein schwerer Panzer mit einem gigantischen Turm, welcher allein schon so hoch war wie ein großgewachsener Mensch, betrat am nördlichen Ende der Ebene das Schlachtfeld und jagte mit seiner 152-Millimeter-Hauptwaffe sogleich einen Tiger zum Teufel. Die anderen drehten bei und nahmen den Kampf auf. Panzergranaten zischten am KW-2 vorbei und fetzten hinter ihm die Bäume um. Engelmann schluckte. Das war ein Gigant von einem Panzer, und auch wenn er allein war und die Deutschen fünf Hände voll Tiger aufboten, stand allen ein mörderischer Kampf bevor.

»Ebbe, lass den Zug sammeln. Wir umgehen linksseitig die Freifläche, halten uns für 2.000 Meter an der Waldkante und fallen dem Dreckskerl dann in die Flanke!«

»Ernsthaft, Sepp?« Nitz hinterfragte selten die Befehle seines Kommandanten, doch seine Stimme war im Angesicht des Gegners mit Sorge erfüllt. »Wir haben doch die Tiger. Ich mein, der zerreißt uns in Stücke!«

Auch Engelmann wollte nicht sterben, doch sie wollten diesen Krieg gewinnen – mussten ihn gewinnen.

»Ernsthaft, Ebbe!«

Nitz klemmte sich hinter das Funkgerät. Der Panzer Engelmann setzte sich in Bewegung, und gleichzeitig schien einer der Tigerkommandanten seine große Chance auf ein Eisernes Kreuz zu erahnen. Er löste sich aus der Formation und stürmte auf den feindlichen Panzer zu, der gerade zwei 88-Millimeter-Geschosse schluckte, als würden die Deutschen bloß mit Wasserpistolen auf ihn feuern. Natürlich hätte ein Tiger dem KW-2 gefährlich werden können, allerdings nicht bei über 1.900 Meter Entfernung und 110 Millimeter Panzerstahl im Bug. Der KW-2 hatte sich am Waldrand clever positioniert, sodass er nur frontal bekämpft werden konnte.

Während die Tiger im Hintergrund weiter Feuer gaben und dem Russen nun tatsächlich eine Kette zerfetzten, schoss auch der heranstürmende Panzer unnachgiebig. Der KW-2 wiederum hatte sich auf den sich ihm nähernden Feind eingeschossen und hüllte ihn alle 20 Sekunden in eine Wolke aus Erde. Engelmanns Panzer raste die Waldkante entlang, sein Zug direkt hinter ihm, doch sie waren noch zu weit entfernt. Plötzlich jagte ein Stuka über das Schlachtfeld hinweg, leicht erkennbar an den nach oben gewölbten Flügelspitzen, die Engelmann sogar durch seinen Sehschlitz erkennen konnte.

»Na, endlich!«, stöhnte er und der Stuka drehte tatsächlich bei und brachte sich in Position, um Ziele in Nähe der russischen Wracks anzugreifen. Auch der von der Formation losgelöste Tiger hatte die zerstörten Russenpanzer erreicht und nutzte nun die brennenden Stahlungeheuer als Deckung vor dem KW-2. Der Flieger der Luftwaffe näherte sich, doch er war zu langsam. Der KW-2 hatte alle seine Leben aufgebraucht, sodass der vorgestoßene Tiger ihm mit einem gezielten Schuss zwischen Turm und Wanne ein Ende bereitete. Eine Explosion riss den Panzer seitlich auf und brachte ein riesiges Loch hervor, aus dem Rauch austrat.

Geschafft, breitete sich die Erleichterung in Engelmann aus, dann stockte er. *Warum dreht der Stuka nicht ab?* Engelmanns Augen weiteten sich und einen Wimpernschlag später sprachen die Bordkanonen des Fliegers. Der einzelne Tiger inmitten der russischen Wracks gab Gas, während Dutzende Projektile auf ihn einprasselten.

»Scheiße!«, fluchte der Leutnant.

»Der hält den für 'nen Russen!«, stöhnte Münster.

Als der Sturzkampfbomber – oder Junkers Ju 87 – den Abfangpunkt seines Sturzfluges erreicht hatte, drehte er bei und gewann an Höhe, wobei sich eine 250-Kilo-Bombe unter seinem Bauch löste und rechts vom Tiger detonierte. Die Wucht der Explosion riss an dem Monster aus Stahl, doch sie schaffte es nicht, ihn zu penetrieren. Der Stuka gewann an Höhe, drehte aber schon wieder bei.

»Der macht noch einen Angriff!«, keuchte Münster. Alle Soldaten auf dem Schlachtfeld waren zum Zuschauen und Beten verdammt – alle, bis auf die Besatzung des betroffenen Tigers. Luken öffneten sich und hektische Panzermänner krabbelten aus ihrem Kasten. Sie hatten ein großes, rotes Tuch bei sich und kletterten nun auf die Wanne ihres Tigers, wo sie es hektisch ausbreiteten. Jenes Tuch war nicht nur ein Tuch, es handelte sich vielmehr um die neue Flagge des Deutschen Reichs, die nun in schwarz-weiß-roten Streifen den Panzer bedeckte. Dessen ungeachtet bereitete der Flieger seinen nächsten Angriff vor. Gebannt starrte die Tiger-Besatzung in den Himmel – zu gebannt, um die Flucht zu ergreifen. Der Stuka flog einen großen Bogen, dann kam er zurück ... und drehte ab.

Nördlich von Ponyri, Sowjetunion, 03.05.1943

Heeresgruppe Mitte – 75 Kilometer nördlich von Kursk

Zugführer Claaßen hatte nicht übertrieben, als er Berning eine unangenehme Unterredung versprochen hatte. Beim Arzt war dem jungen Unteroffizier die Wunde – lediglich ein Streifschuss am Oberschenkel – verbunden worden, anschließend hatte er einen Zettel ohne farbige Kennzeichnung erhalten, was bedeutete, dass er dienstfähig war und sich bei seiner Einheit zurückmelden musste. Bereits auf dem Weg dorthin hatten Ängste und Sorgen seine Gedanken bedrängt, während in der Ferne der Kampf um den Frontbogen tobte.

Berning hatte genug von den Militärs, die glaubten, etwas zu sein, bloß weil sie brüllen konnten und die Befehlsgewalt innehatten. Er wollte nicht in einem Krieg sein, und er wollte nicht erschossen werden. Das leichte Brennen, dass er in seinem Oberschenkel verspürte, erinnerte ihn wieder und wieder daran, wie real die Lebensgefahr war. Berning wollte auch kein Unteroffizier mehr sein, er wollte bloß weg – nach Hause. Sein Vater hatte ihn an der Unteroffiziersschule angemeldet, weil es dort kostenlose Verpflegung und Unterkunft gab und seine Familie nicht viel Geld besaß! So aber hatte er sich das mit dem Krieg nicht vorgestellt. Außerdem konnte ihn hier offenbar sowieso niemand leiden. Berning fühlte sich allein und verstoßen. Und als er vor seinem Zugführer stillgestanden und dieser ihm in größtmöglicher Lautstärke vermittelt hatte, wie unfähig er doch sei und überdies eine Schande für das gesamte Unteroffizierskorps, da war Berning den Tränen nahe gewesen, während seine Lippen vor all dem Elend gezittert hatten.

Berning hockte nun zusammen mit dem Obergrenadier Heinz-Gerd Bauer, genannt Hege, in einem geschaufelten Loch nahe einer Waldkante, das ihnen im Falle eines russischen Angriffs als Stellung dienen sollte. Vor ihnen breitete sich eine Freifläche aus. Sie sicherten grob in Richtung Süden, doch groß befürchten brauchten sie in dieser Nacht nichts, denn die deutschen Angriffsspitzen befanden sich ein ganzes Stück weiter vorne. In der Ferne donnerten die Batterien zweier Heere, die aufeinanderprallten, während die Sonne bereits im Begriff war, diesen Teil der Erde zu verlassen. Blitze zuckten über das Firmament, jedes Mal, wenn weit weg eine große Explosion ihre Flammen in die Höhe schob. Berning empfand die Szenerie als unheimlich.

Bedächtig redeten einzelne Soldaten in den Stellungen und erzählten von ihren Mädchen daheim, oder sie rauchten Zigaretten, wobei stets darauf geachtet wurde, die Glut mit der Handfläche zu verdecken, um sich nicht zum Ziel für Scharfschützen zu machen.

Claaßen schien Berning wirklich bis zum Äußersten schinden zu wollen, anders konnte der Unteroffizier es sich nicht erklären, dass sein Zugführer ihn, nachdem seine 3. Gruppe aufgelöst worden war, in die Einheit dieses Wahnsinnigen ... dieses Unterfeldwebels Pappendorf gesteckt hatte. Pappendorf war ein gefürchteter Unterführer – kurz geschorenes Haar, stets ein zackiges Auftreten, und er konnte aus sämtlichen Vorschriften zitieren wie ein Pfarrer aus der Bibel. Pappendorf war darüber hinaus ein richtiger Schleifer, ein Schweinehund, der seine Männer knechtete bis zum Umfallen. Anfangs hatte es noch Beschwerden gegen ihn gehagelt, doch bald begriffen seine Soldaten, dass ihnen das nur noch mehr Schmerzen einbrachte.

Berning hatte mit diesem Kerl ja schon Probleme gehabt, als er noch selbst Gruppenführer gewesen war, da er in den Augen Pappendorfs nie korrekt genug auftrat und nie gut genug agierte. Und nun? Nun war er diesem Irren auf Gedeih und Verderb ausgeliefert.

Pappendorf hatte Berning – nach einem riesigen Anschiss bezüglich Kleinigkeiten wie dem Sitz seines Helms – dem MG-Trupp als Truppführer zugeteilt. Gleichzeitig sollte der Unteroffizier die Gruppe als stellvertretender Gruppenführer begleiten, dabei wollte Berning überhaupt niemanden mehr führen. Er würde dann doch nur mehr Fehler begehen und sein Leben hier würde im Anschluss noch unangenehmer werden.

So begab es sich, dass, während es langsam dunkelte und farbenfrohe Flächen zu grauen gereichten, Berning mit Bauchschmerzen und unruhigen Gedanken in seinem Loch hockte und einfach nicht mehr wollte. Hege lehnte sich neben ihm gegen die Wand der Stellung und starrte auf die Freifläche. Der Obergrenadier mit den schlechten Zähnen hing wohl seinen eigenen Gedanken nach.

»Ich grübele immer noch, was das für Dinger waren vorhin«, brach der Mannschaftssoldat plötzlich das Schweigen. Berning zeigte keine Reaktion.

»Hab' so etwas noch nie gesehen. Ob das diese neuen Panther sind?«

Berning zuckte mit den Schultern. *Woher soll ich das wissen?*, dachte er. Vor zwei Stunden waren zwei stählerne Ungetüme von ungeheurer Größe links neben ihnen aus einer Schneise im Wald gebrochen und in Richtung

Front gerumpelt. Die Soldaten der Aufklärungs-Schwadron hatten etwas Vergleichbares noch nie gesehen, und der Anblick ließ Hege seitdem nicht mehr los. Auf der hinteren Hälfte der über acht Meter langen Wanne thronte ein unbeweglicher Turm von brachialem Ausmaß, aus dem ein gigantisches Rohr herausragte, das so lang war, dass es sogar noch über die Wanne hinausreichte. Vom Wannenboden bis zur Turmoberseite maß der Panzer bestimmt an die drei Meter. Das Ding war sogar größer als die neuen Tiger und hatte die Soldaten hier in den Stellungen in helle Aufregung versetzt. Es waren solche Anblicke, die sie nach den durchwachsen verlaufenen zurückliegenden Kriegsjahren dringend benötigten. Hege erkannte nun aber wohl, dass dem Unteroffizier nicht nach einer Plauderei zumute war, und verfiel in Schweigen.

Das Grollen der Artillerie hatte sich über die Stunden ganz langsam nach hinten verschoben und war damit leiser geworden. Berning hatte keinen Schimmer, wie es um den Angriff stand … und es war ihm auch egal.

Südöstlich von Lutschki I, Sowjetunion, 03.05.1943

Heeresgruppe Süd – 89 Kilometer südlich von Kursk

Die russischen Ebenen vor Kursk waren bereits in Dunkelheit gehüllt, als hinter dicken Wolkengebilden der Mond zum Vorschein kam, der das Gelände tatsächlich ein wenig erhellte. Leutnant Engelmann blickte ins Firmament. Es schien sich zuzuziehen und es könnte bald Regen geben. Im Südosten, wo das XI. und das XXXXII. Armeekorps bereits wenige Kilometer hinter dem Ostufer des Donez in schwerem russischem Abwehrfeuer liegengeblieben waren, grollte noch immer die Artillerie, doch im Abschnitt des Panzer-Regiment 2 war es ruhig.

Engelmann musste sich zum Glück nicht um die Sicherung kümmern, da sie bei Einbruch der Dunkelheit endlich von den nachrückenden Infanteriekräften überholt worden waren, die nun einen Kilometer weiter die Straße hinauf Stellungen bezogen.

Leutnant Engelmann lehnte gegen seinen Panzer und blickte in den Himmel. Einige wenige Sterne blitzten zwischen der Wolkendecke hindurch. In diesem Augenblick überkam ihn ein mulmiges Gefühl. Er seufzte tief. Auch wenn er nie an diese Operation geglaubt hatte, war doch irgendwo tief in ihm die Hoffnung gewesen, *Zitadelle* könnte zum Erfolg gereichen und noch einmal das Kriegsglück zugunsten der Wehrmacht wenden. Nun aber, am Abend des ersten Kampftages, zeigte sich, dass die Russen zwar tatsächlich überrascht, keineswegs aber übertölpelt waren und den deutschen Angriff an den meisten Frontabschnitten bereits nach wenigen Kilometern Raumgewinn vorerst gestoppt hatten.

Die 16. Panzer-Division hatte ihr Tagesziel mit dem Durchbruch durch den zweiten Verteidigungsgürtel zwar erreicht, doch mit diesem Erfolg stand sie ziemlich allein da. Im Südosten steckte die Armeeabteilung Kempf noch immer am Ostufer des Donez fest. Solange dort keine weiteren Erfolge erzielt würden, konnte auch Engelmanns Panzer-Division nicht weiter vorrücken, da sie sich sonst zu weit von den anderen Angriffsspitzen entfernen und somit ihre Flanken offenlegen würde. Also lautete die Parole, sich an der Straße nach Prochorowka einzugraben und auf Erfolgsmeldungen aus dem Südosten zu warten.

Es ist zum Heulen, dachte Engelmann und schüttelte mit zusammengepressten Lippen den Kopf. *Wir hocken vor der Haustüre von Prochorowka, dem Etappenziel auf dem Weg nach Kursk, und sind zum Warten verdammt.* Mit jeder Stunde, die sie dadurch dem Iwan schenkten, würde dieser sich besser verschanzen und mehr Kräfte zusammenziehen. Mit jeder Stunde des Wartens schwand die Aussicht auf Erfolg, doch eine andere Möglichkeit gab es nicht.

Im Norden sah es noch schlimmer aus. Starke Raketenbatterien des Feindes hatten fast überall das Vorrücken verzögert. Allein Teile des XXXXI. Panzerkorps sowie des XXIII. Armeekorps standen in diesem Augenblick in den Stellungen des zweiten Abwehrgürtels, alle anderen Verbände waren irgendwo im ersten oder noch davor steckengeblieben. Wie gesagt, es war zum Heulen. Einmal mehr seufzte Engelmann, während nun doch das leise Gerede und Geraschel seiner Besatzung an sein Ohr drangen. Die Männer seines Panzers hatten sich ein Deckungsloch unter dem Kampfwagen eingerichtet, wo sie die Verpflegung eingenommen hatten und sich nun darauf vorbereiteten, einige Stunden Schlaf zu finden. Münster furzte laut; und während Nitz ihn dafür verfluchte, verfielen der Verursacher und Ludwig in Gelächter. Ansonsten bestimmte Nitz' Wehklagen über seine Rückenschmerzen, die dafür verantwortlich waren, dass er keine gute Schlafposition fand, die Geräuschkulisse.

Es freute Engelmann, dass er über eine Besatzung verfügte, die so gut funktionierte – in allen Bereichen –, doch bei aller Liebe, ihm war nicht nach Ausgelassenheit. Wieder hatte er einen Tag auf dem Schlachtfeld verbracht und Männer töten müssen, wo er als intelligenter Mann mit Abitur und einem Literaturstudium doch viel eher in einer Schule hätte sein können, um jungen Menschen etwas beizubringen – etwas mit Gehalt. Hier im Krieg jedoch bestanden seine einzigen Lektionen an junge Männer darin, wie sie noch effektiver Leben auslöschten. Dabei hatte er als Panzermann noch eine recht gnädige Position in dieser Kriegsmühle inne, denn in der Regel erfuhr er gar nicht, was seine Taten anrichteten. Natürlich sah er die brennenden Panzer vor sich, und selbstredend konnte er sich ausmalen, wie es um deren Besatzungen stand. Doch er musste eben niemanden von Angesicht zu

Angesicht töten, musste nicht miterleben, wie einem Menschen das Leben aus den Augen wich, wenn er ihm ein Bajonett in die Brust rammte. Engelmann schüttelte den Kopf und hoffte, der Dienst für sein Land würde bald enden. Nach vier Jahren Krieg musste doch irgendwann auch mal Schluss sein; doch eines war für ihn ebenso gewiss: Solange das Reich nach seinem Dienst verlangte, würde er zur Verfügung stehen. Das war die Schizophrenie seines Daseins, und das wusste er.

Wieder ertönte Gelächter unter dem Panzer. Engelmann beneidete seine Männer darum, diese Ausgelassenheit an den Tag legen zu können, trotz der Ereignisse der letzten zwölf Stunden und trotz der Gesamtlage. Sicherlich, zumindest sie waren an diesem Tag gut vorangekommen, aber wie immer im Krieg hatte jeder Erfolg auch seine Schattenseiten: Gute Männer hatten heute den Preis für das Unternehmen *Zitadelle* bezahlen müssen, gute Kameraden … Freunde. Engelmann seufzte erneut, dann entschied er sich, noch einige Bitten an den Herrgott zu richten, bevor auch er sich schlafen legen würde. Er entfernte sich dazu etwas von seinem Panzer und verschwand hinter einem alten Laubbaum. Engelmann war bewusst, dass die Zahl der Atheisten wuchs und der Krieg ihnen weiteren Aufwind verschaffte, darum zog er sich zum Beten stets zurück. Er wollte nicht als Verrückter gelten.

Lieber Gott, sprach er im Geiste, *wieder einmal kann ich dich für meine heutigen Taten nicht um Vergebung bitten, denn ich begann sie bei völliger Vergegenwärtigung der Konsequenzen. Ganz gleich, was die Militärpfarrer erzählen, weiß ich auch, dass meine Seele verdammt ist.*

Doch ich möchte dich einmal mehr darum bitten, in diesem grausamen Krieg wenigstens die Unschuldigen zu schützen und die Schuldigen zu strafen. Bitte halte deine Hand über diejenigen, die rechtschaffene Männer sind.

Engelmann war sich sicher, mehr konnte ein Mann im Krieg nicht von seinem Gott verlangen. Dennoch wagte er noch eine weitere Bitte: *Lieber Gott, ich möchte dich auch darum bitten, ganz besonders auf Elly und Gudrun aufzupassen. Elly ist wirklich ein guter Mensch und verdient kein Unglück und auch keinen Krieg. Mach mit mir, was du für richtig hältst, aber bitte schütze meine Familie.*

Engelmann trat wieder hinter dem Baum hervor und auf seinen Panzer zu. Weder hatte er beim Gebet die Hände gefaltet noch sich bekreuzigt. Er war der Meinung, solche von institutionalisierten Religionen erfundenen Riten und Symbole brauche es nicht, um mit Gott zu sprechen.

Der Leutnant starrte auf seinen Panzer, der im Mondlicht glänzte. Ebenso glänzten auch all die Narben, die ihm der Tag eingebracht hatte – der Pak-Treffer vom Vormittag zum Beispiel hatte den Stahl zerdellt und dunkel verfärbt. Doch selbst dieser Anblick trieb Engelmann weitere Sorgen in den Geist. Noch einmal seufzte er, denn er spürte, wie endlich die Ressourcen der Wehrmacht waren. Allein dieser Tag hatte die Tiger in ihrem Abschnitt um ein Viertel dezimiert, während in seiner Abteilung zwei Panzer III ausgefallen waren und der gesamte leichte Zug beim zweiten Verteidigungsgürtel in einen Hinterhalt geraten und vernichtet worden war. Das waren Verluste, die von nun an bitter fehlen würden. Natürlich hatten sie auch allein in diesem Abschnitt über 50 Panzer der Russen zum Teufel gejagt, doch an ihre Stelle würden morgen vermutlich 100 neue treten und übermorgen bereits 150, während die Wehrmacht mit Ach und Krach einige der zusammengeschossenen Kampfwagen würde flicken können. Wie gesagt, es war zum Heulen.

Prochorowka, Sowjetunion, 04.05.1943

Kurskfront – 85 Kilometer südlich von Kursk

Konew war tot. Gefallen direkt am Morgen des Angriffes, als er nichtsahnend ein Katjuscha-Regiment inspiziert hatte und dieses dann von deutschen Tieffliegern bombardiert worden war.

Und nun hatte der Stawka alle Armeen im Kursker Bogen unter einer Front, der *Kurskfront*, zusammengefasst. Sidorenko hatten sie noch am Vormittag zum Oberbefehlshaber ernannt. Der russische Offizier brütete über der Lagekarte, während er an seinem Weinglas nippte. Er hatte seinen Adjutanten und die anderen Offiziere soeben vor die Tür gesetzt, denn er wollte einen Moment allein sein. Sidorenko leerte sein Gefäß, dann hob er es sich vors Gesicht und blickte gegen das gewölbte Glas. Plötzliche Wut übermannte ihn. Er schleuderte das Glas in eine Raumecke, wo es klirrend entzwei sprang.

Sidorenko wusste ganz genau, was der Stawka im Schilde führte. Er hatte dort mehr Feinde, als gut für ihn war, und nun, da die Führung der Roten Armee den Angriff der Deutschen im Kursker Bogen vollkommen verpennt hatte, wollten sie ihm im Nachhinein die Schuld für einen deutschen Sieg in die Schuhe schieben! Danach würden sie ihn auf irgendeinen unwichtigen Posten abschieben, vielleicht Gulag-Leiter in Sibirien? Sidorenko schnaubte. Natürlich würde ein Sieg der Faschisten in Kursk den Gesamtsieg nicht beeinträchtigen. Die Deutschen waren der Übermacht der Roten Armee einfach nicht gewachsen. Hier im Kursker Bogen sah die Sache allerdings schon anders aus. Gerade einmal zwölf Armeen standen im Bogen, während die Faschisten allem Anschein nach mit fünf Armeen angriffen – allerdings auf zwei Abschnitte forciert, während Sidorenkos Verbände den gesamten Bogen halten mussten, der auf der anderen Seite natürlich auch von weiteren Armeen der Nazis verteidigt wurde. Vier seiner Armeen waren Gardearmeen, waren also besser ausgerüstet und ausgebildet und verfügten dadurch über eine deutlich gesteigerte Kampfkraft, doch die Gardeeinheiten waren alle südlich von Kursk konzentriert und nun, mitten in der Schlacht, konnte Sidorenko kaum noch große Truppenbewegungen durchführen lassen. Die Lage war total verfahren. Hätte mal Konew auf ihn gehört, als er bereits Anfang März auf die Gefahren, die der Bogen barg, hingewiesen hatte! Doch erst Mitte April war auch die Führung endlich auf den Trichter gekommen, die Front hier zu verstärken – viel zu spät! Zwei Armeen befanden sich im Zulauf, doch deren Vorhut würde erst nächste Woche eintreffen.

Also musste er diese Schlacht mit den Mitteln für sich entscheiden, die ihm im Bogen zur Verfügung standen. Das war nicht viel, doch Sidorenko fasste in diesem Augenblick einen Entschluss: Er würde nicht weichen, auch nicht aufgeben. Er würde diese Schlacht – die Schlacht um Kursk – gewinnen, obwohl die Situation für die Sowjets schwierig war: Die deutschen Angriffskräfte boten eine nie dagewesene Truppenkonzentration an einem Ort auf; dies beeindruckte Sidorenko. Er hatte sich aus den Berichten der Kämpfe und der Aufklärung ausgerechnet, dass allein im Süden 30 Divisionen auf einer Front von gerade einmal 100 Kilometer Breite angetreten waren. Wenn die Berichte der Aufklärung auch nur annähernd zutrafen, boten die Faschisten für den Angriff auf den Kursker Bogen noch mehr Panzer und sicher ebenso viele Flugzeuge auf, wie sie 1941 für den Angriff gegen das gesamte Mutterland eingesetzt hatten.

Sidorenko rieb sich die Augen und gähnte. Es war bereits Mitternacht durch und er seit über 20 Stunden auf den Beinen. Der sowjetische Offizier betrachtete noch einmal genau die Lagekarte, die sein Adjutant gerade erst aktualisiert hatte. Es sah schlecht aus: Zwar hatte Sidorenko die Angriffsspitzen der Faschisten fast überall stoppen können, doch wenn die Deutschen wüssten, welchen Preis er dafür bezahlt hatte, würden sie noch in dieser Nacht mit einem Lächeln einschlafen. Sidorenko war den Nazis mit massivem Artillerieeinsatz – vor allem Raketenartillerie – beigekommen.

Er hatte dazu noch am Nachmittag befohlen, auch die Sperrbestände an Munition zu verschießen, von der Hoffnung beseelt, er könnte den deutschen Angriff so im Keim ersticken. Doch die verdammten Nazis schienen noch nicht aufgegeben zu haben. Nun waren seine Batterien vielerorts auf fünfzehn Prozent Munition runter, im Norden teilweise auf fünf Prozent. Für den nächsten Tag plante er daher umzudisponieren: Er würden den Armeen, die die Westfront des Bogens hielten, große Teile ihrer Munitionsbestände abzwacken und diese den Batterien im Norden zuführen. Gleichzeitig würde er seine gepanzerten Kräfte im Süden konzentrieren, wo er die Initiative übernehmen wollte, während er im Norden auf die blasse Hoffnung setzen musste, gezielte Artillerieschläge gegen deutsche Angriffsversuche würden die Faschisten an das Höllenfeuer des ersten Tages erinnern und sie so am Vorstoßen hindern.

Sidorenko spuckte angewidert aus. Er könnte kotzen, wenn er an all die Verfehlungen der Führung dachte. Diese ganzen Idioten im Stawka hatten nicht auf ihn hören wollen und ihre Kräfte lieber im Norden und Süden für die große Sommeroffensive zusammengezogen, sowie bei der *Kalininfront* westlich von Moskau, wo die Faschisten angeblich in den nächsten Tagen eine großangelegte Angriffsoperation mit dem Codenamen *Zitadelle* starten würden. Was war für die Herrn Generäle denn schon Kursk, eine kleine Stadt mitten im Nichts? Die dachten doch bloß in Fronten! Nun hatte Sidorenko mit Munitionsknappheit und schlechter Ausrüstung zu kämpfen, ganz so wie 1941! Natürlich befand sich auch Artilleriemunition im Zulauf, aber sie war eben noch nicht hier. Die Führung faselte stets etwas vom großen, patriotischen Krieg der sozialistischen Brüder, doch Sidorenko fühlte sich im Kursker Bogen eher wie ein Kapitalist, der auf die falsche Aktie gesetzt hatte.

»Pah!« Sidorenko war diese geballte Inkompetenz der Stawka zuwider, doch er musste nun mit dem leben, was er zur Verfügung hatte. Wieder blickte er auf die Lagekarte, während die Müdigkeit ihm gegen die Augen drückte. Er wusste, wenn die Faschisten im Morgengrauen wieder den Angriff aufnehmen würden, würden sie einfach durchmarschieren. Noch einmal konnte er ein solches Trommelfeuer nicht auf sie hinabregnen lassen. Der General-Polkownik wusste ferner, dass er nicht genügend qualifizierte Kräfte hatte, um beiden Angriffskeilen des Feindes die Stirn zu bieten. Seine Idee des Gefechts lautete daher, die Entscheidung in einer einzigen Schlacht im Süden zu suchen, wo er mit massierten Panzerkräften den Angriffskeil der Nazis zerschlagen würde. Wehrte er eine der Angriffsbewegungen ab, verhinderte er damit die Zangenbewegung der Deutschen und somit die Einkesselung von vier sowjetischen Armeen. Einige Augenblicke lang arbeitete es in dem russischen Offizier, dann zog sich ein zufriedenes Lächeln über seine Lippen. Er hatte seinen Ort für die Entscheidung gefunden: Prochorowka!

Luzern, Schweiz, 04.05.1943

Manchmal waren die Briten wirklich schnell, das musste Taylor ihnen lassen. Oder die Russen. Als am Vortag in der Früh der deutsche Angriff gegen den Kursker Bogen begann, hatten die »Inselaffen« rasch begriffen, dass man ihnen falsche Pläne zugespielt hatte, und sie zogen umgehend Konsequenzen daraus. Oder die Russen hatten das begriffen. Thomas hätte nur nicht damit gerechnet, dass sie dann doch zu feige waren, die Drecksarbeit selbst zu erledigen.

Nein, sie hetzten Taylor doch tatsächlich die Luzerner Polizei auf den Hals! Das war dann doch ein Hinweis darauf, dass er es eher mit Briten zu tun hatte. Die Russen wuschen ihre schmutzige Wäsche immerhin noch selbst.

Das ist ja fast peinlich!, dachte Taylor und musste grinsen, während er sich eilfertig in seine Klamotten warf. *Immerhin ließen sie mich noch meinen Spaß haben!*

Die Nachricht, dass er aufgeflogen war, ereilte ihn nur Augenblicke, nachdem er diese Hure zum Teufel gejagt hatte, die ihm für ein bisschen Sex ein Drittel seines Monatssolds abgeknöpft hatte. *Tja, die Schweiz ist halt ein teures Fleckchen Erde!* Thomas schob das Magazin in seine P08, erfasste den Kniegelenkverschluss und lud die Waffe fertig. *Wenigstens zahlt mir die Abwehr Spesen für den Scheiß!*

Die Nachricht war über das Telefon gekommen, das die Abwehr im Vorfeld von Taylors Ankunft in der Wohnung installiert hatte. Wieder einmal musste er anerkennen, dass die Spione des Reichs ausnahmsweise einmal gute Arbeit geleistet hatten. So gab es einen Beamten beim Bundesamt für Polizei in Bern, der ganz gerne sein mittelständisches Gehalt aufbesserte.

Über ihn hatte die Abwehr umgehend von einem Gesuch des Bundesamtes an die Luzerner Polizei, Männer für die Festnahme eines deutschen Spions zur Verfügung zu stellen, erfahren. Nun galt es, die Beine in die Hand zu nehmen und zu flüchten, ehe die Bundesgenossen Taylor auf ihre demokratische Art die Todesstrafe aufdrücken würden. Taylor stülpte sich seine selbstgestrickte Sturmhaube über, sodass nur seine Augen zu sehen waren. Je weniger Menschen ihn erblicken würden, ergo wiedererkennen könnten, desto besser! Er blickte auf seine Armbanduhr. Vier Minuten waren seit dem Telefonat vergangen. *Jetzt wird es aber Zeit!*, sagte er sich und warf noch einen Blick aus dem Fenster. Da sah er schon, wie sich schweizerische Polizisten in ihrer dunklen Uniform mit den seltsamen Schirmmützen unter dem Licht einer Laterne sammelten.

»Fuck!«, stöhnte er – ein Wort, das er von seinem Vater gelernt hatte. Dann öffnete Taylor die Wohnungstür und stürmte mit gezogener Pistole ins Treppenhaus. Unten erwarteten ihn bereits zwei Polizisten. Taylor zögerte nicht. Er betätigte dreimal den Abzug seiner Parabellum und schickte die Bundesgenossen zu Boden.

Zwei weniger, die sich uns beim Einmarsch entgegenstellen, sinnierte er und stürmte den langen Flur entlang in Richtung Hintertür. Noch war es dunkel, doch es würde nicht mehr lange dauern, bis die ersten Sonnenstrahlen über die Dächer der Stadt blitzten.

Unter das Stöhnen der beiden Männer im Todeskampf mischten sich Rufe und Befehle, während weitere Polizisten durch den Vordereingang stürmten. Sirenen wurden laut und Motoren heulten auf. Taylor allerdings hatte den Tipp rasch genug erhalten und die Polizei das Haus somit noch nicht umstellen können. Er stieß mit voller Wucht die Hintertür auf und stürmte hinaus in die Dunkelheit. Er war mögliche Fluchtwege zuvor zigmal abgelaufen und kannte das System aus engen Gassen, die sich zwischen den mittelalterlichen

Gebäuden hindurchschlängelten, in- und auswendig. Taylor sprang schließlich über die Straße und verschwand in einer winzigen Gasse. Hinter ihm hektisches Geschrei, während Stiefel über Kopfsteinpflaster stürmten. Nun näherten sich die Polizisten von allen Seiten und umstellten das Gebäude, aber Taylor hatte längst Boden gutgemacht. Er quetschte sich durch winzige Sträßchen und überquerte nur dort – und dann im Sprung – die Hauptwege, wo es unvermeidbar war. Nach drei Minuten des Sprintens und des Hakenschlagens hatte er ausreichend Abstand zur Wohnung gewonnen. Taylor kam schließlich zwischen einigen Blechmülleimern neben einer geschlossenen Wirtschaft, einem alten Gebäude aus dickem Steingemäuer, zum Stehen. Kurz verschnaufte er und rieb sich die Achseln, unter denen sich Seen aus Schweiß gebildet hatten. Doch er war ausreichend trainiert, dass ihn so eine kleine Hatz nicht weiter belastete. Dafür gab er sich nun, wo er endlich Zeit dazu hatte, dem Adrenalin hin, das seinen Körper durchflutete. Es war für ihn ein irres Gefühl, wenn die Sinneswahrnehmungen gesteigert wurden und die Angst den Körper zu Höchstleistungen antrieb. Genau für diese Momente übte Thomas seinen Beruf aus! Genau für diese Momente!

Er blickte sich um und kramte dann in seinem geistigen Archiv der Stadt. Taylor war gut darin, sich ganze Karten und Stadtstrukturen bis in die kleinsten Details zu merken, teilweise musste er das Objekt dafür nur ein einziges Mal kurz betrachten. Umgehend wurde ihm der weitere Weg bewusst. Er hatte nur noch 400 Meter durch eine langgezogene Gasse, die hinter einer Reihe von Geschäften entlangführte, vor sich, dann würde er auf das Parkgelände treffen und danach auf den Friedhof, wo sich seine Lagerstätte befand. Ja, Taylor hatte für alle Fälle vorgesorgt. Er legte auch diese Strecke im Laufschritt zurück, durchquerte dazu das schmale Parkgelände, das dank des Wahlenplans derzeit zum Anbau von Kartoffeln genutzt wurde, und fand sich letztlich auf dem Friedhof Friedental wieder, einem großen und durch die Silhouetten unzähliger Grabsteine, die wie Panzersperren in die Höhe ragten, unheimlichen Gottesacker. Eine leichte Brise blies über das Gelände und ließ Taylor, schweißdurchtränkt wie er war, frösteln. Kurz, ganz kurz hielt er inne, um zu Atem zu kommen. Dann marschierte er zielstrebig zum nordöstlichen Ende des Friedhofs, zertrat dabei Blumen und trampelte über Gräber hinweg, bis er schließlich eine alte Gruft erreichte, umgeben von reichlich Buschwerk. Um ihn herum wurde es langsam hell, während Sirenen in der Ferne der Stadt heulten. Er musste sich sputen, denn nach seiner Bluttat würden die Bundesgenossen Straßen sperren und die ganze Stadt auf den Kopf stellen, um ihn zu finden. Taylor ließ die Gruft links liegen und kraxelte stattdessen dahinter in die Brombeerbüsche, die ihn umgehend mit ihren Dornen ärgerten.

»Bloody fuckers …«, fluchte er, als die Dornen durch seine Hose drangen, doch er fand schließlich, wonach er suchte: eine schmale Holzkiste, die er vor etwas über einer Woche an diesem Ort versteckt hatte. Taylor zerrte die Kiste ins Freie und bediente sich an deren Inhalt: Wechselklamotten, Schal und Hut, schweizerische Schokolade sowie ein Ersatzmagazin für seine Waffe. Er zog sich rasch um, bevor er seine alten Klamotten samt Kiste wieder zwischen den Büschen versteckte. Taylor verlor keine Zeit und begab sich umgehend auf den Weg. Sein Ziel war ein Unterschlupf der Abwehr nördlich von Remigen im ans Reich angrenzenden Kanton Aargau. Er wollte und musste die gut 50 Kilometer so schnell wie möglich hinter sich bringen.

*

Die Sonne stand bereits im Westen, als Taylor, der sich einmal mehr ein Fahrrad organisiert und damit in einem Rutsch die gesamte Strecke zurückgelegt hatte, eine kleine Holzhütte mitten im Wald erreichte. Er erkannte das aus Querstreben errichtete Gebäude, welches er einmal auf einem Foto gesehen hatte, sofort wieder. Thomas war schweißgebadet und müde und darüber hinaus noch hungrig, denn die Schokolade hatte seinen Magen nicht lange füllen können. Außerdem waren die letzten zwei Kilometer über den unwegsamen und hügeligen Waldboden eine einzige Tortur gewesen. Nun warf er sein Rad vor der Hütte in den Dreck und zauberte den Schlüssel aus seiner Geldbörse, den er damals in Stuttgart erhalten und bisher nie benutzt hatte.

Augenblicklich steckte er den Schlüssel in das Türschloss und verschaffte sich Zutritt zur Hütte, während er sich eine Zigarette in den Mundwinkel legte – seine letzte Zigarette, wie er niedergeschlagen feststellte.

Der Innenraum war kärglich eingerichtet. Ein Tisch und zwei Stühle aus dunklem Holz sowie ein Feldbett waren alles, was der Unterschlupf zu bieten hatte. Natürlich gab es hier keine Waffen oder sonst etwas, das im Falle einer Durchsuchung Aufsehen erregt hätte.

Stattdessen fand Thomas einen Briefumschlag mit einem handgeschriebenen Papier darin vor. Er überflog die wenigen Zeilen. Auch wenn ein Uneingeweihter in dem Dokument nur den Liebesbrief eines gewissen Juan an eine Luise gesehen hätte, waren Thomas die verwendeten Worte noch in einer ganz anderen Weise bekannt. Statt in die Heimat zurückzukehren, hatte er seinen nächsten Auftrag erhalten und dieser würde ihn nach Bern führen.

Allemal besser als die Ostfront!, dachte er und musste gleichwohl an seine Kameraden denken, die zu dieser Zeit irgendwo in Russland kämpften. Dann sah er, dass die Jungs von der Abwehr tatsächlich an ihn gedacht hatten: Auf einem der Stühle lag eine Blechdose mit Tabak und sogar Zigarettenpapier. Taylors Mund formte ein breites Grinsen.

Westlich von Ponyri, Sowjetunion, 04.05.1943

Heeresgruppe Mitte – 71 Kilometer nördlich von Kursk

Seit dem Nachmittag marschierte auch Bernings Kompanie. Nun war es bereits wieder finstere Nacht, doch sie würde noch einige Stunden weiter der Angriffsspitze folgen, die vielerorts den russischen Sperrgürtel bei den Höhenzügen um Olchowatka durchbrochen hatte.

Berning kam es so vor, als wären die Kämpfe an diesem zweiten Tag der Operation deutlich milder verlaufen – nur wenig Artilleriedonnern hatte die Geräuschkulisse erfüllt, und auch jetzt war bloß hie und da das Brummen von Geschützen zu vernehmen, statt eines ständigen Trommelfeuers. Berning hoffte, dass der russische Widerstand gebrochen wäre und sich die verbliebenen Iwans auf der Flucht befänden, denn er wusste, dass sich die Russen gerne von den motorisierten Einheiten überrollen ließen, um dann den Kampf mit der nachfolgenden Infanterie aufzunehmen.

Bernings Stiefel trampelten hohes Gras nieder, während er und seine Kameraden eine weite Freifläche in Schützenkette überquerten, was bedeutete, dass alle Soldaten der Kompanie gestaffelt in einer langen Reihe nebeneinanderher marschierten. Berning blickte nach rechts und nach links und sah die Silhouetten von Soldaten, die angespannt vorrückten. Er hörte Ausrüstungsgegenstände, die aneinander klapperten, und das beständige Knistern von Gras und Dickicht, welches unter die Stiefel geriet. Vor ihnen tat sich ein größerer Wald auf, den es zu durchqueren galt. Danach, am anderen Ende des Gehölzes, würden sie Stellungen beziehen und die Nacht verbringen.

Berning wollte nicht mehr.

Sein Koppel und die ganze Ausrüstung, die an seinem Rücken baumelte, zogen an ihm und verursachten Schmerzen im Steißbein. Hinzu kam, dass ihm der Stiel seines Spatens mit jedem Schritt in die Kniekehlen schlug. Überall an seinem Körper juckte es, vor allem dort, wo getrockneter wie frischer Schweiß und die unzähligen Insektenstiche zusammentrafen.

Berning atmete einmal laut ein und aus, dann seufzte er tief. Er meinte, das Gewehr in seinen Händen würde immer schwerer wiegen.

Gedanken an zu Hause fluteten sein Hirn und machten alles bloß noch schlimmer. Bei der Hitze des heutigen Tages hätte er seine Zeit viel lieber am Neusiedler See verbracht, der so flach war, dass man ihn laufend durchqueren konnte.

»Berning«, rief eine Stimme.

Er musste daran denken, wie er nach der Schule mit seinen Schulkameraden zum See gegangen war, wie sie Weintrauben auf den Feldern stibitzt hatten und abends mit Sonnenbrand auf Rücken und Schultern den Heimweg angetreten waren. Das war eine schöne und unbeschwerte Zeit gewesen.

»Berning!«

Und an Gretel musste er natürlich auch denken, und daran, wie er ihre Brüste, die von ihrem Körper abstanden wie Hügel aus festem Fleisch, zum ersten Mal in seinen Händen gehalten hatte.

Die Stunden in der Scheune während seines letzten Fronturlaubs waren wohl die aufregendste Zeit seines Lebens gewesen. Immer schon hatten Gretel und Franz ihre Zeit miteinander verbracht, waren zusammen zur Schule gegangen; das war noch bevor die Nationalsozialisten an die Macht gekommen waren. Auch die Nachmittage und die Wochenenden hatten sie meist zusammen verbracht. Berning hatte Gretels Eltern bei der Arbeit auf ihrem Weingut geholfen, und Gretel hatte oft bei seiner Mutter in der Küche gestanden und ihr beim Schweinsbraten oder bei der Gemüsesuppe assistiert. In den Septembertagen des letzten Schuljahres hatten sie einmal eine Flasche Sturm aus dem Keller gestohlen und abends am See geleert. Das hatte vielleicht einen Ärger gegeben! Dennoch, die beiden schienen füreinander bestimmt zu sein. Sie wussten das; ihre Eltern wussten das. Nur der blöde Krieg schien das nicht zu wissen.

»BERNING!«

Dem Unteroffizier war, als hätte er etwas gehört. Die Landschaft am Neusiedler See löste sich auf und plötzlich war da wieder das hohe Gras der russischen Ebene. Schon näherte sich eine Gestalt in hohem Tempo von rechts. Sie preschte an all den Kameraden vorüber und entpuppte sich erst einen Meter vor Berning als Unterfeldwebel Pappendorf, dessen ganzes Gesicht zu schnauben und vor Wut beinahe zu platzen schien.

»BERNING!«, geiferte er und baute sich bedrohlich vor dem Unteroffizier auf. Pappendorf kam mit seiner Fratze so nah an Berning heran, dass ihre Helme gegeneinanderschlugen, während ihm der Unterfeldwebel mit einem irren Blick wie ein Raubvogel kurz vorm Sturzflug Angst einjagte. »Was zum Kuckuck läuft falsch bei Ihnen? Sie sind ja tatsächlich der schlechteste Unteroffizier, der mir jemals begegnet ist!« Pappendorfs Stimme hallte über die Freifläche, während er Berning seine Worte mit nassem Unterton entgegen spuckte. Dieser konnte nur zurückstarren. »Wir sind hier nicht in der Schule, wo Sie einfach einpennen können, Sie nutzloser Hans-guck-in-die-Luft!« Die Kameraden links und rechts schauten schon, während die Gruppe angehalten hatte. Pappendorf knallte Berning noch einmal mit Wucht seinen Helm gegen dessen Blechhut. Der Unteroffizier wäre am liebsten im Boden versunken. »Sie können verdammt froh sein, dass wir hier mitten im Einsatz sind, Sie Schreckschusspistole! Ich würde Sie sonst Liegestütz machen lassen, bis Ihre mickrigen Ärmchen durchbrechen! Bleiben Sie verdammt noch mal bei der Sache!«

»Jawohl.«

»Jawohl was?«

Berning hätte am liebsten mit den Augen gerollt. Selbst er wusste, dass man im Gelände sparsam mit Dienstgraden war, doch Pappendorf gehörte offenbar zu der Gattung Unterführer, die sich bei jeder Gelegenheit an ihrem Rang ergötzte.

»... Herr Unterfeldwebel«, flüsterte er und senkte in unechter Demut den Blick.

Pappendorf streckte seinen Kopf nun vor und flüsterte Berning direkt ins Ohr: »Sie sind nichts weiter als ein Landser! Ein kleiner Landser, dem diese Schulterklappen nicht zustehen!«

Dann blickte Pappendorf auf. Seine kurzen Haare lugten kaum unter dem Helm hervor und seine Uniform war trotz des Kampfeinsatzes peinlich korrekt. An seiner linken Brustseite – im zweiten Knopfloch – blitzte die Ostmedaille, ein kreisrundes, silberfarbenes Metallstück mit dem preußischen Adler darauf. Die Medaille, obwohl er sie schon seit einem Jahr trug, sah aus, als hätte sie eben erst die Prägemaschine verlassen. Unter dem Adler prangte das Hakenkreuz der Nationalsozialisten, denn bereits verliehene Orden wurden nicht ausgetauscht. Daneben hing in Messing das Verwundetenabzeichen in Silber.

Überdies war Pappendorf Träger des EK I. Selbst die Kragenbinde, die fast niemand an der Front trug, hatte der Unterfeldwebel vorschriftsmäßig in seine Feldbluse eingeknöpft. Sekunden verstrichen, während Pappendorfs Blick Berning zu durchbohren versuchte. Der Unteroffizier wusste einfach nicht, was von ihm verlangt wurde.

»Was ... was kann ich für Sie tun, Herr Unterfeldwebel?«, traute er sich schließlich zu fragen, wobei er diese Frage bloß zögerlich und stammelnd aus sich herausbekommen hatte.

Pappendorf hob seine Nase, bis er den Unteroffizier nur noch im Augenwinkel sehen konnte, dann drehte er sich um und marschierte schnurstracks zurück in die Dunkelheit. Berning blickte seinem Gruppenführer mit Hass in den Augen nach.

Was für ein Dreckssack, dachte er, *bringt uns hier alle in Gefahr für seine Machtspiele!* Die Verachtung für diesen Menschen stieg in Berning mit jeder Sekunde, während der Schweiß seine Hände flutete und das Holz seines Gewehres ganz glitschig machte. Noch immer stand die gesamte Gruppe still, während die anderen Einheiten längst weiter vorgerückt waren. Dieser Kerl spielte hier wirklich ein risikoreiches Spiel.

»Unteroffizier Berning?«, hallte Pappendorfs Stimme plötzlich über die Freifläche. Berning seufzte.

»Hier, Herr Unterfeldwebel.«

»Zu mir! Laufschritt!«, schnatterte die Stimme des Gruppenführers.

Oh nein! Berning setzte sich in Bewegung. Beim Rennen drückte seine Ausrüstung noch mehr in seinen Rücken und knallte stetig gegen seine Glieder.

Es hatten sich dort, wo der Spaten oder der Brotbeutel oder das Essgeschirr gegen seinen Körper schlugen, schon blaue Flecken gebildet.

»Los, Bewegung!«, trieb Pappendorf ihn an. Berning rannte die Reihe seiner Kameraden, die sich als Umrisse in der Dunkelheit abzeichneten, entlang und erreichte schließlich seinen Gruppenführer, der dastand wie eine Kerze, nur dass diese Kerze eine Maschinenpistole in ihren Händen hielt.

»Mensch, nicht vor den Waffen laufen!«, brüllte Pappendorf und fuchtelte mit den Armen. »Wollen Sie von Ihren Kameraden kaputt gemacht werden, wenn jetzt der Slawe kommt?«

Berning stöhnte, dann kam er keuchend zum Stehen. Pappendorf rümpfte seine Nase dergestalt in die Höhe, als wollte er damit die Wolken berühren.

»Bleiben Sie bei der Sache, Unteroffizier!«, mahnte er mit drohendem Unterton.

»Jawohl«, dieses eine Wörtchen drang kaum durch Bernings sich überschlagende Atmung hindurch. Die Anstrengung des kurzen Sprints und seine Befürchtung vor einer erneuten Konfrontation kamen zusammen. Mit gesenktem Blick verkrampften sich die Finger des Unteroffiziers um den Schaft seiner Waffe, während er sich – innerlich flehend – an einen anderen Ort wünschte.

»JAWOHL WAS?«, brüllte Pappendorf mit nasser Aussprache, die Berning ins Gesicht flog. Diesem Kerl war es offenkundig vollkommen egal, dass sie sich im Frontgebiet befanden.

»Jawohl, Herr Unterfeldwebel!«

»Geht doch!« Dann blickte der Unterfeldwebel Berning einen Moment lang an, bevor er fragte: »Was ist nur mit Ihrem dritten Schützen los?« Die Frage kam scharf und schnippisch, und Berning wusste beim besten Willen nicht, was der Unterfeldwebel wissen wollte. Er zögerte einen Moment, vergrub seinen Blick in der Erde und schaute dann mit glasigen Augen auf.

»Ich verstehe nicht ... also ... was Sie meinen, Herr Unterfeldwebel.«

Pappendorf explodierte: »JA, SIND WIR HIER AUF'M JAHRMARKT? WENN DER NOCH LAUTER DIE MUNITIONSKÄSTEN GEGENEINANDER KLAPPERN LÄSST, KANN SOGAR STALIN IN MOSKAU UNSERE POSITION AUSMACHEN!«

Pappendorfs Worte fegten über die Freifläche wie die Druckwelle einer Explosion und hallten lange nach. Berning regte sich überhaupt nicht mehr. Tränen drückten gegen seine Augen, doch er schaffte es, sie nicht hinauszulassen.

»Also stellen Sie das gefälligst ab, Unteroffizier!«

Berning nickte, drehte sich um und rannte zurück zu seiner Position.

»Jawohl, Herr Unterfeldwebel«, hörte er noch die Stimme Pappendorfs hinter sich, die sich schwer enttäuscht zeigte. Dann erreichte Berning wieder die linke Spitze der Gruppe, wo der MG-Trupp seinen Platz hatte. Er wischte sich mit der rechten Hand durchs Gesicht, als Pappendorf bereits wieder brüllte: »So, Kameraden! Dank eures neuen Stellv-Gruppenführers haben wir den Anschluss an den Zug verloren. Daher jetzt: Laufschritt! Mein Tempo, jeder bleibt auf meiner Höhe!«

Laufschritt? Bei Dunkelheit? HIER AN DER FRONT? Berning wollte nicht glauben, was er da eben gehört hatte. *Glaubt der Kerl, wir sind in der Grundausbildung?*

Dann vernahm er von rechts bereits das hochfrequentierte Klappern von Ausrüstung, das beim Rennen deutscher Soldaten als so typischer Klang entstand.

Jetzt können die uns mindestens bis Washington hören!, schoss es Berning durch den Kopf. Doch auch dieser kurz aufblitzende Galgenhumor täuschte nicht über seine wahre Gefühlslage hinweg. Seine Magenschmerzen verstärkten sich und das Heimweh in ihm drangsalierte ihn. Dann lief der Soldat rechts neben ihm los und auch Bernlng setzte sich in Bewegung. Japsend rannte er über die unebene Graslandschaft und spürte deutlich die Druckstellen an seinen Füßen, während sein Puls beschleunigte.

Plötzlich erfüllte ein Rauschen und Pfeifen in weiter Ferne die Luft, in etwa wie von Flugzeugen, die gerade starteten. Die Geräusche rasten mit Lichtgeschwindigkeit heran.

»Stalinorgel!«, brüllte noch einer, dann brach um sie herum die Hölle los. Unzählige Raketen schlugen direkt in das Marschgebiet des Zuges hinein, als würde eine gigantische Harke alles umgraben. Berning warf sich zu Boden und hielt sich schützend beide Hände über den Kopf. Er spürte, wie die Luft um ihn herum von den Explosionen eingesogen wurde, dann knallartig in alle Richtung zerstob und dabei an seiner Uniform und Ausrüstung zerrte. Etwa zwanzig Sekunden bloß dauerte das Spektakel, dann wichen die Detonationen den Schmerzensschreien Dutzender Männer. Langsam blickte Berning auf, doch er sah nur die Silhouetten liegender Soldaten und neuerlicher Krater. Sein dritter Schütze lag kreischend neben ihm; er zuckte und schlug um sich, als wäre er ein Fisch auf dem Trockenen. Andere Schreie kamen hinzu: von rechts, von links, von überall. Dann schallte Pappendorfs Stimme und übertönte das ganze Spektakel noch: »Berning, sofort zu mir!«, brüllte er mit Hektik in der Stimme.

Lutschki I, Sowjetunion, 04.05.1943

Heeresgruppe Süd – 87 Kilometer südlich von Kursk

Tiefe Nacht hatte die südlichen Frontabschnitte der Kursk-Schlacht erfasst und die am Tage laufenden Angriffsbewegungen zum Halten gebracht. Leutnant Engelmann – am Vortage noch pessimistisch über den weiteren Verlauf der Operation gewesen – durfte erleben, wie sich innerhalb eines Tages das Kriegsglück wendete: Am ersten Tag der Operation waren die Geländegewinne noch überschaubar gewesen, und die Wehrmacht hatte die Tagesziele fast überall deutlich verfehlt. Heute jedoch schien man gegen einen völlig anderen Feind angetreten zu sein.

Das russische Artilleriefeuer war fast gänzlich ausgeblieben und feindliche Flugzeuge wurden deutlich erfolgreicher aus dem Luftraum verdrängt. In allen Abschnitten konnten die Verbände der Wehrmacht am Abend deutliche Fortschritte vermelden, und tatsächlich, dieser zweite Tag der Operation *Zitadelle* beflügelte die deutschen Soldaten und gab den Zweiflern die wichtige Zuversicht, hier einer Sache zu dienen, die nicht von vornherein zum Scheitern verurteilt war.

Auch Leutnant Engelmann hatte neuen Mut geschöpft angesichts der Erfolge. Sein Regiment war den Tag über allerdings auch nicht tatenlos geblieben. So waren sie der Straße nach Prochorowka ein Stück nach Norden hin gefolgt, wo die Infanterie- und Grenadierkräfte der Division die Dörfer Kalinin und Lutschki I genommen hatten.

Im Zuge der Kämpfe um diese Ortschaften hatte die III. Abteilung des PzRgt 2 einen Gegenstoß feindlicher Panzerkräfte abwehren müssen, die mit britischen Modellen des Typs Churchill angetreten waren. Der Zug Engelmann hatte alle Kämpfe ohne Verluste überstanden, die 9. Kompanie insgesamt einen Panzer III verloren und die III. Abteilung alles in allem drei Panzer, wobei einer aufgrund eines Motorschadens statt durch Feindeinwirkung ausgefallen war. Allein von dieser Abteilung waren aber auch 23 rote Panzer und 36 Geschütze vernichtet worden.

Doch auch an den anderen Abschnitten waren die Angriffe äußerst zufriedenstellend verlaufen: Verbände der Armeeabteilung Kempf sperrten die Straße von Belgorod nach Korotscha und schlossen in Richtung Norden so weit auf, dass sie wieder eine einheitliche Front mit den Einheiten der 6. Armee bildeten. Damit war der Weg für ein weiteres Vorstoßen am folgenden Tag frei.

Leutnant Engelmann hatte es sich unter seinem Panzer mithilfe seiner Zeltbahn gemütlich gemacht. Während Nitz neben ihm bereits schnarchte wie ein Großer, Ludwig einen Brief an seinen Vater verfasste, Münster ein Brot mit Margarine in sich hineinstopfte und Born im Kerzenlicht die letzten Kapitel seines Phantastik-Romans las, hatte der Leutnant seine Karte vor sich ausgebreitet und studierte einmal mehr das Gelände. Er steckte sich dabei ein Stück Schokolade in den Mund und zog seine Decke hoch bis zu den Schultern. Es war etwas kühler geworden, sodass Engelmann seinen Hals zusätzlich mit einem Tuch schützte, während sich vereinzelte Regentropfen ins Gebiet um Prochorowka verirrten. Morgen früh, um 04:00 Uhr deutscher Zeit, würde die Luftwaffe einen massierten Angriff gegen die Stadt und die vorgeschobenen Geschützstellungen fliegen. Um 04:30 Uhr dann würden sie in der Deckung der Tiger-Panzer die Straße hinauf bis an die Stadtgrenzen vorrücken und die Stadt hoffentlich bei Anbruch der Dunkelheit vollständig genommen haben. Der Aufklärung war natürlich nicht entgangen, dass die Sowjets um Prochorowka große Panzerverbände zusammenzogen, darunter viele Gardisten, doch das konnte Engelmann tatsächlich nur recht sein. Von den Erfolgen des Tages selbst auch ein wenig beflügelt, hoffte er, der Folgetag könnte bereits die Entscheidung herbeiführen und das Kämpfen im Frontbogen somit bald wieder beenden. Mit etwas Glück würde es dann, nach der Einnahme von Kursk und der Stabilisierung der Front, wieder zurück in die Etappe gehen. Außerdem waren da ja die Tiger, die ihm auch bisher viel Arbeit abgenommen hatten und zugleich wie ein gepanzerter Schild zwischen der eigenen Einheit und dem Feind standen. Nachdem die Werkstätten seit letzter Nacht mit Nachdruck an den ausgefallenen Kampfwagen gearbeitet hatten, durfte Engelmann für den nächsten Tag wieder mit 34 einsatzfähigen Panzerkampfwagen VI rechnen. Immerhin!

Er blickte ein weiteres Mal auf seine Karte. Ein starker Verteidigungsring umgab die Stadt, während vorgeschobene Stellungen entlang der Straße sicherlich dem Zweck dienten, die deutschen Kräfte zu binden, damit ihnen russische Panzerverbände in die Flanken fallen konnten. Engelmann wusste, worauf hier zu achten war. Das Gelände begünstigte die Verteidiger, und er konnte nicht darauf bauen, dass die Luftwaffe jede einzelne Stellung ausschalten würde. Das Bevorstehende würde ihnen einiges abverlangen, doch im Verbund der Waffen von Artillerie, Panzern, Infanterie und Luftwaffe würden sie das Ding schon schaukeln.

Schließlich faltete Engelmann seine Karte zusammen und legte sie beiseite, denn in seinem Kopf tanzten bereits kyrillische Buchstaben und taktische Zeichen. Er drehte sich auf den Rücken und starrte gegen den Untergrund seines Panzers. Er hätte nun natürlich auch beim Kompaniechef in einem feinen Bauernhaus sitzen und Bier trinken können, doch er blieb lieber bei seinen Männern.

»Herr Leutnant?«, riss ihn plötzlich Borns Stimme aus seinen Gedanken. Engelmann drehte sich um und sah, dass auch Münster und Ludwig bereits schliefen.

»Mhm?« Engelmann blickte in große, blaue Augen.

»Darf ich Ihnen eine Frage stellen?«

»Natürlich.«

»Auch eine … nun ja … kritische Frage?«

»Eine kritische?«

»Ja …«

»Wie meinen Sie das?«

»Eine kritische eben … eine, die vielleicht nicht gerne gehört wird.«

»Jetzt spannen Sie mich nicht so auf die Folter und fragen Sie.« Engelmann lächelte dabei freundlich. Er freute sich darüber, dass seine Männer solches Vertrauen zu ihm hatten.

»Nun ja … ich denke einfach viel über das alles hier nach. Über den Krieg … über das, was wir hier tun.«

»Das ist mir schon aufgefallen.«

»Ich lese dieses Buch hier, Herr Leutnant.« Er verwies auf »Krieg der Welten«. »Haben Sie das mal gelesen?«

»Nein, ich bin für so etwas nicht zu haben. Ich lese lieber realistische Klassiker.«

»Na ja, jedenfalls greifen dort Wesen aus dem Weltall die Menschen an. Die kommen vom Mars und wollen die Erde besiedeln und für sich haben.«

»Verstehe.«

»Wenn ich so darüber nachdenke, fällt mir auf, dass in diesem Krieg …« Er zögerte sichtlich. Es war nicht ohne Risiko, gewisse Gedanken offen auszusprechen – kritische Gedanken vor allem. Zwar hatte sich im letzten halben Jahr einiges geändert, doch war das Reich auch unter Kanzler Halder sicherlich keine Demokratie samt Meinungsfreiheit. Doch er traute sich dann doch: »… Na ja, in diesem Krieg sind wir die Marsianer. Polen hat uns zuerst angegriffen, das kam schließlich überall im Radio und in den Zeitungen, und danach mussten wir natürlich gegen die vorgehen, die uns den Krieg erklärt haben.« Engelmann warf seine Stirn in Falten, während Born weitersprach: »Aber warum Russland? Warum sind wir hier?«

Engelmann nickte langsam. Auch seine eigenen Gedanken beschäftigten sich öfter als ihm lieb war mit solchen Fragen und manchmal empfand er die Antworten, die dabei herumkamen, alles andere als angenehm. Der Leutnant spürte, dass sich Born etwas von der Seele reden musste, etwas, das seinen inneren Frieden bedrohte.

Der Stabsgefreite fuhr fort: »Wissen Sie, wenn wir in der Schlacht Russen töten – so wie heute – dann denke ich manchmal, das sind bloß Menschen, die um ihr Leben kämpfen. Die ihr Land verteidigen – vor fremden Eindringlingen. Ich habe lange Zeit gedacht, wir wären die Guten. Und jetzt – na ja – seit einiger Zeit beschleicht mich das Gefühl, wir sind die Bösen in diesem Krieg. Die Angreifer eben, die Marsianer.«

Engelmann überlegte einige Sekunden lang, denn er wollte den Mann nicht mit Floskeln abwatschen, sondern ihm eine fundierte Antwort liefern.

Dann erwiderte er: »Wir befinden uns im Krieg, Herr Stabsgefreiter.« Er wählte jedes Wort mit äußerstem Bedacht. »Im Krieg gibt es leider keine Guten. Es gibt bloß Menschen, die sich gegenseitig umbringen. Ich weiß, Sie können mit Religion nichts anfangen, aber glauben Sie mir, der Gott, an den ich glaube, mag diesen Krieg ebenso wenig wie wir. Aber scheinbar ist er nötig, denn anders können wir Menschen wohl nicht zusammenleben. Vielleicht müssen erst die grausamsten Kriege gefochten werden, damit die Menschen danach in Frieden leben können. Ich kann Ihnen zu Ihrer Beruhigung daher nur Folgendes sagen: Wir Deutschen sind weder die Schlechten noch die Guten. Sie müssen alles immer im Gesamtzusammenhang betrachten: Der große Krieg, der Versailler Vertrag, die Armut und der Hunger. Ich sage Ihnen ganz ehrlich: Ich bin kein Freund der Nationalsozialisten gewesen und mir gefällt die NSDAP da, wo sie jetzt ist, am besten: als politische Randnotiz ohne erkennbaren Einfluss. Ich glaube, unsere neue Regierung macht sehr Vieles besser, vor allem hier im Osten. Völkerrechtliche Regeln werden wieder strenger durchgesetzt, so absurd Regeln auch erscheinen mögen in einem Kampf auf Leben und Tod. Ich habe mich in meiner Studienzeit unter anderem mit der Funktionsweise von Gesellschaften auseinandergesetzt. Glauben Sie mir, Kriege entstehen nicht, weil ein Mann mit dem Finger auf ein Land zeigt. Kriegen gehen Millionen von Handlungen, von Ereignissen und von Dingen voraus, die niemand in ihrem Zusammenwirken vorhersagen kann. Daher kann ich Ihnen leider keine vollständige Antwort geben. Das 20. Jahrhundert soll offenkundig das Jahrhundert des Massenkrieges sein. Wir müssen die Situation also so hinnehmen, wie sie ist, und wer ursprünglich Schuld am Ausbruch der Kämpfe hatte, spielt nun – vielleicht traurigerweise – keine Rolle mehr. Dieser Tage geht es nur noch darum, zu überleben und unser Vaterland zu erhalten. Um mehr geht es nicht.«

Born lächelte.

»Danke, Herr Leutnant. Genau deshalb habe ich Sie gefragt.«

Auch Engelmann lächelte, während seine Worte in seinem Geist widerhallten. Seine Antwort war vielleicht nicht zufriedenstellend gewesen, doch sie war wenigstens ehrlich. Dann plötzlich kam ihm ein Wunsch in den Sinn: Er wünschte sich für seine geplante Zukunft als Lehrer Schüler wie Eduard Born.

Heeresgruppe Mitte – 71 Kilometer nördlich von Kursk

»Los, holen Sie mir den Funker ran!«, brüllte Pappendorf, doch in seiner Stimme lag dieses Mal kein blanker Hass, sondern Hektik. Der Unterfeldwebel hockte über einem jungen Grenadier, dem ein großer Metallsplitter den Brustkorb aufgerissen hatte und der zuckend dalag, während ihm blutiger Schaum aus dem Mund sprudelte. Berning erkannte die Wunde so gerade eben im Licht der Taschenlampe ebenso wie Pappendorfs blutverschmierte Hände, die nun eine Skizze der Umgebung aus der umgehängten Kartenmeldetasche fischten und diese auf dem Unterleib des Verwundeten ausbreiteten. Berning war zu nichts fähig als auf den Blutschwall zu starren, der seinem Kameraden aus dem Körper lief. Seine Hände zitterten, seine Beine krampften und seine Waffe hatte er gleich dort liegen lassen, wo ihn der Raketenschlag überrascht hatte.

»Mensch, den Funker, Berning!«, sagte Pappendorf, ohne von seiner Skizze aufzublicken. Der Unteroffizier rannte los. Die Luft war erfüllt mit Schmerzensschreien, mit kreischenden Männern im Todeskampf, während sich einige Kameraden langsam aufrappelten.

»Werner?«, keuchte Berning und stolperte zwischen Leichen und verwundeten oder benommen Soldaten der Gruppe umher. Der Gefreite Werner war der Funker der Gruppe Pappendorf, was bedeutete, dass er stets einen 20-Kilogramm-Tornister mit sich herumschleppte.

»Werner?«, flüsterte er mit schlotternder Stimme. Er blickte sich um. Hier schüttelte Hege benommen den Kopf und grapschte nach seinem Maschinengewehr, um es auf Schäden zu überprüfen. Dort lag ein Kamerad stöhnend am Boden und hielt sich das Bein. Berning nahm seine Taschenlampe zu Hilfe und wanderte die Reihen seiner Kameraden ab. Dann sah er eine kastenförmige Silhouette neben einem Krater am Boden liegen. Berning machte einen Schritt darauf zu und ließ den Lichtkegel der Taschenlampe über seinen Fund wandern. Von Werner war nur noch ein blutiger Torso, ein halbes Bein und der Kopf bis zum Unterkiefer übrig, den Rest hatten die Raketen in alle Himmelsrichtungen verstreut. Berning übergab sich. Er spuckte eklige Brocken, garniert mit scharfer Magensäure, ins Gras, während ihm ganz schwindlig wurde. Er schloss beide Augen und drehte den Kopf weg, als seine flatternden Hände nach dem Funkgerät tasteten. Er biss die Zähne aufeinander und hätte am liebsten geschrien, als seine Finger das Funkgerät von den Fleischklumpen lösten. Er spürte den noch warmen Lebenssaft, der seine Hände und Unterarme benetzte. Weiteres zerkautes Essen schoss ihm die Kehle hinauf, doch er hielt seinen Mund geschlossen, der sich mit Erbrochenem füllte. Mit Tränen in den Augen schluckte er alles wieder hinunter, riss an dem Tornister und hielt ihn plötzlich in beiden Händen. Er lief umgehend zu Pappendorf zurück, neben dem er das Funkgerät wortlos absetzte.

»Zugfrequenz einstellen!«, brummte Pappendorf, dessen Stimme zwischen all dem Gekreische erstaunlich gut zu verstehen war. Berning starrte erneut auf den Kameraden mit dem Splitter im Bauch, dessen Augen aufgerissen waren, derweil er Blut hustete. Der Unteroffizier vermochte den Blick nicht abzuwenden.

»Berning, Herrgott! Zugfrequenz einstellen!« Pappendorf, der gleichzeitig mit einem Bleistift in seiner Skizze herumzeichnete, holte Berning ins Hier und Jetzt zurück. Der Unteroffizier schüttelte sich kurz wie ein Hund, der nass geworden war, dann blickte er auf die blutigen Armaturen des Funkgerätes, das wie durch ein Wunder heil geblieben war.

»Ist ...« Mehr brachte er nicht hervor.

»Berning!«, rief Pappendorf, doch der Unteroffizier schaute sich geschockt zu allen Seiten um und sah die Umrisse verwundeter, toter und auch unverletzter Soldaten.

»BERNING!«, brüllte Pappendorf angestrengt.

»Jawohl?«

Pappendorf deutete mit dem Bleistift auf einen Punkt auf seiner Skizze.

»Schnappen Sie sich das MG und einen Soldaten. Ich will hier vor der Waldkante eine Sicherung haben. Danach kommen Sie zurück. Bewegung!«

Berning begab sich keuchend auf den Weg. Er schnappte sich Hege und holte einen zweiten Mann hinzu, dann brachte er beide zu dem von Pappendorf befohlenen Punkt, wo er eine Mulde bei zwei Kiefern fand. Er positionierte den Trupp dort und rannte umgehend zurück zu Pappendorf. Wieder blieben seine Blicke an dem Chaos haften, das die Stalinorgeln angerichtet hatten. Er erreichte seinen Gruppenführer und blieb wortlos neben ihm stehen.

Noch immer lag die mittlerweile blutig verschmierte Skizze auf dem Unterleib des Verwundeten, dessen Hände zitterten, der sonst aber nun ganz ruhig dalag und mit den Wimpern klimperte.

»Steht die Sicherung oder warum sind Sie wieder hier?« Pappendorf erhob sich und starrte Berning direkt an. In seinen Blick und seine Stimme war die ganze Schärfe zurückgekehrt, für die der Unterfeldwebel berüchtigt war.

»Ja ...« Berning war nicht dazu fähig, einen klaren Gedanken zu fassen. Seine Ohren schmerzten und in seinem Kopf drehte sich alles.

»Ja, dann melden Sie das gefälligst!«

»Jawohl ...«

»Jawohl, Herr Unterfeldwebel!«

»Jawohl, Herr Unterfeldwebel!«

»Jawohl, was?«

»Jawohl, die Sicherung steht!«

»HERR UNTERFELDWEBEL!«, brüllte Pappendorf zurück und spuckte Berning die Worte quasi ins Gesicht. »DIE SICHERUNG STEHT, HERR UNTERFELD-WEBEL!«

»Jawohl, Herr Unterfeldwebel.«

»Dann los jetzt, kümmern Sie sich um die Verwundeten! Der Zug schickt eine Gruppe, um uns beim Transport ins Verwundetennest zu helfen.«

»Ja ...« Bernings Lippen bebten. »Jawohl!«, stotterte er, sich gerade noch zusammennehmend. Er blickte sich daraufhin verloren um, ehe er im Angesicht des Blickes von Pappendorf erstarrte, der ihn zu durchbohren drohte.

»... Herr Unterfeldwebel!«, fügte er rasch hinzu, anschließend kramte er das große Verbandspäckchen aus dem Innenfutter seiner Feldbluse und wusste zunächst nicht, wohin er damit sollte.

Schließlich hockte er sich neben Pappendorf hin, riss das Verbandspäckchen auf und näherte sich mit zittrigen Fingern dem dicken Metallsplitter, der in der Brust des Verwundeten steckte.

»Der nicht!«, plärrte Pappendorf. »Der ist kaputt!«

Berning starrte seinen Gruppenführer mit großen Augen an, dann fiel sein Blick auf den Kameraden am Boden. Er lag einfach da, spuckte Blut und seine Pupillen schienen zu pulsieren; sein Gesicht war kreidebleich.

»LOS JETZT, BERNING!« Das Gebrüll Pappendorfs traf den Unteroffizier wie ein Orkan. Er erhob sich und sprintete los – kopflos. Er wusste nicht, wo er hinsollte, und wusste auch nicht, was er tun sollte. Seine Hände umklammerte das Verbandsmaterial und besudelten es mit dem Blut des Funkers. Dann hörte er wieder dieses Geräusch in der Ferne: Flugzeuge, die starteten. Berning blieb stehen und blickte in den Himmel, während die Geräusche lauter wurden. Er war nicht fähig, sich zu rühren.

Plötzlich warf sich eine Gestalt mit voller Wucht gegen seinen Körper und brachte ihn zu Fall. Am Boden liegend, spürte er die Arme Pappendorfs auf sich, die ihn gegen die Erde drückten.

»Mensch, Unteroffizier, runter!«, keifte der Unterfeldwebel. Einen Wimpernschlag später begann das Konzert der Stalinorgeln von Neuem, und das Gelände westlich von Ponyri gereichte für die Soldaten der Aufklärungs-Schwadron ein weiteres Mal zur Hölle.

Lutschki I, Sowjetunion, 05.05.1943

Heeresgruppe Süd – 87 Kilometer südlich von Kursk

Im Licht der aufgehenden Sonne wurde Leutnant Engelmann aus seiner Kuppel heraus Zeuge der geballten Macht der Luftflotte 4, die mit 75 Hs-129-Schlachtfliegern, zweimotorige Einsitzer mit futuristischem Aussehen, auf dem Weg nach Prochorowka den Himmel bevölkerte. Engelmann wusste, die »Büchsenöffner« würden ihm einiges an Arbeit abnehmen. Begleitet wurden die Schlachtflieger von einer größeren Gruppe Ju 87.

Am imposantesten waren aber wahrlich die zwölf schweren Bomber vom Typ Heinkel He 177. Das waren gigantische Ungetüme mit je einem Propeller an jedem Flügel und einer großen, gläsernen Kanzel am Bug. Die Bomberstaffel flog, geschützt von den anderen Flugzeugen, in der Mitte der Formation, die wiederrum von Jägern begleitet wurde. Somit bedeckten fast 200 deutsche Flugzeuge den wolkenverhangenen Himmel und bahnten sich ihren Weg zu den feindlichen Linien.

Engelmann war durchaus bewusst, dass die He 177 dazu bestimmt waren, ihre drei Tonnen Bombenlast je Maschine nicht über den russischen Stellungen, sondern über der Stadt auszuschütten. Er hoffte, es würden sich dort keine Zivilisten mehr aufhalten. Gleichwohl wusste er, dass dieser Tag wohl unschuldige Todesopfer fordern würde.

*

Die deutschen Flieger waren bereits als kleine Punkte am Horizont zugange, da erging der Angriffsbefehl an das Panzer-Regiment 2. Um 04:32 Uhr deutscher Zeit – in Russland war bereits der frühe Vormittag angebrochen – rollten zuerst die 34 Tiger-Panzer der Schweren Panzerabteilung los und zermalmten mit ihren Ketten die Straße nach Prochorowka sowie das Gelände rechts und links davon. Einmal mehr setzte sich die III. Abteilung im Windschatten der großen Brüder in Bewegung. Die 6. Armee befand sich auf dem Weg zu ihrem ersten Etappenziel, welches noch an diesem Tag fallen sollte. Im Osten reichten ihre Flanken bis an den Donez und somit die Spitzen der Armeeabteilung Kempf heran, während im Westen die schnellen Truppen der 2. Panzerarmee in Richtung Beloje vorstießen. Durch diese Masse an Kräften auf relativ engem Raum konnte die Wehrmacht eine geschlossene Front bilden. Im Norden trat sie unterdessen mit zwei weiteren Armeen an, die in Richtung Olchowatka vorstießen, um dort endlich den sowjetischen Sperrriegel gänzlich zu durchbrechen.

*

Das Gelände rechts und links der Straße nach Prochorowka war weitläufig und nur von wenigen Baumgruppen durchsetzt, außerdem sehr hügelig. Einzelne Gehöfte oder winzige Dörfer schmiegten sich alle paar hundert Meter an die Straße an, doch Zivilisten gab es hier keine mehr.

Die III. Abteilung bretterte rechts der Straße durchs Gelände, während die I. Abteilung die Straße nutzte. Die Tiger-Abteilung marschierte breit aufgefächert voran und legte sich so fast gänzlich vor beide Abteilungen des Regiments.

Engelmann blickte auf seine Karte. Sie befanden sich nur wenige tausend Meter vom Südufer des Psjol entfernt, der an dieser Stelle einen Bogen schlug, ehe er nach Norden abknickte, wo seine Quelle zu finden war. Direkt vor ihnen tauchte nun ein schmaler Seitenarm des Donez auf, der nicht mehr als ein Bach war. Die Panzer des Zuges Engelmann durchquerten das Gewässer, während die Tiger vor ihnen bereits die nächste, kilometertiefe Freifläche überrollten. Am Horizont tauchte ein kleines Dorf auf, das auf einer Erhöhung thronte. Die Straße führte serpentinenartig die Höhe hinauf bis zu den Gebäuden. Engelmann blickte aus seiner Kuppel auf das Vorfeld und erkannte die schwarzen Rauchsäulen, die überall im Dorf und auf den Höhen drumherum gen Himmel stiegen. Dort hinten hatte bereits die Luftwaffe gewütet. Und nun wütete dort die deutsche Artillerie. Dutzende Geschosse regneten mit jedem Herzschlag Engelmanns auf die Gebäude hernieder, deckten Dächer ab und rissen die Erde auf. Fontänen aus Dreck ergossen sich über das Dorf, doch auch das brach den gegnerischen Widerstand nicht. Schon donnerten die Geschütze des Feindes, die überall zwischen den Häusern und auf den umliegenden Höhen in Stellung lagen, und kitzelten die Tiger. Die erwiderten den Gruß und brachten mit jedem Feuerschlag einige der feindlichen Kanonen zum Schweigen, während sowjetische »Ratsch-Bumms« aus dem Hinterland auf die deutschen Stahlkolosse feuerten. Engelmann blickte auf seine Karte und versuchte, die kyrillischen Buchstaben in etwas Verständliches zu übersetzen.

»Das da vorne müsste Bele...Behlenkin...Belenkino... ach egal! Ihr wisst, was ich meine! Hans, bezieh Stellung hinter der schmalen Erhebung in 50 Meter. Ebbe, lass den Zug links von uns sammeln und Angriffspositionen einnehmen. Wir machen uns auf russische Gegenstöße gefasst!«

»Jawohl«, bestätigte Nitz und klemmte sich hinter das Funkgerät. Engelmanns Panzer bewegte sich auf die befohlene Position zu und blieb dort stehen. Auch die Tiger im Vorfeld bezogen Stellungen, derweil war der russische Widerstand fast gänzlich erloschen.

Engelmann blickte auf seine Uhr. *09:00 Uhr schon durch,* klagte er innerlich. Trotz nur mäßigen Feindfeuers ging es wieder langsamer als geplant voran, dabei wollte er zur Nachtruhe in Prochorowka sein. Er biss sich auf die Unterlippe und blickte ins Vorfeld. Dicke Wolken hingen über Belenikhino.

Bei starken Wolkenbrüchen würde sich hier schnell alles in Schlamm verwandeln, und dann würde der Vorstoß noch langsamer vorankommen.

Engelmann schob sich ein Stück Schokolade zwischen die Zähne, während die Gedanken in seinem Kopf rasten. Hinter Belenikhino würde das Regiment nach Norden abdrehen und die Höhen diesseits des Psjol-Bogens nehmen, bevor es nach Prochorowka weitergehen sollte. Der Zeitplan war mit heißer Nadel gestrickt und – so fürchtete der Leutnant – jetzt schon kaum mehr einzuhalten.

»Die Grennies sind in zwanzig Minuten hier«, gab Nitz bekannt, der soeben einen Funkspruch mitgehört hatte.

»Die sollen sich beeilen«, murmelte Engelmann. Der Operationsplan sah vor, dass, da bebautes Gebiet für Panzer immer ein sehr gefährliches Gelände war, die Grenadiere des Panzergrenadier-Regiments 64 im Schutze der Kampfwagen das Dorf nehmen sollten, während die deutsche Artillerie zeitgleich auf Stellungen direkt hinter den Panzerspitzen nachgezogen wurde, um in den anschließenden Kämpfen bis hinter Prochorowka wirken zu können.

*

Engelmann beobachtete die Panzergrenadiere, die sich dem Dorf zugweise annäherten. Die Soldaten stießen abgesessen im Schutze der Halbkettenfahrzeuge vor, die mit ihren lafettierten Maschinengewehren im Ernstfall ausreichend Feuerschutz geben konnten. Im Rücken der III. Abteilung brachten sich an den Höhenzügen, die den Blick auf die weitere Landschaft versperrten, zahlreiche Artilleriebatterien in Stellung.

Engelmann warf einen Blick ins Innere seiner Elfriede. An diesem Tag war es zwar nicht ganz so heiß, doch einmal mehr stand die Luft im Innenraum des Panzers. Münster schlief in einem Bad aus eigenem Schweiß, während Ludwig und Nitz ihren Gedanken nachhingen. Eduard Born war in ein neues Buch vertieft. »Befreite Welt« stand auf dem Einband.

Schüsse fielen in der Ferne. Russische Schützen, die sich im Dorf verschanzten, feuerten mit Handfeuerwaffen und kleinen Pak-Geschützen. Wo eine feindliche Stellung ausgemacht wurde und keine deutschen Soldaten in der Nähe waren, griffen die Tiger ein. Schon jagte einer der schweren Panzer mit einer Sprenggranate ein ganzes Haus in die Luft, während die Spitzen der Grenadiere die äußersten Gebäude erreichten und sich von ihren Halbkettenfahrzeugen lösten.

Für Engelmann wirkten die Kameraden wie Ameisen, die sich unter dem Feuerschutz der Halbkettenfahrzeuge den Weg ins Dorf freikämpften. Er sah winzige Gestalten, die plötzlich umkippten oder in Häusern verschwanden. Neuerliche Rauchsäulen gesellten sich bald zu den langen Fahnen, die bereits über Belenikhino hingen. Die Grenadiere preschten Haus für Haus weiter vor und hatten nun schon den gesamten Südteil des Dorfes gesäubert.

Das Funkgerät knarzte.

»Die I. meldet Absetzbewegungen des Feindes. Infanterie verlässt die Höhen im Osten«, meldete Nitz.

»Verstanden«, erwiderte der Leutnant, während sein Blick weiter auf der Schlacht im Dorf heftete. Was war er froh, in seinem Panzer zu hocken, statt mit Maschinenpistole und Gewehr durch feindliche Dörfer ziehen zu müssen. Doch die Sowjets schienen den Grenadieren nicht gewachsen zu sein. Es fielen zwar noch Schüsse, doch nicht mehr in der Intensität wie noch vor einigen Minuten. Vereinzelt knallten ein Gewehr oder ein Mörser, während hin und wieder der MG-Schütze eines Halbkettenfahrzeugs einen Feuerstoß abgab, der wellenförmig über die Landschaft nachhallte. Nitz hielt sich das Empfangsgerät des Funkgerätes ans Ohr, als ein neuerlicher Funkspruch eintraf.

»Neun-Eins verstanden«, bestätigte er, dann: »Sepp, die Grennies melden Feindwiderstand gebrochen. Die Russen ziehen sich aus dem Dorf zurück.«

Das ging ja schnell, dachte Engelmann und blickte auf sein schweizerisches Uhrwerk. *11:02 Uhr. Wir haben wieder ein bisschen aufgeholt.*

»Wir sollen uns bereit machen«, gab Nitz den nächsten Funkspruch weiter.

»In Ordnung. Dann mal alles aufwachen und Bücher weg!«

Born klappte sein Buch zu, doch Münster schnarchte natürlich weiter.

»Hans! Aufwachen!«, wiederholte Engelmann seine Order mit Nachdruck. Keine Chance, der Unterfeldwebel schlief fest. Engelmann kletterte in den Bauch seines Panzers hinab, entriss Born das Buch und schlug es Münster auf den Kopf. Der schreckte hoch und war sofort wach.

»Mensch, ich war gerade in Gedanken bei meiner Freundin«, meckerte er leise und rieb sich die Augen.

»Jetzt aber alle Mann fertig machen!«, befahl Engelmann, als plötzlich eine hektische Stimme aus dem Funkgerät drang und den Innenraum des Panzers erfüllte. Dann erst vernahm der Leutnant, dass es draußen sehr laut geworden war. Er streckte seinen Kopf aus der Luke und sah den Schlamassel.

»Russischer Gegenstoß!«, brüllte er. Sofort wurde es hektisch in seinem Panzer. Hans ließ den Motor an, während Ludwig seine Hände bereits an den Patronen hatte.

Links und rechts der Ortschaft preschten Dutzende leichte und mittlere Panzer der Sowjets auf die Ebene. Mit einem Affenzahn machten sie rasch Distanz gut und verringerten die Entfernung zwischen sich und den deutschen Panzern. Schon sprachen die 88-Millimeter-Kanonen der Tiger und verwandelten einige der Angreifer zu Metallschrott, doch das schien deren Kameraden nicht zu interessieren.

Ohne Rücksicht auf Verluste preschten die Russenpanzer weiter vor, ununterbrochen feuernd. Erdfontänen spritzten zwischen den Tigern und dann auch bei der III. Abteilung auf.

»Verflucht – Abfahrt, Hans! Fahr bis auf 300 Meter an die Tiger ran, und dann halt dich links!«

»Verstanden!«

»Der Zug soll uns folgen und linksseitig bei dem Tiger mit den durchlöcherten Auspufftöpfen Angriffspositionen einnehmen. Wir nehmen uns alles vor, was denen in die linke Flanke will!«

Münster beschleunigte und Elfriede setzte sich unter Knarzen und Heulen in Bewegung. Hinter Engelmann folgte der komplette Zug. Eine Funkverbindung zwischen allen Panzern war ein weit unterschätzter Vorteil im Gefecht, den die Russen meist nicht hatten. Doch sie traten einmal mehr in Massen auf, die jedem deutschen Panzermann auf diesem Schlachtfeld den Schweiß auf die Stirn trieben. Noch immer riss die Flut von Tanks nicht ab, die über die Hügel in die Ebene strömten. Engelmann zählte bereits 50 Fahrzeuge und es wurden mehr. Statt sich taktisch klug zu verhalten, überschwemmten sie einfach das Schlachtfeld, und am Ende könnte der Erfolg ihnen recht geben. Engelmann biss sich auf die Unterlippe – etwas zu stark –, denn er schmeckte plötzlich Blut. Während er sich mit beiden Händen an seiner Kuppel festkrallte, ratterten die Gedanken in seinem Kopf.

Die Russenpanzer fuhren mit voller Geschwindigkeit einfach in die Formation der Tiger hinein, um die Deutschen in gefährliche Nahkämpfe zu verwickeln. Die feindlichen Panzer bildeten dabei eine breite Front ohne Flankensicherung. Engelmann kam eine Idee.

»Ebbe!«, brüllte er ins Kehlkopfmikrofon.

»Sepp?«, erwiderte Nitz.

»Funkspruch an den Chef: Vorschlag! Die 9. bricht aus der Abteilung aus, umfährt Schwere linksseitig und fällt Feind in die Flanke.«

»Ausbrechen, linksseitig in Flanke, verstanden!«

»Hans, Gas geben und schon mal nach links.«

»Jepp, Sepp.«

Im Vorfeld ging ein russischer Panzer nach dem anderen in die Binsen und verwandelte sich in einen Herd aus Feuer und Rauch, doch die erdrückende Masse zeigte Wirkung. Vorne zerfetzte es einem Tiger die linke Kette, während er zuvor schon drei Treffer in die Wanne kassiert hatte, dann explodierte der Munitionsvorrat eines anderen, sodass der Panzerturm abhob und meterhoch durch die Luft geschleudert wurde. Das schwere Stahlungetüm knallte wenige Meter neben einem anderen Tiger auf die Erde zurück. Die Tiger feuerten weiter, während sie durch geschicktes Manövrieren einen Keil bildeten, um beiden Angriffsfronten der Russen, die links und rechts der Ortschaft über die Hügel strömten, ihre gepanzerte Front zu präsentieren.

Endlich brach die Flut an Tanks links von der Ortschaft ab, doch in der Ebene befanden sich bereits an die 70 Feindpanzer. Panzergranaten krepierten zwischen den Fahrzeugen der III. Abteilung, während im Hintergrund die deutsche Artillerie aus vollen Rohren feuerte und im direkten Richten ihre Ziele anpeilte. Von rechts strömten weitere Feindpanzer, hauptsächlich T-34, aufs Schlachtfeld, doch einige von ihnen verirrten sich ins Dorf, wo sie eingeengt zwischen den Gebäuden ein gefundenes Fressen für die Grenadiere waren. Erneut machte sich bemerkbar, dass die meisten Panzer der Sowjets über keine Funkgeräte verfügten, denn der Iwan hatte anscheinend noch nicht mitbekommen, dass sich das Dorf nicht mehr in seiner Hand befand. Für diese Unkenntnis bezahlte er nun einen bitteren Preis. Deutsche Soldaten stürmten von allen Seiten an die schwerfälligen Panzer heran und kraxelten die Wannen hoch, wo sie Granaten durch die Luken warfen oder Feuerstöße durch die Sehschlitze gaben. Auch Minen und Haftbomben kamen zum Einsatz. Engelmann erkannte die kleinen Punkte, die überall auf den Feindpanzern umherkrochen, kurz bevor die Stahlmonster stoppten und bewegungslos stehenblieben.

»Der Alte ist einverstanden«, rief ihm Nitz zu. Seine Stimme drang kaum durch den Lärm des Gefechts.

»Er gibt gerade seine Befehle an die anderen Züge.«

Wieder presste sich Nitz das Empfangsgerät ans Ohr, als ein neuer Spruch einging. »Erster Zug Führungsgruppe!«, brüllte er.

»Wie immer also«, bemerkte Engelmann und blickte ins Vorfeld, wo die Spitzen der feindlichen Panzerformation in die Reihen der Tiger hineinfuhren und feuerten. Die beiden stählernen Fronten verkeilten sich ineinander und jagten sich mit panzerbrechender Munition gegenseitig zum Teufel. Das war der Moment, in dem das Gefecht grausame Züge annahm. Dicke Rauchschwaden umhüllten die Panzer beider Nationen, die sich zu einem tödlichen Tanz getroffen hatten. Während die deutschen Vehikel versuchten, sich zu kleinen Kampfgemeinschaften zusammenzuschließen und so ihre Positionen zu halten, fuhren die Russen wie Kraut und Rüben durcheinander und griffen kopflos alles an, was in Reichweite lag. Die Sowjets zahlten ihren Preis für dieses Vorgehen, während die Deutschen den Preis für ihre Unterzahl entrichten mussten; bereits zehn Tiger lagen brennend da. Aber das Gefechtsfeld war auch übersät mit abgeschossenen roten Tanks, aus denen Rauchsäulen aufstiegen.

Die Panzer des Regiments schlossen nun ebenfalls auf Höhe der Tiger auf, um ihren großen Brüdern im Gefecht auf kurze Distanz zur Seite zu stehen. Panzer III und IV warfen sich ins Getümmel und schossen, was das Munitionslager hergab. Rechts der Ortschaft brachten sich einige Sturmgeschütze in Stellung und vernichteten gleich drei T-70, winzige, pyramidenförmige Tanks.

»Panzergranate!«, brüllte Engelmann. Born griff eine der Patronen und führte sie in die Ladevorrichtung ein.

»Geladen!«, schrie er im Lärm der Schlacht. Die Panzer der 9. Kompanie preschten links aus der Formation der Tiger-Panzer hervor und drehten rechts bei. Der Befehlspanzer des Chefs blieb im Windschatten des 2. Zugs. Eigentlich lautete das Motto der Wehrmacht ja »Führen von vorn«, doch angesichts der schwachen Panzerung und der Kanone, die nur eine Attrappe war, machte Engelmann dem Chef keine Vorwürfe. Immerhin war er beim Angriff dabei, denn die Sendeleistung seines Funkgerätes hätte auch ausgereicht, um hinten von den Artilleriestellungen aus zu dirigieren.

»Gas geben, Hans«, befahl Engelmann und tauchte in seine Kuppel ab. Gleich würden auch sie in den Nahkampf eintauchen, da wollte er zumindest einige Millimeter Panzerstahl um sich wissen.

Münster steuerte Elfriede in einem großen Bogen in die Flanke jener russischen Panzer, die auf Abstand zu den Tigern geblieben waren und dadurch von den Höhen aus auf die Deutschen feuern konnten. Engelmann schaute mit zusammengekniffenen Augen durch seinen Sehschlitz. Jetzt war es wichtig, sofort die Feinde zu eliminieren, die ihre Rohre in Richtung der 9. Kompanie ausrichteten. Da die Kommandanten der Russenpanzer nicht untereinander kommunizieren konnten, war die Chance gegeben, möglichst viele Panzer zu überraschen und seitlich beschießen zu können.

»Ebbe! Unser Zug nimmt sich alles vor, was uns aufhält. Zielverteilung von links nach rechts. Die anderen Züge sollen sich um den Rest kümmern.« Engelmann mutierte im Gefecht manchmal zum Kompaniechef, doch er tat dies auch, weil der Chef ihn gewähren ließ – und weil Engelmann das Führen einer Kompanie einfach draufhatte. Nitz' Worte jagten einander, als er die Befehle an die anderen Panzer weitergab.

»Drei Uhr, 800 Meter ...«, begann der Leutnant seine Zielansprache, denn einer der Feindpanzer fuhr plötzlich einen kleinen Bogen, um der 9. Kompanie seine Front zu präsentieren. Ludwig betätigte das Turmschwenkwerk und richtete das Rohr auf den Feindpanzer aus. »Mach ihn weg!«, rief Engelmann. Ludwig feuerte, doch er verfehlte das Ziel. Die Granate schlug ins Gras und setzte dort um. Born lud umgehend nach. Der Panzer Laschke griff ein und bereitete dem Ziel ein Ende, während die beiden anderen Panzer des Zugs sich Ziele links davon vornahmen. Unterdessen vermischten sich die Fahrzeuge der Kompanie. Panzer III und IV fuhren durcheinander, nahmen Aufstellung und dezimierten die Reihen der Russen empfindlich, bis plötzlich ein Panzer IV des 3. Zugs von einer großen Explosion eingehüllt wurde, die nur noch einen Klumpen Metallschrott übrigließ.

»Wo kam das denn her?«, stöhnte Münster, doch Engelmann konnte durch seinen kleinen Sichtbock nichts erkennen. Gleichzeitig brach ein wahres Höllenfeuer über die 9. Kompanie herein. Dicke Erdfontänen umhüllten die deutschen Kampfwagen, während ein Panzer III des 2. Zugs einen Treffer in die Lauffräder kassierte und die Kette warf. Bewegungslos blieb er liegen.

»Gardepanzer auf acht Uhr, 1.200 Meter!«, brüllte Nitz, der soeben die Meldung über Funk erhalten hatte.

Scheiße!, keuchte Engelmann innerlich, *die kennen dieselben Tricks wie wir!*

»Wenden, wenden, wenden!«, brüllte er laut.

»Das sind Shermans!«, ergänzte Nitz mit aufgeregter Stimme, während seine Hände hektisch an den Stellschrauben seines Funkgerätes drehten. Münster brachte den Panzer zum Wenden. Schon ging der nächste Tank des 3. Zugs in Flammen auf, während die Luken aufsprangen und verzweifelte Männer aus der plötzlichen Todesfalle krochen. Engelmann blickte durch sein Sichtfenster und erkannte deutlich den Ladeschützen, dem er erst am Vortage noch ein Bild von Elly und Gudrun gezeigt hatte. Nun kroch der Mann mit brennender Uniform aus seinem Panzer und warf sich zu Boden. Dann sah der Leutnant den Feind, der ihnen so clever in den Rücken gefallen war. Etwa 15 Panzer vom Typ Sherman – Leihgaben der USA an die Sowjetunion – fuhren hinter der Kompanie auf. Bei den Shermans handelte es sich um schlanke Ungetüme, am Bug und Heck stark abgeschrägt und in ziemlich genau der Mitte der Wanne mit einem breiten Turm versehen. Engelmann war diesen Panzern nie zuvor auf dem Schlachtfeld begegnet und hatte deren Daten auch nicht so gut im Kopf, da er den Lend & Lease-Tanks nur selten begegnete. Selten oder nicht, hier waren sie nun, und Engelmann musste wertvolle Sekunden darauf verschwenden, seine Tafeln zu studieren. Seine Augen wurden groß: Die Dinger waren zwar nur mittelprächtig gepanzert, aber deren Kanone von 75 Millimeter konnte kein Panzer der Kompanie standhalten – nicht auf diese Entfernung. Die Deutschen und die Russen feuerten und brachten sich gegenseitig Verluste bei, dann erhielt die 9. Kompanie plötzliche Schützenhilfe. Die wenig mehr als einen Kilometer entfernten Artilleriebatterien feuerten im direkten Richten, und die Jungs hatten heute gut Zielwasser getrunken. Die erste Salve riss einen Sherman seitlich auf, sprengte einem anderen den Turm mit dem roten Stern darauf weg und verwandelte drei weitere in flammende Infernos.

Das gesamte Schlachtfeld war übersät mit Panzerwracks, Metallschrott und verkohlten Leichen; und nun, wo die Deutschen 70 Prozent der Angreifer vernichtet hatten, sahen die Russen ihre Niederlage ein und begannen mit Absetzbewegungen. Unter Feuer zogen sich die roten Panzer hinter die Höhen zurück, während die Shermans, die sich durch ein lichtes Waldstück herangepirscht hatten, vollständig aufgerieben wurden. Der Panzer Engelmann gab den letzten Schuss dieser Schlacht ab und setzte dem verbliebenen Sherman, der rückwärts zurück in den Wald zu fahren versuchte, die Granate genau in die Wanne. Sie penetrierte die Panzerung und löschte im Inneren alles Leben aus.

Engelmann wäre am liebsten in seiner Kuppel zusammengesackt und hätte sich eine Pause gegönnt, doch so einfach war das nicht. Nun galt es, erneut Stellungen zu beziehen, sich neu zu gruppieren und Unterstützung anzufordern, um nach den Verwundeten und Toten zu sehen. Dann jedoch wurde über Funk der Befehl des Regimentskommandeurs, Oberst Rudolf Sieckenius, gegeben, umgehend nachzusetzen. Engelmann seufzte.

Sieckenius hatte natürlich recht, den Angriffsschwung zu nutzen, um auf die Höhen am südlichen Ufer im Psjol-Bogen vorzustoßen, doch die bisherige Schlacht hatte Engelmann bereits dermaßen geschlaucht, dass er sich am liebsten unter seiner Elfriede schlafen gelegt hätte. Der Leutnant blickte mit tiefen Augenringen in die schweißnassen und ernsten Mienen seiner Besatzung und nickte langsam.

»Also dann«, sprach er mit erzwungenem Tatendrang und klatschte in die Hände.

*

Der weitere Tag brachte eine einzige Abfolge kleinerer Panzerscharmützel. Das Etappenziel Prochorowka wurde nicht mehr erreicht, die Spitzen des Angriffes blieben kurz vor der Stadt liegen. Doch sie hatten die so wichtigen Höhen westlich davon genommen. Die Sowjets hatten jede einzelne ihrer Stellungen erbittert und tapfer verteidigt und den Deutschen vielerorts einen mörderischen Kampf geliefert. Kleine Panzerverbände des Feindes hatten sich wieder und wieder zu Gegenstößen formiert und die Kräfte der 16. Panzerdivision stark abgenutzt. Steter Tropfen höhlte den Stein. Vor allem die Infanterie des Feindes ließ sich wieder und wieder überrollen und nahm dann den Kampf mit den nachfolgenden Fußsoldaten auf. So musste auch Engelmanns Einheit zweimal wieder zurück, um erneut dort zu kämpfen, wo sie bereits dachten, gesiegt zu haben.

In den Abendstunden wurde schließlich befohlen, den Angriff abzubrechen, um die erschöpften Mannschaften zur Ruhe kommen zu lassen und die teils stark beschädigten Panzer, die zudem über kaum noch Treibstoff und Munition verfügten, wieder einsatzbereit zu machen. Allein die Kräfte des Regiments hatten an diesem Tag Abschüsse in dreistelliger Zahl erreicht und die Tiger fast noch mal genauso viele. Engelmann konnte nur den Kopf schütteln und sich darüber wundern, wo der Russe all seine Panzer hernahm.

Doch er wusste: Am nächsten Tag würden wieder ebenso viele feindliche Tanks auffahren, oder noch mehr. Noch immer zog der Feind seine gepanzerten Kräfte bei Prochorowka zusammen.

Die 16. Panzerdivision hingegen war abgekämpft und hatte nun schon über ein Viertel ihrer Kampfwagen verloren oder bewegungsunfähig in den Werkstätten stehen. Die Tiger waren auf 22 Panzer runter. Auch Engelmann hatte einen Verlust zu beklagen: Der Panzer Meyer war abgeschossen worden, und alle Mann bis auf den Funker waren gefallen. Der Funker lag mit schwersten Verbrennungen im Lazarett. Engelmann seufzte. Da war er wieder, der Pessimismus in ihm. Plötzlich war er sich völlig unsicher, ob *Zitadelle* überhaupt noch zum Erfolg gebracht werden konnte.

Ponyri, Sowjetunion, 05.05.1943

Heeresgruppe Mitte – 72 Kilometer nördlich von Kursk

Die gezielten Artillerieschläge des Feindes hatten die Aufklärungs-Schwadron hart getroffen, insbesondere den 2. Zug. Claaßen, der Zugführer, lag mit einem amputierten Bein im Lazarett und würde den nächsten Tag vielleicht nicht mehr erleben. Unterfeldwebel Schredinsky, Gruppenführer der 1. Gruppe, war tot, ebenso sechs seiner zehn Mann. Zwei weitere waren mit schweren Verwundungen ausgefallen. Nur Minuten hatten zwischen den Angriffen gelegen – nur Minuten hatten ausgereicht, 21 Leben auszulöschen und 27 weitere Männer zu entstellen. Pappendorf, ranghöchster überlebender Unteroffizier des Zuges, war daraufhin zum Zugführer einer Einheit aufgestiegen, die kaum größer war als eine verstärkte Gruppe. Er hatte noch 17 Mann unter sich, welche mit Ausnahme von Unteroffizier Berning allesamt Mannschaftsdienstgrade innehatten.

*

Berning saß am Esstisch eines verlassenen Bauernhauses in Ponyri und aß eine Scheibe Brot mit Wurst. Neben ihm hockte Hege, der sein Maschinengewehr auf dem Tisch zerlegt hatte und nun die Einzelteile reinigte. Dies tat er seit Stunden schon – stumm saß er da und reinigte die bereits glänzenden Bauteile. Auch der Rest des Zugs bevölkerte stumm die beiden Räume der Kate.

Einige säuberten ihre Ausrüstung oder ihre Waffen, andere saßen einfach da und rauchten Pfeife oder Zigarette oder aßen ihre Rationen. Bongartz hatte auf dem Holzboden zwischen seinen Beinen bereits zwölf Kippen ausgedrückt, eine weitere glühte in seinem Mundwinkel. Jeder hing seinen eigenen Gedanken nach. Niemand sprach ein Wort. Pappendorf allerdings war nicht anwesend, er hatte sich mit dem Kompaniechef und den anderen Zugführern zusammengesetzt, um das weitere Vorgehen zu erörtern. Die Schwadron war zwei Stunden nach dem Angriff von einer Reservekompanie aus der Formation herausgelöst worden und hatte sich dann per Fußmarsch nach Ponyri aufgemacht, wo sie mindestens bis zum Einbruch der Nacht verweilen würde.

Berning blickte hin und wieder zu Bongartz hinüber, doch der Gefreite erwiderte seine Blicke nie. Bongartz war nun der einzige hier, den Berning wirklich kannte.

Plötzlich öffnete sich die Tür und Pappendorf trat mit hinter dem Rücken verschränkten Armen ein. Berning fiel sofort auf, dass der Unterfeldwebel nicht nur frisch gewaschen, sondern seine Uniform überdies befreit war von allem Dreck und das Blut nur noch als ausgewaschene rote Flecken zu sehen war. Er stand da – vorschriftsmäßig gekleidet und mit zusammengepressten Lippen – und betrachtete mit scharfem Blick seine Männer. Sie alle blickten auf und froren quasi in ihren Tätigkeiten ein. Verschmutzte Gesichter, die Soldaten gehörten, deren Stiefel mit dicken Dreckklumpen überhäuft waren und deren Uniformen aussahen, als wären sie aus Erde gefertigt, starrten wie versteinert ihren Zugführer an.

Berning besah sich seine Kameraden, während er ein dickes Stück Brot kaute, dann erst bemerkte er, dass Pappendorfs Blick schon wieder auf ihn fokussiert war.

Berning erschrak, begriff und sprang auf.

»Achtung!«, brüllte der Unteroffizier und alle Soldaten im Raum standen plötzlich kerzengerade.

Berning salutierte und meldete: »Herr Unterfeldwebel, Unteroffizier Berning meldet Zug beim Warten auf weitere Befehle.«

Normalerweise würde nun der Dienstgradhöchste die Soldaten bequem stehen lassen, doch Pappendorf tat dies nicht. Stattdessen trat er ganz langsam in den Raum hinein, wobei seine mit Metall beschlagenen Stiefel mit jedem Schritt auf den Holzdielen laut klackten. Pappendorfs Augen ließen Berning nicht los.

»Sagen Sie mir, Herr Unteroffizier ...«, begann er mit berechnender Stimme. »... sagen Sie mir, warum ich hier 13 Soldaten sehe, die nichts Sinnvolles tun.«

Berning starrte seinen neuen Zugführer an, während sich seine Handinnenflächen schon wieder mit Schweiß füllten. Doch Pappendorf war noch nicht fertig: »Sagen Sie mir weiter, warum Sie einer dieser untätigen Soldaten sind.«

»Ich ... ähem ... ich esse doch ... um einsatzbereit zu ...«

»HALTEN SIE DEN MUND!«, unterbrach ihn Pappendorf. »Ein fauler Taugenichts zu sein ist das eine. Aber noch viel schlimmer sind mir Pharisäer! Sie brauchen mir gar nichts erzählen! Sie lümmeln hier herum, nicht mehr!«

»... ich ...«

»Warum sieht mein Zug aus wie ein Haufen slawischer Bauern, die weder Wasser noch Seife kennen? Herr Unteroffizier?«

Berning wusste nicht, was er darauf sagen sollte. *Weil wir in der Nacht von russischer Artillerie zusammengeschossen wurden, du Bastard! Weil wir Tod und Elend hinter uns haben! Und – gottverdammt – weil wir uns im Krieg befinden!*

Pappendorf blickte auf seine Uhr. »Berning, Sie haben genau zehn Minuten, den Zug in einen Zustand zu bringen, dass man ihn sogar dem Führer persönlich präsentieren könnte.«

»Jawohl!«

»Jawohl, HERR UNTERFELDWEBEL, Berning!«, plärrte Pappendorf. Berning hätte sich selbst dafür in den Hintern beißen können, dass er das schon wieder vergessen hatte.

»Jawohl, Herr Unterfeldwebel!«, rief er übertrieben laut.

Pappendorf aber starrte ihn weiter an. *Was will der noch von mir?*, ratterte es in Bernings Kopf.

»Was macht der deutsche Soldat, wenn er einen Befehl erhalten hat?« Pappendorf fragte mit scharfer Stimme.

Berning zögerte und glaubte, eine Fangfrage zu erkennen. »Er ... führt ihn aus?«, stotterte er schließlich.

»WOLLEN SIE MICH EIGENTLICH FÜR BLÖD VERKAUFEN?! Befehlswiederholung, Berning! Befehlswiederholung!« Alle im Raum standen kerzengerade da und ließen das Schauspiel über sich ergehen, während Berning spürte, wie sich Wut in ihm ausbreitete; seine rechte Hand zuckte unmerklich.

»Ich habe den Auftrag ... den Zug in einen Zustand zu bringen ... dass der Führer ihn sehen kann ...«

Berning wich Pappendorfs Blicken aus. Dann plötzlich brach noch ein »Herr Unterfeldwebel« aus ihm heraus. Sein Zugführer nickte und blickte erneut auf die Uhr.

»So, Unteroffizier, die erste Minute ist bereits um!«

Mit diesen Worten schlug Pappendorf schallend seine Hacken aneinander und verließ den Raum. Berning legte beide Hände über dem Kopf zusammen und spürte seine Atmung, die sich schon wieder deutlich verschnellert hatte. Nach einem Moment des Innehaltens gab er seine Befehle: »Na los, Männer. Raus mit euch. Waschen, Uniform und Stiefel putzen! Bewegung!« Das hätte er den Soldaten gar nicht erst sagen brauchen. Sie stürmten nun aus dem Raum, dann aus dem Haus und rannten zu einem schmalen Bach, der sich unweit am Gehöft vorbeischlängelte. Während sich der Raum leerte und Hege hastig sein MG zusammensetzte, trat plötzlich Bongartz neben Berning und blieb stehen.

»Verdammter Nazibastard«, murmelte der Gefreite und warf seinen glühenden Zigarettenstummel zu Boden, wo er ihn austrat. Berning nickte bloß, dann fiel sein Blick auf Bongartz, der sich nun ebenfalls in Bewegung setzte, um sich zu säubern.

»Herr Gefreiter Bongartz?«, brach es plötzlich aus dem Unteroffizier heraus. Berning verspürte einfach Redebedarf.

»Jawohl?« Bongartz blieb stehen und drehte sich um.

»Die Sache mit dem Spähtrupp ... also das ... ich meine ...« Berning wusste nicht, wie er beginnen sollte und eigentlich auch nicht wirklich, was er überhaupt versuchte zu sagen. Dann aber lächelte Bongartz sanft, trat auf ihn zu und schlug ihm freundschaftlich auf die Schulter.

»Ist in Ordnung, Herr Unteroffizier. Sie sind ein feiner Kerl.« Er lächelte dabei breit und ehrlich, was Berning ansteckte. Ein großzügiges Grinsen zog sich über das Gesicht des Unteroffiziers. Er hatte also doch noch einen Freund hier.

Südwestlich von Prochorowka, Sowjetunion, 06.05.1943

Heeresgruppe Süd – 86 Kilometer südlich von Kursk

Die Verluste des letzten Tages hatten ein Umdenken in der 16. Panzer-Division bewirkt, die nun Seite an Seite mit der 5. und der 7. Panzer-Division gegen Prochorowka rollte, während ganze Divisionen der Infanterie und der Grenadiere folgten. Das VIII. Armeekorps umging die Stadt derweil südlich, überschritt mit seinen Divisionen die Bahnlinie nach Belgorod, um den südlichen Verteidigungsgürtel zu sprengen. Leutnant Engelmann hatte nie zuvor dermaßen konzentrierte Kräfte auf so engem Raum erlebt. Zehntausende Soldaten bewegten sich in einem Abschnitt von nur wenigen Kilometern Breite, und teilweise kam es bei Infanterieeinsätzen vor, dass die deutschen Truppen tatsächlich in der Überzahl waren. Wären da nicht die massierten Panzerverbände des Feindes gewesen, die scheinbar wie Unkraut aus der Erde sprossen, so hätte Engelmann wirklich wieder an eine langfristige Chance der Wehrmacht geglaubt, diesen Krieg gewinnen zu können.

Bedingt durch die hohen Verluste – die Werkstätten hatten in der Nacht tatsächlich noch Dutzende Panzer und Fahrzeuge herrichten können – war der Panzerkeil im Abschnitt des PzRgt 2 so nicht mehr umsetzbar. Die Tiger-Abteilung mit lediglich 23 Fahrzeugen war zu geschwächt, um die Angriffsfront alleine zu fahren. General Paulus persönlich griff an dieser Stelle ein, da er die neue deutsche »Wunderwaffe«, den Panzer VI Tiger, nicht bereits in dessen erster bedeutender Operation gänzlich geopfert sehen wollte. Seine Worte waren: »Wenn der Tiger nicht nur ein militärischer, sondern auch ein psychologischer Erfolg werden soll, muss er an *Zitadelle* nicht bloß teilnehmen, sondern die Operation auch überstehen.«

Der Divisionskommandeur, von Angern, entwickelte daraufhin den Plan, den schweren Panzerkeil mit einigen mittleren Panzern des Typs IV sowie vergleichbaren Beutepanzern zu durchsetzen, um weiterhin forcierte Feuerkraft sowie das höchstmögliche Maß an Panzerung nach vorn zu bringen. Dieser Panzerkeil sollte an diesem Tag in die Ebene zwischen dem südlichen Psjol-Bogen und Prochorowka vorstoßen und die dort stationierten gepanzerten Truppen der Russen zur Entscheidungsschlacht herausfordern, während die Infanterieeinheiten darauf konzentriert wurden, das Stadtzentrum zu nehmen.

In der Nacht war zur Vorbereitung bereits ein Stoßtruppunternehmen auf die Höhe 226,6 angesetzt worden, die für die am Tage folgende Schlacht den Artilleriebeobachtern als »Nest« dienen würde. Und nun, bei Sonnenaufgang, rollten die Panzer der Deutschen.

*

Nun also an vorderster Front, dachte Engelmann, als er, in einer Reihe mit den Überresten seines Zuges, anderen Panzer IV-Zügen des Regiments, zwei T-34 in grauem Anstrich samt Balkenkreuz sowie den verbliebenen Tiger-Panzern, dem vielleicht größten Panzergefecht aller Zeiten entgegenrollte. Die gepanzerten Kräfte der Division stießen auf eine Ebene nördlich Prochorowkas vor, auf der sich laut der Aufklärung 800 russische Tanks versammelt hatten. 720 Panzer und Sturmgeschütze brachte die Wehrmacht auf, um dieser geballten Sowjetmacht entgegenzutreten. Eines stand fest: Am Abend dieses Tages würde einer der beiden Kontrahenten annähernd seine gesamte Panzerwaffe im Kursker Bogen verloren haben, was die Entscheidung in dem Ringen um Kursk bedeuten würde.

In diesen Minuten wurde ein russischer Funkspruch mit dem Inhalt: »Stal! Stal! Stal!« abgefangen. *Stahl! Stahl! Stahl!* Es begann also.

Die deutschen Flieger waren bereits in der Luft und verstrickten sich in Gefechte mit sowjetischen Jägern. Maschinen rasten kreischend zu Boden, wo sie in gigantischen Explosionen vergingen. Die russischen Verbände waren stark am Himmel präsent und verhinderten weitestgehend deutsche Sturzkampfangriffe gegen die sowjetischen Bodentruppen.

»Muss das so hundewarm sein?«, meckerte Münster.

»I. Abteilung meldet Feindkontakt – T-34 in Bataillonsstärke im Angriff aus Nordnordost.« Nitz sprach das »Ost« ganz langgezogen aus, um es zu verdeutlichen.

Engelmann nickte. Er blickte zu dem Tiger-Panzer hinüber, der rechts von ihm fuhr und beim Zermalmen der Graslandschaft eine dicke Staubwolke aufwarf. Dutzende Treffer hatten die Haut des Stahlmonsters versengt und teils tiefe Narben hinterlassen.

Die Sonne knallte unbarmherzig. Der Kommandant des Tigers fuhr ebenfalls über Luke, sah nun zu Engelmann herüber und grinste. Dann verschwand er in seiner Bestie, während die ersten Artilleriegranaten der Russen den Angriffskeil trafen.

Explosionen rissen die Erde auf und wirbelten sie über die Panzer hinweg. Engelmann warf noch einen letzten Blick auf das Gelände, dann verschwand auch er in seinem Panzer. Hier im Nordwesten von Prochorowka gestaltete sich das Terrain als eine einzige ebene Fläche ohne jede Deckung. Keine Bäume, keine Felsen, keine Hügel so weit das Auge reichte.

Und in diesem Gelände würde es nun gegen die kampferprobte 5. Gardepanzerarmee gehen.

Engelmanns Körper stand unter Anspannung.

»Die Spitzen der 5. Panzer-Division sind nahe dem Psjol-Ufer auf einen Panzergraben gestoßen und sitzen dort unter russischem Pak-Feuer fest«, meldete Nitz. Engelmann blickte durch seinen Sehschlitz und erkannte bereits kleine schwarze Klötze am Horizont, die Staubwolken hinter sich herzogen. Seine Augen weiteten sich. Das waren hunderte Feindpanzer dort vor ihnen. Und hunderte deutsche Kampfwagen stellten sich ihnen entgegen.

Das wird ein Massaker geben, sinnierte der Leutnant. Er senkte kurz den Blick. Er spürte, dass die Muskeln seiner Arme unter der Anspannung zitterten und brannten.

»Hans, bleib dicht an dem Tiger rechts von uns dran. Der ist unsere Lebensversicherung.« Engelmann war bereit für das Gefecht.

»Jepp, Sepp.«

Die Artillerie riss noch immer den Boden zwischen den deutschen Panzern auf und forderte nun auch den ersten Tribut. Ein Panzer III erhielt einen Treffer in die Kette, die sofort zerbarst und den Kasten zum Stehen brachte. Doch die stählerne Front rollte unaufhaltsam weiter dem russischen Stahl entgegen.

»Die 7. ist auf feindliche T-34 und KW-1 gestoßen«, meldete Nitz. Die 7. Panzer-Division fuhr an der linken Flanke der 16. Die schwarzen Klötze in der Ferne wuchsen allmählich in die Höhe. Geschützdonner grollte über die Ebene.

»Die I. Abteilung steht im Feuergefecht mit 120 Feindfahrzeugen.« Nitz gab die Meldungen ganz gelassen weiter, so als würde er über das Wetter berichten. »Die 7. kassiert ganz schön Prügel. 24 Ausfälle bisher.« Nitz blickte auf und schaute seinen Kommandanten direkt an.

»Jetzt heißt es *Wir* oder *Die*.«

Aus den Klötzen im Vorfeld formten sich Silhouetten von Panzern, dann stoppte der Tiger rechts von ihnen unvermittelt und feuerte. Engelmann konnte nicht ausmachen, wohin der Schuss gegangen war. Panzergranateinschläge mischten sich unter das Einschlagen der Artilleriesalven.

»Panzergranate!«, befahl Engelmann. Born bestätigte und lud die erste Patrone.

»Durchbruch bei der I. Abteilung! Feindpanzer stehen mitten in unserer Formation!«, stöhnte Nitz. Engelmann sah instinktiv nach rechts, doch er erblickte nur Elfriedes Panzerstahl. Doch selbst aus seiner Luke heraus hätte er nur bis zur rechten Grenze der II. Abteilung schauen können.

»Die II. meldet 60 Panzer im direkten Vorfeld – 120 Gesamtsichtungen.« Nitz atmete laut aus.

»Befehl vom Alten: Ziele in Zielverteilung gemäß Formation selbst bestimmen und feuern. Leichte und mittlere Panzer. Schwere übernehmen die Raubkatzen. 1. Zug Feuererlaubnis. 2. und 3. Zug zurückhalten und abrufbereit für durchgebrochene Feinde.« Umgehend hörte Nitz wieder konzentriert zu, was über Funk als Nächstes hereinkam.

»Ebbe, der Zug soll selbstständig nach Zielen suchen. BTs, leichte sowie maximal T-34. Die großen überlassen wir den Tigern. Feuer nach eigenem Ermessen!«, sagte Engelmann keuchend, während Nitz den Befehl bereits weitergab. Als dann der nächste Spruch hereinkam, blickte der Feldwebel auf.

»Was?«, wollte der Leutnant wissen.

»Der Kommandeur der Tiger am anderen Ende.«

»Und?«

»Wünscht uns Weidmannsheil.«

Zwei stählerne Fronten rasten unerbittlich aufeinander zu und hüllten sich gegenseitig in Flammen.

Olivfarbene und graue Panzer blieben unter Treffern liegen und spuckten Feuer, während die Menschen in ihnen elendig verbrannten. So weit das Auge blicken konnte und noch viel weiter, war das Schlachtfeld übersät mit den Meisterwerken menschlicher Tötungskunst, die viele Stunden miteinander rangen. Hier zählte keine Taktik mehr und kein Nachdenken. Hier zählten bloß noch Stahl und Feuer.

Die beiden Fronten verzahnten sich ineinander und die Tanks rissen sich nun aus nächster Distanz auf. Sie öffneten einander wie Dosen und schlugen die freiliegenden Besatzungen zu Brei, oder brannten ihnen das Fleisch von den Knochen. Nach ewigen Stunden des Gefechts stellten sich die Deutschen schließlich als die effizienteren Zerstörer des Tages heraus. Unter dem Eindruck von über 330 abgeschossenen Panzern blies die 5. Gardepanzerarmee zum Rückzug und die Schlacht war entschieden. Sie kannte nicht nur einen Gewinner, nämlich die Deutsche Wehrmacht, und einen Verlierer, die Rote Armee, sondern auch 1.780 Tote auf beiden Seiten, die der Ausgang des Kampfes nicht mehr interessierte und die als verkohlte Fleischklumpen die Ebene nordwestlich von Prochorowka säumten.

Südwestlich von Prochorowka, Sowjetunion, 06.05.1943

Kurskfront – 86 Kilometer südlich von Kursk

Sidorenko hatte zwar zu hoffen gewagt, mit seinen motorisierten Kräften in Prochorowka die Entscheidung zu erzwingen, nichtsdestotrotz hatte er in weiser Voraussicht seinen Stab bereits nach Lgow westlich von Kursk verlegen lassen. Er wusste, Prochorowka fungierte als die Tür nach Kursk, und würden die Deutschen diese erst einmal aufstoßen, würde auch Kursk fallen. Von daher war Lgow von Anfang an die bessere Wahl gewesen, denn von dort aus könnte er die Kämpfe weiter koordinieren, wenn die Faschisten erst die Einkesselung vollzogen hatten. Am Ende waren die Kräfte der Nazis in Prochorowka einfach zu stark gewesen. Nun lag Sidorenko an einer Waldkante hinter der Deckung eines Baumes auf einer Erhöhung, von der aus er beinahe das gesamte Schlachtfeld überblicken konnte. Sein Adjutant wartete im Wagen am anderen Ende des Waldes und schwitzte sich wahrscheinlich gerade die Uniform nass, denn die Faschisten waren schon sehr nah. Dennoch, Sidorenko hatte die Schlacht mit eigenen Augen verfolgen wollen und war daher noch hiergeblieben. Nun beobachtete er eine sich bis zum Horizont erstreckende Ebene, die übersät war mit qualmenden Panzerwracks. 500, vielleicht 600 zerstörte Panzer säumten das Schlachtfeld, während die Überreste der sozialistischen Kämpfer den Rückzug antraten. Die Deutschen nahmen die Verfolgung in einer geschlossenen Front auf und jagten die roten Truppen gnadenlos vor sich her. Sidorenko beobachtete, wie noch viele seiner Panzer auf der Flucht zusammengeschossen wurden. Höchstens ein paar hundert würden es schaffen, und diese hatten bereits ihre Befehle: Sammeln im Verfügungsraum der 60. Armee. Doch Sidorenko sah auch brennende Faschisten-Panzer zuhauf; selbst einige der Tiger, vor denen die Panzerfahrer der Sowjetunion solch eine Angst hatten, lagen im Feuer schmorend da. Es war eine gute Idee gewesen, seinen Besatzungen zu befehlen, mit Vorrang immer auf die Tiger zu gehen. Jeder abgeschossene Tiger-Panzer würde den Rotarmisten ein Beispiel dafür sein, dass auch diese Ungeheuer bezwingbar waren. Tatsächlich, allein Sidorenko zählte durch sein Glas 16 Tiger-Wracks.

Er war trotz der Niederlage zufrieden. Ein weiteres Mal hatten sie also die deutschen Kräfte empfindlich geschwächt. Viele solcher Schläge würde die Heeresgruppe Süd nicht mehr ertragen können. Die Kurskfront hingegen war noch lange nicht am Ende, da hatte Sidorenko seine Kräfte anfangs selbst unterschätzt und die der Invasoren deutlich überschätzt. Der sowjetische General legte den Feldstecher ab und lächelte. Er musste an die Faschisten und ihre ewigen Einkesselungsversuche denken. Sie waren so berechenbar geworden! Und genau das spielte dem russischen Offizier in die Karten. Er wusste, die Deutschen würden sich mit dem Kursker Bogen nicht zufriedengeben. Sie wollten Boden gut machen, nachdem das letzte Jahr so schlecht für sie gelaufen war. Also würden ihre Generäle, egal wie abgekämpft die Truppe auch war, sie weiter hetzen und in die Tiefe des Raumes vorstoßen lassen. Die Arroganz der Faschisten würde sie den Kopf kosten! Ungeachtet dessen, dass die Wehrmacht schon nicht mehr in der Lage war, solche Offensiven zu versorgen, würden sie ihre Soldaten weitermarschieren lassen bis nach Kastornoje und noch weiter. Dort angekommen, würden die Deutschen bereits so geschwächt sein, dass sie kaum noch Kräfte würden entbehren können, um ihre Flanken und ihr Hinterland abzusichern. Sie würden glauben, die sowjetischen Armeen im Kessel wären eh dem Tode geweiht und würden daher bald kapitulieren. Oh, wie falsch die Nazis damit lagen! Sidorenko freute sich nun richtig, denn er hatte ein Ass im Ärmel und er würde dieses bald schon, wenn die Deutschen den Sieg auf ihrer Seite glaubten, gegen deren jämmerliche Flankensicherung ausspielen! Die Faschisten hatten ihm heute sogar noch etwas beigebracht, das sie »Panzerkeil« nannten.

Noch einmal blickte Sidorenko auf das Schlachtfeld in der Ebene. Hunderte brennende Panzer dort unten würden nie wieder einem Faschisten dabei helfen, die Häuser und Höfe rechtschaffener Arbeiter niederzureißen. Sidorenko nickte zufrieden, dann kroch er langsam rückwärts, um zu seinem Wagen zurückzukehren. Dabei musste er daran denken, dass aus einer Niederlage manchmal ein Sieg erwachsen konnte.

Bei Olchowatka, Sowjetunion, 06.05.1943

Heeresgruppe Mitte – 53 Kilometer nördlich von Kursk

Unterfeldwebel Pappendorf hatte den Zug zu zwei Gruppen umstrukturiert. Die 1. Gruppe wurde nun von seinem einzigen verbliebenen Unteroffizier geführt: Unteroffizier Berning. Die Führung der 2. Gruppe übernahm der Obergefreite Weiß, ein erfahrener Mannschaftsdienstgrad mit bereits sieben Dienstjahren auf dem Buckel, was man an dem silbernen Stern über den weißen Winkeln auf dem Dienstgradabzeichen an seiner Feldbluse ablesen konnte. Berning beschlich das Gefühl, der Obergefreite wüsste weit besser, was er zu tun hatte als Berning selbst – und am liebsten hätte der Unteroffizier auch seinen Gruppenführerposten an jemand anderen abgegeben. Doch das war nicht drin.

Also führte er seine Gruppe nun über eine weite Ebene, auf der wenige Obstbäume emporragten und die mit vereinzelten Sonnenblumenfeldern durchsetzt war. Vor ihnen durchbrach eine steile Erhebung das Land – das war der Höhengürtel von Olchowatka, den deutsche Kräfte in einem zähen, mehrtägigen Ringen erkämpft hatten. Die Russen waren nun in Richtung Süden ausgewichen, doch sie bereiteten bereits einen Gegenangriff vor.

Daher musste die Höhe mit Infanterie aus dem rückwärtigen Raum verstärkt werden, während die gepanzerten Kräfte der Heeresgruppe Mitte rechts- wie linksumfassend über Fatesh und Schtschigry nach Kursk vorstießen.

Der Höhenriegel bei Olchowatka war die entscheidende Stellung, um das Gebiet zwischen Oka und Seim zu beherrschen, und von den Osthängen aus konnte man sogar schon bis runter nach Kursk schauen. So hatte es ihnen Unterfeldwebel Pappendorf vorgetragen, und er hatte dafür gesorgt, dass jeder zugehört hatte.

Die beiden Gruppen marschierten in kleinen Abständen zueinander seitlich versetzt zum Rest der Kompanie über die weite Ebene und erreichten nun den Fuß der Erhöhung. Rechts von ihnen polterten einige Kutschen dahin, die mit Munition und Verpflegung beladen waren und von russischen Hiwis gesteuert wurden.

Pappendorf war den ganzen Marsch über – immerhin über 20 Kilometer – im Laufschritt wie ein Satellit um seinen Zug gekreist, hatte Befehle gebellt und immer wieder Soldaten, die nur für Sekunden unachtsam waren oder ihre Waffe falsch hielten, lautstark zurechtgewiesen. Schweiß quoll dem Unterfeldwebel aus allen Poren und besudelte seine peinlich korrekte Uniform, doch er zeigte keinerlei Ermüdungserscheinungen. Berning konnte nur den Kopf schütteln. Er wusste nicht, ob er seinen Zugführer dafür bewundern oder ihn für verrückt erklären sollte. Sein eigener Blick suchte stattdessen akribisch den Boden und das Gestrüpp ab. Die Sowjets hatten allerorts Schützenabwehrminen – hölzerne »Zigarrenkisten« – verlegt. Unglaublich, dass Pappendorf dennoch herumsprang wie ein toller Hund.

*

Es war bereits später Nachmittag, als der Zug seine Stellungen zugewiesen bekam.

Die Soldaten hatten inständig gehofft, Pappendorf würde nach seinem Marathon zusammenbrechen und bis zum nächsten Tag durchschlafen, doch der Unterfeldwebel schien unerschöpfliche Energiereserven zu haben. Nun sprang er zwischen den Erdlöchern der Landser hin und her und kritisierte, was nicht vorschriftsgemäß angelegt war, oder triezte die Männer mit Fragen und Aufträgen.

»Wieso haben Sie Ihren Helm abgesetzt? Aufsetzen, sofort!«, »Schließen Sie den Knopf Ihrer linken Brusttasche!«, »Ziehen Sie verdammt noch mal Ihre Feldbluse wieder an! Wir sind hier nicht am See!«, »Berning, nennen Sie mir Kaliber und Kampfentfernung des Karabiners 98k! Los, Herr Unteroffizier!«

Berning geriet immer wieder ins Feuer von Pappendorf und bot selbstredend genug Angriffsfläche. Der Unterfeldwebel ließ einfach nicht von ihm ab. Nun war Berning froh, dass sich Pappendorf der 2. Gruppe zugewandt hatte.

Erleichtert sackte er in sein Stellungsloch, während sein Herz kräftig pochte. Er strich mit zittrigen Fingern über seine Waffe. Noch nie hatte er auf einen Menschen geschossen, doch der russische Angriff in diesem Sektor würde kommen. Das stand fest, denn auch der Feind wusste, das Olchowatka der Schlüssel zu Kursk war. Berning seufzte. Er wollte nicht auf andere schießen.

Als der Unteroffizier spürte, dass seine Gedanken und Ängste ihn wieder zu übermannen drohten, erhob er sich rasch aus seinem Loch, um sich die Stellungen seiner Gruppe anzuschauen. Die Deckungslöcher der Kompanie lagen über eine Breite von 300 Meter auf dem Höhenrücken verteilt, auf dem zusätzlich einige Baumgruppen Schutz boten.

Weitere Infanteriekompanien lagen rechts und links, derweil hatten die Pak-Bedienungsmannschaften der Panzerabwehr-Abteilung der Division entlang des gesamten Höhenrückens ihre Geschütze aufgestellt.

Die 7,5-Zentimeter-Panzerjägerkanonen konnten mit ihren Hohlladungsgranaten sogar mittleren sowjetischen Panzern gefährlich werden; sie waren auch mit Sprengmunition ausgestattet, um sogenannte weiche Ziele – also Menschen – zu bekämpfen. Im Vorfeld erstreckte sich eine weitere Ebene über mehrere tausend Meter, die fast keine Deckungsmöglichkeiten bot, ehe sie am anderen Ende in ein großes Waldstück mündete, welches mit mehreren Kilometern Breite und Tiefe bis zum Horizont reichte.

Dort lagen die Russen.

Doch die Spuren des Feindes ließen auch den Höhenzug selbst noch nicht los, den die Sowjets mit eisernem Willen fast bis zum letzten Mann verteidigt hatten. Tausende Hülsen säumten das Erdreich, während Berning hie und da getrocknetes Blut auf dem Boden und an den Blättern des Gestrüpps entdeckte. Er ekelte sich zunehmend, seine Zeit auf einem solchen Friedhof verbringen zu müssen. Der Unteroffizier wanderte in der Deckung des Höhenrückens von Stellung zu Stellung und kroch jeweils die letzten Meter zu den Löchern, um von den Russen nicht gesehen werden zu können. Schließlich erreichte er das MG-Nest der Gruppe an der linken Flanke, das leicht vorgezogen war und so im Nahkampf flankierend vor die eigenen Stellungen wirken konnte. Berning robbte zum Rand des Deckungslochs und ließ sich hineinfallen. Er fand seinen MG-Schützen, den Gefreiten Bongartz, mit einer Kippe im Mund vor. Das Maschinengewehr lag eingezogen am Stellungsrand.

Bongartz bekam große Augen: »Ist Pappe in der Nähe, oder was?«

»Nein, nein.«

»Gott sei es gelobt!« Bongartz warf den glühenden Rest seiner Kippe auf den Boden des Lochs, der bereits bedeckt war mit Zigarettenstummeln und

Hülsen aus russischen Maschinenpistolen. Beide starrten sich einen Moment lang an.

»Wo ist Hege?«, wollte Berning schließlich wissen.

»Kacken.« Bongartz steckte sich eine neue Zigarette an und blies den Qualm nachdenklich in die Luft.

»Donnerwetter.« Darauf folgte wieder Schweigen, das eine ganze Minute dauerte.

»Und bei Ihnen ist alles in Ordnung?«, erkundigte sich Berning dann. Bongartz nickte und antwortete grinsend: »Alles Bochum.« Er zog so schnell an seiner Zigarette, dass sie schon wieder zur Hälfte abgebrannt war.

»Haben Sie keine Angst vor den Iwans?«, fragte Berning plötzlich und schaute dabei über den Rand der Stellung in den Wald in der Ferne. Bongartz verzog sein Gesicht und schüttelte den Kopf.

»Das wird schon«, sinnierte er laut. »Übrigens«, fügte er dann hinzu. »Ich bin Rudi.« Er reichte Berning mit freundlicher Miene die Hand, doch der starrte bloß zurück und wusste nicht, was er tun sollte. In Sigmaringen hatte man ihm eingetrichtert, keine zu enge Bindung zu den Landsern aufzubauen, dafür würden sie zu schnell fallen und durch neue ersetzt werden. Außerdem zieme es sich für einen Unterführer nicht, sich mit seinen Untergebenen zu verbrüdern. Doch dann war da diese Sehnsucht in Berning, endlich so etwas wie einen Freund zu haben.

»Ich weiß, es ist eigentlich nicht richtig, dass ich ...«, begann Bongartz, der Bernings Zögern richtig deutete, doch da ergriff der Unteroffizier bereits seine Hand und schüttelte sie kräftig. »Franz«, sagte er freudestrahlend. »Franz Berning.« Sein burgenländischer Dialekt verlieh dem Namen einen besonderen Hauch.

Beide schwiegen danach wieder einige Augenblicke lang, doch Berning wollte das Gespräch noch nicht enden lassen, also fragte er: »Gegen wen spielt Bochum als Nächstes?«

»Gegen Bielefeld. Am Sonntag.«

»Und?«

»Joa. Die sind stark. Aber wir machen das.«

»Also wird es besser als gegen Schalke, ja?«

»Boahr, hör auf. Zehn zu eins verloren im März. Aber die haben jetzt auch diesen Klodt. Der soll ein richtig klasse Spieler sein, hab' ich gehört.«

»Mhh ...«

Danach hingen beide doch wieder ihren eigenen Gedanken nach und Berning spürte einmal mehr, wie sehr er seine Heimat und Gretel vermisste.

»Mann, was freu ich mich, wenn ich wieder zu Hause bin. Dann tu ich mir jede Woche die Spiele anschauen«, sinnierte Bongartz. Berning nickte nur. Wieder Schweigen.

»Gut, ich werde dann mal weiter«, sagte der Unteroffizier schließlich, »mir die anderen Stellungen anschauen.«

»Dann gutes Gelingen.«

»Ja, danke.«

»Und halt den Pappe im Blick, dass der alte Nazi dir ja nicht wieder auf die Finger klopfen kann.«

»Du kennst mich, Bongartz«, scherzte Berning und grinste breit, »mich interessiert sein Gerede nicht die Bohne. Ich komme schon zurecht, bin ja schließlich nicht von Pappe!« Er grinste noch breiter und stockte erst, als er bemerkte, dass Bongartz Grinsen gänzlich verschwunden war und stattdessen nun ein ängstlicher Blick, der an Berning vorbeiging, sein Antlitz beherrschte.

Berning drehte sich um und blickte in das Gesicht Pappendorfs, der seine Augen zu Schlitzen zusammengekniffen hatte und dem die Wut aus allen Poren zu platzen drohte. Der Bastard hatte sich völlig geräuschlos herangepirscht.

»BERNING!«, brüllte er.

Belp, Schweiz, 07.05.1943

Thomas Taylor saß in einem kleinen Café in der verschlafenen Gemeinde Belp, die direkt an Bern angrenzte. Obwohl er dienstlich vor Ort war, genoss er doch die Ruhe, die er sich nun gönnen durfte. Ruhe nach den Turbulenzen der vergangenen Tage konnte er wahrlich gebrauchen. Nachdem er noch in derselben Nacht, in der er seinen nächsten Auftrag erhalten hatte, wie der Blitz von Remigen nach Bern geeilt war, das er irgendwann am darauffolgenden Nachmittag erreicht hatte, war er zuerst wie tot ins Bett gefallen und hatte bis zum nächsten Morgen durchgeschlafen – die Abwehr hatte ihm im Zentrum von Bern abermals eine Wohnung zur Verfügung gestellt. Im Anschluss hatte sich Taylor ausschließlich mit seinem neuen Auftrag beschäftigt, hatte Unterlagen studiert, die die Jungs von der Abwehr in der Berner Wohnung deponiert hatten, und war ihr – sein neuer Auftrag hieß Luise Roth – bereits gefolgt, um sich selbst ein Bild zu machen. Über einen anderen Agenten, der das Ziel zuvor eine ganze Zeit lang beschattet hatte, kannte er ihren Tages- und Wochenablauf und war im Allgemeinen bestens über sie informiert. Diese Vorarbeit erlaubte es Thomas, bereits so früh mit der Annäherung zu beginnen.

Nun hockte er also in diesem kleinen schweizerischen Café – eine Wirtschaft in den Händen einer italienischstämmigen Familie, die Kaffee und Eis aus ihrer Heimat anbot – und wartete auf Luise Roth, die wie jeden Freitag früh vor der Arbeit mit den fünf anderen Frauen der jüdischen Gemeinde von Belp zusammenkam, um gemeinsame Aktivitäten zu planen.

Es war ein angenehmer Frühsommertag. Die Vögel sangen bereits und die Sonne zeigte sich in ihrer ganzen Pracht, während das Café mit schweizerischen Beamten bevölkert war, die frühstückten, Zeitung lasen und über Politik – natürlich auch über die Bedrohung durch das Deutsche Reich, eines der beherrschenden Themen dieser Tage – diskutierten. Thomas musste innerlich stets grinsen, wenn er solche Unterhaltungen mitanhörte, die oft sehr naiv und mit viel Halbwissen geführt wurden. Dann kam ihm häufig der Gedanke, dass viele Schweizer blöd aus der Wäsche gucken würden, falls wirklich einmal deutsche Soldaten die schweizerischen Grenzen stürmten.

Gewohnheiten, sinnierte Taylor, während er das Gemeindehaus der Juden, das eigentlich bloß ein Reihenhaus auf der anderen Straßenseite war, observierte, *Gewohnheiten sind die Dinge, die uns umbringen.*

Taylor schlürfte genüsslich einen Kaffee, sein dritter schon, und rauchte eine edle Zigarre, eine Montechristo, die die Abwehr eine Stange Geld gekostet hatte. Doch Thomas war bereit, dieses Opfer für eine gute Kippe einzugehen, und genauso rauchte er seine Zigarre auch: Er zog sie weg wie eine Kippe. Ein Zigarrenkenner hätte ihm dafür sicherlich rechts und links eine verpasst.

Der Morgen war noch jung; der Stundenzeiger würde jeden Augenblick auf die Acht springen.

Warum muss dieses Flittchen für ihr Kaffeekränzchen nur so früh aufstehen?, dachte er sich und drückte den Rest seiner Zigarre in einem Aschenbecher auf dem Tisch aus. Er fixierte dabei das Automobil auf der anderen Straßenseite, ein alter Maximag mit offener Fahrerkabine in der Farbe Gelb. Taylor konnte von Glück reden, dass sich dergestalt schönes Wetter anbahnte, sonst wäre Luise mit der Bahn gefahren und er hätte seinen Trick vergessen können – und er wollte und musste so schnell wie möglich an sie herankommen. Das Reich befand sich im Krieg und könnte daher für jeden Tag, an dem er versäumte, adäquate Informationen zu sammeln, bitter bezahlen.

Taylor leerte seine Tasse und im selben Moment öffnete sich drüben die Haustüre. Eine alte Frau verabschiedete ein Fräulein Anfang 20. Luise Roth war tatsächlich bildhübsch. Blondes, langes Haar, welches sie gerne zu einem Dutt zusammenband, und hellblaue Augen waren die Akzente in einem wundervollen, weichgezeichneten Gesicht mit einer winzigen Nase und schmalen Lippen. Die wenigen Sonnentage dieses Frühjahrs hatten ihrer Haut bereits einen gesunden, hellbraunen Teint verschafft. Sie war in einen schwarzen Rock und eine weiße Bluse gekleidet und zeigte angenehm viel Haut.

Taylor hatte bei seinen Recherchen über Luise irgendwann festgestellt, dass er noch nie mit einem Juden – geschweige denn mit einer Jüdin – zu tun gehabt hatte. Taylor mochte die Nationalsozialisten nicht besonders, und als Deutscher mit ausländischen Wurzeln hätte er sogar selbst schnell zum Ziel des völkischen Rassenwahns werden können, doch den Hass auf Juden hatte er nie verstanden. Ehe die NSDAP an die Macht gekommen war, hatte Thomas nicht einmal in seinem Leben über Juden nachgedacht oder irgendwelche Berührungspunkte mit ihnen gehabt. Diese Bevölkerungsgruppe war einfach nie ein Thema in seinem Leben gewesen. Urplötzlich dann sollten sie die Verursacher allen Übels sein? Waren aus ihren Häusern gezerrt worden, hatten Berufsverbote erhalten und schlussendlich in Richtung Osten verschwunden ... Taylor hatte das nie verstanden. Auch die Jüdinnen der kleinen Belper Gemeinde hatten weder lange Nasen noch dreckige Fingernägel; ganz im Gegenteil, die Frauen waren allesamt sehr ansehnlich und machten überdies einen freundlichen Eindruck. Bei solchen Gelegenheiten spürte Taylor einmal mehr, dass der neue Kurs der Regierung richtig war. Sie hatte dem Wahnsinn der Deportationen und den Einschränkungen der Rechte von Juden einen Riegel vorgeschoben.

Nun also hatte Taylor sich im Schnellverfahren mit der jüdischen Kultur befassen müssen, hatte dazu zusammengestellte Unterlagen der Abwehr studiert und sich in seine neue Biografie eingearbeitet. Wollte er aber über einen längeren Zeitraum hinweg glaubhaft auftreten, musste er sich definitiv noch weiter in das Thema einarbeiten und all die Details verinnerlichen, die das jüdische Leben ausmachten.

Luise Roth schritt zu ihrem Auto, welches über auffallend schlanke Reifen mit Speichen verfügte, während die alte Frau zurück ins Haus trat und die Tür schloss. Ja, Taylors Ziel war wahrlich ein Augenschmaus.

Er grinste, derweil sprang der Motor des Automobils an. Luise setzte sich eine Sonnenbrille auf, die neben ihren Augen auch Teile des Gesichts verbarg, dann spuckte der Auspuff schwarzen Qualm und die Dame mit den britischen wie schweizerischen Wurzeln zischte davon. Das war Taylors Augenblick.

Er erhob sich von seinem Tisch und ließ reichlich Trinkgeld liegen – die Abwehr hatte schließlich genug. Dann schwang er sich auf sein Fahrrad und radelte davon.

*

Taylor hatte sich Luises Arbeitsweg exakt eingeprägt und ihn für am besten geeignet bewertet, um zuzuschlagen. Ihr Weg führte sie vorwiegend über eine Landstraße, die zwar einige winzige Dörfer streifte, sich ansonsten aber durch die tiefste Walachei schlängelte. Wälder, Bäche, Erhebungen, Auen und Felder, auf denen nun die Nutzpflanzen austrieben, bestimmten das Gelände. Selbst das an Belp angrenzende Bern wirkte in Taylors Augen für eine Hauptstadt erstaunlich ländlich – doch Belp selbst war das reinste Kuhdorf. Jedenfalls lag die Straße, die Luise zu ihrem Dienstort in Bern täglich fuhr, völlig abgeschieden von der Welt – perfekt also für Taylors Vorhaben. Hier draußen würde ihn niemand stören.

Taylor radelte in hohem Tempo die Straße entlang. Sein Rad vibrierte unter der unebenen Straße. 100 Meter weiter vorne befand sich ein kleines Waldstück, in dem die Straße mit einem Rechtsschwenk verschwand.

Er trat in die Pedale und erreichte den Forst, wo sich dichte Baumkronen über ihm auftaten. Es roch nach Tannenzapfen und nach Erde. Dann plötzlich vernahm er eine zarte Frauenstimme.

Taylor stoppte, sprang von seinem Fahrrad und lehnte es gegen einen Baum. Leise pirschte er sich weg von der Straße und ins Gehölz hinein, sodass er den Rechtsschwenker der Straße abkürzte, dann sah er bereits gelbes Metall zwischen den Brombeerbüschen, die hier auf Augenhöhe ausreichend Sichtschutz boten, aufblitzen.

Da ist die Kleine!, dachte er und näherte sich langsam, während Luises Stimme motzend die Luft erfüllte.

»Das kann doch nicht wahr sein!«, sagte sie, wobei er ihre Stimme als weich und wohlklingend empfand. Der schweizerische Dialekt besaß für Taylor eine exotische und zugleich anziehende Note. »Das glaub ich jetzt nicht!«, sagte sie.

Taylor näherte sich unaufhaltsam. Beim Militär hatte er gelernt, sich möglichst geräuschlos durch einen Wald zu bewegen. Vorsichtig schob er mit den Fußspitzen kleine Äste und Geröll zur Seite, ehe er auftrat.

Mit jedem Schritt kam er seinem Ziel näher. Er spürte das harte Metall seiner Parabellum, die er sich – von außen nicht sichtbar – hinten in die Hose gesteckt hatte. Sein ganzer Körper stand unter Anspannung und sein Geist war hochkonzentriert. Schon war er bis auf fünf Meter an sein Ziel herangekommen. Jetzt würde er zuschlagen.

*

Luise stand neben ihrem schweizerischen Fahrzeug, das schon als halbe Antiquität galt, und blickte auf das gelbe Metall der Motorhaube, den dunklen Kühlergrill und die abstehenden kreisrunden Lampen. Sie hatte keinen Schimmer, was sie jetzt unternehmen sollte. Das konnte doch wirklich nicht wahr sein, dass ihre Karre mitten im Niemandsland den Geist aufgab!

Und sie kam jetzt schon zu spät zur Arbeit, hatte sich mal wieder zu sehr mit den Mädels der Gemeinde verquatscht. Also fluchte Luise noch ein weiteres Mal auf die Art, in der gebildete Frauen eben fluchten: »Das ist doch nicht die Möglichkeit«, rief sie. Noch ahnte sie nicht, dass sich jemand direkt hinter ihr befand.

»Grüessech«, erklang eine Stimme in ihrem Rücken. Luise erschrak, quietschte laut auf und fuhr herum. Dann blickte sie in das Antlitz eines

Mannes mit freundlichem Lächeln und dicken Sommersprossen auf Nase und Wangen.

Niedlich, war ihr erster Gedanke. Die roten Haare und der stramme Blick erinnerten sie an einen Schotten. Umgehend wurde ihr peinlich, dass sie soeben so aufgeschrien hatte, also verfiel sie in ein unsicheres Kichern, während sie sich die rechte Hand auf die Brust legte.

»Bei Gott«, meinte sie. »Sie haben mich vielleicht erschreckt.«

»Das tut mir leid«, antwortete der Mann mit einer sehr freundlichen Stimme. Er sprach in sehr gutem Hochdeutsch mit einem ganz leichten, britischen Akzent, was Luise sofort neugierig machte.

»Nein, schon in Ordnung.« Sie winkte ab und verfiel nochmals in peinliches Lachen. *Oh Gott, was denkt der bloß von mir? Ich quietsche hier herum wie eine dumme Ziege!*

»Ich habe Sie nur aus dem Wald heraus vor Ihrem Wagen stehen sehen und dachte mir, Sie brauchen vielleicht Hilfe?«, erklärte sich der Mann zuvorkommend.

»Oh, das ist nett von Ihnen, danke.« Luise vollführte einen leichten Knicks und merkte gleich, wie bescheuert das auf ihn wirken musste. Also lächelte sie ein weiteres Mal verlegen. *Der ist tatsächlich richtig niedlich,* schoss es ihr durch den Kopf, doch sie versuchte, diesen Gedanken abzuschütteln.

»Aber wo bleiben meine Manieren?«, preschte sie dann vor und reichte ihm die Hand. »Luise Roth.«

»Aaron Stern.« Er schüttelte ihre Hand. *Starker Händedruck,* bemerkte sie sofort und lächelte einmal mehr das Lächeln der Verlegenheit.

Aber Stern? Aaron Stern? Kann es tatsächlich einen so großen Zufall geben? Und muss ich diesen netten Mann ausgerechnet in dieser misslichen Situation treffen? Wie ich schon wieder aussehe! Bloß die blöden Arbeitsklamotten am Körper! Was muss er von mir denken? Hält mich sicherlich für eine dumme Pute!

Sie seufzte innerlich, doch die Dinge waren, wie sie nun mal waren. Sie mochte es eigentlich nicht, als ein hilfsbedürftiges Fräulein wahrgenommen zu werden, doch im Augenblick war sie tatsächlich genau das.

Dann fiel ihr auf, dass Herr Stern gar keine Kippa trug. Na, dann hatte sie wenigstens schon mal keinen orthodoxen Juden vor sich. Gott sei es gedankt! Vielleicht war er sogar ein Liberaler ...

»Kann ich Ihnen behilflich sein?«, erkundigte er sich freundlich und lächelte angenehm. Sie seufzte. Es half alles nichts und sie musste nach Bern, also sagte sie: »Ich war auf dem Weg zur Arbeit, als mein Auto plötzlich anfing zu stottern und zu rumpeln, und dann ist es einfach ausgegangen. Und jetzt stehe ich hier und weiß nicht, wie ich wegkomme.«

»Mhm«, machte er und legte seine Stirn in Falten.

Kann es tatsächlich sein, dass dieser gutaussehende Mann sich auch noch mit Automobilen auskennt?

Luise freute sich innerlich. Sein Name, sein Aussehen, das schöne Wetter … vielleicht war dieses Treffen Schicksal.

»Eventuell kein Sprit mehr im Tank?«, überlegte er.

»Der Göppel wurde gestern erst vollgetankt.«

»Oder ein Leck im Tank? Es hört sich jedenfalls stark nach mangelndem Kraftstoff an. Aber ich bin auch kein Experte in Sachen Fahrzeuge.«

»Das ist schade.« Sie seufzte.

»Ich könnte Ihnen aber vielleicht auf andere Weise behilflich sein.«

»Ja?« Ihre Augen wurden ganz groß.

»Ich bin heute früh mit dem Velo aus Bern hier heruntergefahren, um einen Waldspaziergang zu unternehmen. Wenn Sie mögen, leihe ich Ihnen mein Rad.«

»Nein, das kann ich nicht annehmen. Wie wollen Sie denn dann zurückkommen?«

»Ach, gnädige Frau. Es sind von hier nur zehn Kilometer in die Stadt, und ich bin ein guter Läufer. Sie aber sollten sich sputen, wenn Sie zur Arbeit müssen.«

Luise wollte dieses überaus großzügige Angebot eigentlich nicht annehmen; das verbot ihr ihre gute Erziehung.

Doch ihr blieb keine Wahl.

»Das ist wirklich freundlich von Ihnen. Ich … ich weiß gar nicht, was ich sagen soll.« Nun hatte die Verlegenheit sie vollkommen übermannt.

»Das ist schon in Ordnung. Bringen Sie mir das Fahrrad einfach heute Abend oder morgen zurück. Es hat ja keine Eile. Die Adresse ist: Nägeligasse 6 in Bern.«

»Das … das ist so unglaublich freundlich von Ihnen. Danke. Vielen lieben Dank.«

Sie würde das Fahrrad mit Sicherheit zurückbringen. Luise nahm sich in diesem Augenblick vor, nachher ihre Arbeitskollegin zu fragen, ob sie ihr frische Kleidung leihen und ihr beim Schminken behilflich sein könne, denn sie wollte am Abend mit dem zweiten Eindruck einiges wiedergutmachen.

Wie gesagt, sie würde das Rad definitiv zurückbringen. Luise Roth lächelte ausgelassen.

Bei Olchowatka, Sowjetunion, 08.05.1943

Heeresgruppe Mitte – 53 Kilometer nördlich von Kursk

Die ganze Nacht über hatten die Sowjets Berning und seine Männer nicht in Frieden schlafen lassen. Zwar war es zu keinen Schusswechseln gekommen, doch der Iwan verstand auf andere Art, den Deutschen auf dem Höhenrücken eine »Freude« zu bereiten. Offenkundig hatte er leistungsstarke Lautsprecher in seinen Stellungen aufgestellt, denn die Aufforderungen zum Desertieren echoten lautstark bis in Bernings Deckungsloch herein und wiederholten die ganze Nacht über ununterbrochen dieselbe Aufzeichnung: »Deutsche Soldaten! Dient nicht länger diesem verbrecherischen Regime, das euch viele tausend Kilometer entfernt von euren Familien einen aussichtslosen Kampf führen lässt. Glaubt nicht an die Lügen eures Kanzlers Halder, der unter dem Deckmantel einer gemäßigten Politik die Verbrechen und die Gräuel von Hitlers Nazireich unvermindert fortführt. Deutsche Soldaten! Trefft eure eigene Entscheidung: Wollt ihr weiter benutzt werden, friedfertige Menschen zu überfallen und zu misshandeln? Wollt ihr weiter leiden für eine ungerechte Sache? Oder zieht ihr heute den Schlussstrich und entsagt dem Faschismus? Dann lasst eure Waffen fallen und kommt herüber zu den Stellungen eurer russischen Brüder! Ihr braucht nichts zu befürchten! Wir haben warme Mahlzeiten und Zigaretten. Die Union der Sozialistischen Sowjetrepubliken wird euch gut behandeln und euch umgehend nach Kriegsende nach Hause entlassen ... Deutsche Soldaten! Dient nicht ...«

Die Worte hallten noch in Bernings Ohren nach, als die Lautsprecher bei den ersten Sonnenstrahlen, die die russische Ebene berührten, nach 14 Stunden Dauerbeschallung endlich abgeschaltet wurden.

Sogar der Abteilungskommandeur hatte erkannt, wie zermürbend die rote Propaganda für die eigenen Männer war und in der Nacht Artilleriefeuer angefordert, um den Aufrufen zum Desertieren ein Ende zu setzen. Doch man hatte kein Glück gehabt. Trotz Dutzender Einschläge drüben im Waldstück schallte die blecherne Stimme weiter über die Landschaft. An Schlaf war da nicht zu denken. Die MG-Nester hatten auch ab und an Störfeuer geschossen, doch auch das half nichts.

Berning bekam erst gar nicht mit, dass es langsam heller wurde. Mit blutunterlaufenen Augen starrte er die Erdwand seines Deckungslochs an und hielt seinen Karabiner fest umklammert. Die Worte aus den Lautsprechern geisterten ihm im Kopf herum. Vielleicht würde auch er sich eines Tages entscheiden müssen ...

Während er solchen Gedanken nachhing, bemerkte er erst gar nicht, wie es um ihn herum laut und hektisch wurde. Dann plötzlich hörte er das entfernte Abfeuern von Leuchtpistolen. Berning blickte gen Himmel und sah durch die Baumkronen lilafarbene Schweife aufblitzen, die sich am Himmel kräuselten. Sie deuteten einen feindlichen Panzerangriff an.

Oh nein!, dachte Berning. Vorsichtig lugte er über den Rand seines Loches. Im jungen Licht des Tages konnte er den Wald am anderen Ende der Ebene gerade so erkennen, wo nun T-34-Panzer aus dem Gehölz brachen und zum Sturm über die Freifläche ansetzten. Soldaten mit Gewehren und Maschinenpistolen saßen auf jedem der Panzer hinter dem Turm und versuchten, eine möglichst flache Silhouette abzugeben. Kompanieweise schritten weitere rote Infanteristen aus ihren Stellungen und formierten sich auf der Freifläche zu langen Schützenreihen. Sie preschten im Laufschritt vor, während auch die Panzer Vollgas gaben und sich rasch von den Fußsoldaten absetzten.

Rechts und links von Berning knallten mit einem Male die deutschen Pak-Geschütze, dann gingen zwischen den Angreifern die ersten Geschosse hoch. Sprenggranaten rissen die Formationen der Fußsoldaten auseinander, während Panzergranaten mit den T-34 kurzen Prozess machen sollten.

Schon explodierte der erste Tank und sein Turm flog hoch in die Luft. Doch Dutzende Panzer beteiligten sich an dem Angriff. Berning zählte acht T-34 allein im Abschnitt seiner Kompanie. Rechts und links Panzer so weit das Auge reichte! Und die Infanterie! Zu viele, um sie zu zählen.

Oh nein!, raunte Berning verzweifelt.

Als die Russen das erste Drittel der Freifläche überwunden hatten, begannen auch die deutschen Handfeuerwaffen und Granatwerfer zu sprechen. Pappendorf erteilte den Feuerbefehl an beide Gruppen, und Berning gab ihn gleich an seine Männer weiter. Er selbst blickte wie gelähmt auf die feindliche Macht, die sich mit jedem Augenblick näherte.

Die T-34 jagten Sprenggranaten zwischen die deutschen Stellungen und schickten damit einige der Pak-Geschütze zum Teufel. Erde und Gestrüpp wurden bis zu den Baumkronen hochgeworfen und regneten dann auf die Deckungslöcher der Soldaten hernieder. Berning duckte sich gänzlich in sein Loch weg, als dicke Erdbrocken über ihm herunterkamen.

Er kniff die Augen zusammen und betete, dass seine Kameraden den Sturm aufhalten würden, ehe die Russen den Höhenrücken erreichten.

Die Spitzen des Feindes hatten das zweite Drittel der Ebene hinter sich gebracht. Schier unverwüstlich preschte die Flut aus braunen Uniformen voran, während die deutschen Waffen in ihre Reihen kleckerten.

Hunderte Männer starben im Kugel- und Splitterhagel, doch noch viele mehr stürmten weiter. Ein Panzer blieb qualmend nach einem Pak-Treffer liegen; die aufgesessene Infanterie sprang sofort ab und rannte weiter. Trotz massiver Verluste – manche Kompanien schmolz binnen Sekunden auf Zugstärke ab, mancher Zug auf Gruppenstärke – machten die Russen weiter.

Nach langen Augenblicken der Angst riss Berning sich am Riemen und erhob sich erneut. Um ihn herum bestimmte das Tosen aus tausend Waffen die

Geräuschkulisse. Irgendwo dazwischen bellte Pappendorf der 2. Gruppe Befehle zu. Berning umklammerte seine Waffe fester. Er musste schießen!

Dann erstarrte er. Die feindlichen Kräfte hatten die Sohle des Höhenrückens erreicht. An einigen Stellen erklommen russische Soldaten bereits den Hang. Berning hörte Heges MG, das im Dauerfeuer schoss. Vorne kippten die russischen Soldaten um wie die Fliegen.

Doch es kamen gleich von allen Seiten mehr und mehr und immer mehr nach. Sukzessive erstarb das deutsche Pak-Feuer im Granatenhagel der Panzer. Die Stämme dicker Bäume wurden abgesäbelt wie Pappaufsteller, kippten um und begruben Soldaten unter sich.

»Berning!« Irgendwo schallte Pappendorfs Stimme durch das Chaos, doch Berning konnte seine Augen nicht vom Feind abwenden.

Direkt vor seiner Stellung, vielleicht 150 Meter entfernt, kam ein russischer Panzer zum Stehen und schon sprangen die Fußsoldaten, die sich bis hierher von dem Stahlkoloss hatten tragen lassen, herunter und stürmten auf den Hügel zu. Hege erkannte sie und schwenkte seine Waffe herum.

Zwei lange Feuerstöße und die Russen lagen im Gras, sich windend vor Schmerzen und wimmernd im Angesicht des Todes. Dann plumpste hinter Berning etwas Schweres in sein Loch.

Berning erschrak, schrie schrill auf und fuhr herum. Fast hätte er Pappendorf den Karabiner ins Gesicht geschlagen, doch der Unterfeldwebel fasste ihn bereits an den Schultern und fixierte ihn mit seinen kräftigen Pranken.

»Berning, weiter nach links zu Ihrem MG. Ich übernehme hier! Ihren Munitionsträger hat es hinten bei der Zwoten erwischt. Schicken Sie einen los, Munition holen! Und Sie bleiben da und sehen zu, dass der Slawe sich an dem MG die Zähne ausbeißt!«

Berning starrte Pappendorf mit offenem Mund an.

»Na los, Junge!«, brüllte der, hob seine Maschinenpistole und gab einen Feuerstoß ins Vorgelände ab. Anschließend packte er den Unteroffizier und drückte ihn unsanft aus dem Deckungsloch.

Und plötzlich stand Berning da, mitten auf dem Höhenrücken, ohne Deckung. Um ihn herum zerfraßen russische Geschosse das Gelände.

Blätter und Äste segelten von den Bäumen und Rinde platzte von den Stämmen. Winzige Erdfontänen spritzten vom Boden auf. Berning rannte los. Er glitt ein Stück den Nordhang hinab, um sich im Schutze des Höhenrückens bis auf Höhe der MG-Stellung vorarbeiten zu können.

Er hörte das Abfeuern von Gewehren und das Schreien von Menschen. Der Russe war an mehreren Stellen bereits eingebrochen und stand in den deutschen Stellungen. Ein heftiger Nahkampf entbrannte – mit Gewehren, mit Spaten, mit Fäusten.

Berning ließ sich zu Boden fallen, als er die braunen Uniformen sah, die sich direkt vor ihm in die Stellungen der Nachbarkompanie warfen und auf Männer in grauen Uniformen losgingen. Menschen verkeilten sich ineinander.

Die Woge des Kampfes schwappte über den Höhenrücken und dann den Nordhang hinab und ließ regungslose Gestalten zurück.

Und Hege ballerte immer noch! Unaufhörlich ratterte sein MG in die anstürmenden Russen hinein. Berning biss sich auf die Unterlippe und brachte seinen Körper unter Spannung, dann sprang er auf und sprintete auf Heges Stellung zu. Kurz davor ließ er sich fallen, rutschte den letzten Meter und knallte schließlich mit dem Hintern auf den Boden des Deckungsloches. Er saß nun zwischen Kippen und Hülsen.

Er hatte sich Watte in die Ohren gestopft, doch das Krachen des Maschinengewehrs fraß sich durch jeden Gehörschutz und ließ die Ohren klingeln. Hege blutete bereits aus dem rechten Ohr. Sein Gesicht war schwarz vor Dreck, bloß einige Schweißtropfen bildeten weiße Bahnen darin.

Hege feuerte lange Feuerstöße auf die heranrückende Infanterie, während sich die Panzer in die deutschen Pak-Stellungen verbissen.

Bongartz legte ununterbrochen Munition nach. Schon lagen ein Drittel der Russen in Heges Wirkungsbereich tot oder verwundet im Gras. Die noch lebenden Rotarmisten wurden vom deutschen Maschinengewehr an den Boden festgenagelt. Meterweise nur kam der Feind vorwärts; und mit jedem Sprung erhoben sich weniger Männer. Doch es waren immer noch viele – zu viele. Der sowjetische Angriff kam mit geballter Macht.

»Wo bleibt die Mun?«, brüllte Hege und ratterte einen kompletten Gurt in kurzen Feuerstößen durch, mit denen er eine russische Gruppe auseinanderriss. Bongartz duckte sich ins Loch weg und stopfte einen frischen Ladestreifen in sein Gewehr.

»Rupp ist tot!«, brüllte Berning zurück. Bongartz setzte ein verzerrtes Grinsen auf.

»Ich hole Mun!« Bongartz klopfte Hege auf die Schulter. Dann plötzlich riss eine Sprenggranate einen tiefen Krater in den Bereich direkt hinter der MG-Stellung. Hege und Bongartz ließen sich ins Loch sacken, während eine Wand aus Erde über sie hinwegfegte. Berning drückte mit beiden Händen seinen Helm fester gegen den Kopf. Schon tat es einen zweiten Schlag knapp vor der MG-Stellung und wieder stieg eine braune Fontäne auf. Bongartz riskierte einen kurzen Blick.

»Scheiße!«, keuchte er. »Da hat sich ein T-34 auf uns eingeschossen! 200 Meter vor uns auf dem Feld. Und Infanterie kommt!«

»Nein, Scheiße!«, stieß Berning aus, doch Hege verzog keine Miene und sprang auf. Er griff das Maschinengewehr und betätigte den Abzug, bis der Gurt durchgeschossen war. Dann ließ er sich samt Waffe zurück ins Loch fallen. Wieder riss eine Sprenggranate den Boden auf, dieses Mal kurz vor ihrer Stellung.

»Das sind zu viele!«, schnaubte Hege und fummelte seinen vorvorletzten Gurt in die Waffe. »Und ich brauche Munition!« Mit diesen Worten erhob er sich und feuerte weiter. Keine 100 Meter vor ihm stoben die russischen Soldaten auseinander und suchten Deckung hinter Bäumen, während Dutzende Projektile durch weiches Fleisch schnitten und einige der Angreifer zu Fall brachten. Auch Berning riskierte einen Blick.

Im selben Moment feuerte der T-34, doch der Schuss ging zu hoch, viel zu hoch. Die Granate detonierte nicht mal am Hang hinter ihnen. Berning hatte allerdings den Luftzug des Geschosses gespürt und das Zischen in der Luft gehört. Seine Hände zitterten, Schweiß rann ihm in die Augen. Sein Herz klopfte ihm bis in die Kehle hinauf und drohte, ihm die Luft abzuschneiden.

Hege schoss weiter, während links von ihnen deutsche Soldaten die Stellungen zurückeroberten. Mit Messern, Granaten und Pistolen beendeten sie Dutzende Leben.

Berning sah ganz deutlich, dass der T-34 sein Rohr senkte und erneut zielte. Noch einmal würde er nicht danebenhauen! Berning wollte flüchten, doch Hege schoss einfach weiter. Schützenhilfe von rechts aus den Stellungen der Gruppe half, den feindlichen Infanteriezug niederzuhalten.

Schon preschte Bongartz hinter Berning aus dem Loch und machte sich auf zum Zuggefechtsstand, um mehr Munition zu holen.

»Verfluchte Scheiße!«, japste Hege, als er schon wieder verschossen hatte. Umgehend ließ er sich zum Nachladen in die Deckung fallen.

Er wechselte nun auch das Rohr und drückte das benutzte, das sich vor Hitze rot gefärbt hatte, zur Kühlung in den Erdboden – als würde das etwas nützen. »Die Scheißrohre sind alle schon ganz verzogen von dem Mist hier!«, meckerte er und lud seine Waffe durch. Berning hingegen war wie erstarrt. Im Augenwinkel sah er gerade noch die russischen Soldaten, die sich neu zu formieren suchten, um den Hang endlich zu erstürmen.

Er spürte, wie Hege neben ihm aus der Stellung tauchte und sein Maschinengewehr in Anschlag brachte. Er sah auch, wie wieder russische Soldaten links von ihnen in die Stellungen einfielen. Rechts hingegen wurde das Feindfeuer zu stark. Berning sah, wie Sprenggranaten den ganzen Höhenrücken umpflügten und zwei seiner Kameraden unter dem heftigen Beschuss zusammenbrachen. Im selben Moment starb auch der letzte Soldat der Pak-Stellung hinter Bernings Gruppe, der trotz des Todes seiner Kameraden das Geschütz bis zuletzt bedient hatte.

Doch das war nun alles unwichtig, denn Berning blickte direkt in das Rohr des T-34. *Das war's!*

Ein kleines Gerät auf Rädern – es sah etwa aus wie ein Miniaturpanzer ohne Turm – fuhr plötzlich an den Russenpanzer heran und blieb stehen.

Berning hatte so etwas noch nie gesehen, doch ein Mensch, so glaubte er, passte dort nicht hinein. Im nächsten Augenblick verging das seltsame Ding in einer riesigen Explosion, die den T-34 mit sich riss und dessen Kanone zum Schweigen brachte.

Während Erdfontänen um ihre MG-Stellung herum aufspritzten und Hege fluchte und schoss, sackte Berning apathisch in das Loch hinab und verharrte einen Moment mit glasigen Augen, seine Waffe fest umklammert. Schweiß flutete seinen Körper.

»Durchbruch!«, hörte er Pappendorf in der Ferne brüllen. »Kämpft sie nieder, Männer!« Mehrere Maschinenpistolen knatterten nun im Dauerfeuer los, während Hege seinen vorletzten Gurt verschoss.

»Schweine!«, dröhnte er und ließ sich ins Loch sacken. Sofort öffnete er den Deckel seines MG und legte den letzten Gurt ein. »Sie müssen was machen, Unteroffizier!«, sagte er stöhnend. »Die Iwans sind überall in unseren Stellungen, und ich habe gleich leer geschossen!«

Berning starrte Hege an. Was sollte er schon tun?

»Na los!«, drängte der, »schnappen Sie sich die Männer und bilden Sie einen Gegenstoß. Wir müssen die werfen, ehe die unser Stellungssystem aufrollen!«

Hege starrte den Unteroffizier mit Nachdruck an. Widerwillig kletterte Berning aus dem Loch und wusste noch nicht so recht, wie er das anstellen sollte. Hinter ihm knallte Heges Maschinengewehr bereits wieder.

Berning blickte ins Vorgelände.

Rauchende Wracks Dutzender T-34 säumten die Ebene; meterhohe Gräser umschlossen die Panzer in einer grünen Umarmung. Mittlerweile waren mehr Tanks der Russen schrottreif als noch einsatzbereit und auch die russische Infanterie war stark dezimiert.

In Absetzbewegungen wichen einige Rotarmisten bereits in Richtung ihrer Ausgangsstellungen zurück, während sie von Granatwerfereinschlägen begleitet wurden.

Doch das Feuer auf dem Höhenrücken hatte noch kein Ende genommen. Berning erkannte regungslose russische Soldaten, die plötzlich überall im Stellungssystem seiner Gruppe lagen, und dann erkannte er eine Gruppe feindlicher Soldaten, die unmittelbar vor ihm am Hang in Heges Feuer festsaß.

Berning warf sich hinter einen Baum in Deckung und wagte einen weiteren Blick.

Die Projektile aus Heges Waffe rasten in die Stämme und den Boden bei den Russen, doch der Feind hielt sich bedeckt und wartete. Dann legte Hege eine längere Feuerpause ein. Schon stürmte ein Trupp Sowjets vor, auf dem Weg zur nächsten Deckung.

Hege betätigte den Abzug und mähte die Männer unbarmherzig nieder. Kurz war voraus keine Bewegung mehr auszumachen, dann huschte ein deutscher Soldat zwischen zwei Bäumen hin und her. Heges MG feuerte sofort, und auch der Deutsche brach stöhnend zusammen, während ihm Blut aus dem Hals platzte.

»Nein!«, rief Hege, der erst jetzt begriff, was geschehen war. »Scheiße! Schweinehunde!« Sofort schwenkte er seine Waffe runter zu den in Deckung liegenden Russen und hielt drauf. Nach wenigen Sekunden verstummte das MG.

»Ich bin leer!«, brüllte er und verschwand in seinem Loch.

Keine gute Idee, dachte Berning. Auch bei den Russen schien zumindest einer Deutsch zu verstehen. Unter Deckungsfeuer aus Maschinenpistolen stürmten sie mit einem Mal den Hang hinauf.

Erst jetzt bemerkte Berning, dass mehrere Maschinenpistolenschützen Bongartz nur 30 Meter entfernt hinter einem Baum festgenagelt hatten und der Deutsche mit seinem Repetierer gar nicht daran zu denken brauchte, das Feuer zu erwidern. Die Russen hatten sich mittlerweile auf wenige Meter herangearbeitet und warfen Handgranaten. Detonationen erschütterten das Stellungssystem und bauten hohe Wände aus Erde auf, die bis zu den Baumkronen reichten.

Als sich der Dreck verflüchtigte und Berning wieder sehen konnte, waren die Russen bereits überall. Sowjetische Maschinenpistolen zersiebten deutsche Soldaten aus kürzester Distanz, während Pappendorfs Waffe russische Leben nahm. Offenbar hatte der Unterfeldwebel Teile des Zuges zum Gegenstoß formiert, der die Russen nun seitlich aufrollen und aus den Stellungen werfen sollte.

Dann fiel Bernings Blick auf Bongartz. Der Gefreite stand einem Russen gegenüber, beide mit Gewehren bewaffnet, mit denen sie fochten wie Musketiere. Der Russe erwischte mit dem Schaft seiner Waffe Bongartz Hand und fügte ihr Quetschungen zu.

Der Gefreite heulte auf und ließ seine Waffe fallen, dann zerrte er sofort mit beiden Händen an dem Gewehr seines Feindes. Der Russe drückte gegen Bongartz, beide brüllten, dann fielen sie rückwärts den Hang hinab in eine Mulde.

»Nein, bitte nicht!«, stöhnte Berning. Er konnte die beiden Kämpfer von seiner Position aus nicht mehr sehen, doch er konnte sich auch nicht regen. Er stand einfach da, zitterte und schluckte mit aller Macht die Tränen runter.

Dann plötzlich erfasste irgendeine Macht seinen Körper und er sprintete los – genau auf die Mulde zu, in die Bongartz und der Russe verschwunden waren. Er hörte das Stöhnen und Ächzen der Kontrahenten, die erbittert miteinander rangen. Neben der Mulde kam Berning zum Stehen und erstarrte abermals.

Bongartz lag mit blau angelaufenem Gesicht auf dem Grund der Mulde. Beide Hände des Russen hatten sich fest um den Hals des Gefreiten gelegt und drückten zu. Der Russe hockte auf Bongartz und presste sein ganzes Körpergewicht gegen den Gefreiten. Er schien Berning nicht zu bemerken und grunzte laut.

Der Gefreite schlug mit Armen und Beinen um sich, doch er war machtlos gefangen unter seinem Feind. Berning versteinerte. Er wollte helfen, doch seine Hände rührten sich nicht. Sie schmiegten sich so fest an das Holz seiner Waffe, dass seine Finger krampften und schmerzten. So schaute Berning zu: Bongartz Schläge und Tritte wurden wilder und verzweifelter. Der Gefreite verdrehte die Augen und spuckte, doch der Russe ließ nicht locker. Dann wurden seine Bewegungen allmählich schwächer. Noch schwangen seine Arme wild durch die Luft, doch Sekunden später gereichten die Bewegungen zu Zuckungen. Der Russe drückte weiter zu. Zuerst hörten Bongartz Arme ganz auf, sich zu bewegen. Die Beine zappelten noch. Dann wurde aus dem Zappeln ein Zucken und aus dem Zucken schließlich Bewegungslosigkeit. Bongartz Augen verdrehten sich weiter, doch plötzlich wurde sein Blick noch einmal klar und deutlich. Die Augen des Gefreiten fokussierten Berning und starrten ihn an – eine Sekunde bloß, doch dieser Zeitraum wirkte auf den Unteroffizier wie zwei Ewigkeiten zusammengenommen. Dann wich dem Gefreiten das Leben aus den Augen.

Weitere Augenblicke vergingen, in denen der Russe nicht lockerließ. Danach endlich löste er seinen Griff. Er grapschte sein Gewehr, das neben Bongartz Leichnam in der Mulde lag, und schlug dem Gefreiten mehrmals den Schaft mit voller Wucht ins Gesicht. Bongartz Antlitz verwandelte sich in blutigen Matsch.

Der Russe erhob sich, drehte sich um und sah Berning. Die beiden Männer standen nur wenige Meter voneinander entfernt. Der Russe war ein großer und kräftiger Kerl. Blutsprenkler und Dreck bedeckten sein Gesicht; darunter verbargen sich blaue Augen und blonde Haare.

Berning war nicht fähig, sich zu rühren, gleichwohl erkannte er, dass sein Gegenüber die Arme anspannte und das Gewehr fester umfasste. Dann plötzlich ließ der Russe seine Waffe fallen und hob die Hände. Berning bebte. Dieser Mann hatte Rudi ermordet!

Mörder!, schoss es dem Unteroffizier durch den Kopf. *Mörder! Verfluchter Mörder!*

Berning zitterte am ganzen Leib. Voller Entschlossenheit fasste er seinen Karabiner neu, umfasste das Holz fester.

Berning kniff die Augen zusammen und fokussierte den Russen. Der blickte mit leeren Augen und erschöpfter Miene zurück. Bernings Arme krampften, während sich langsam sein Gewehr hob – ganz wie von selbst.

Mörder!, hallte es im Kopf des Unteroffiziers nach.

Mit einem Mal stand Pappendorf mit fünf Soldaten des Zugs hinter Berning und dem Russen.

»Berning!«

Der Russe drehte sich um und zeigte mit einer Nickbewegung seines Kopfes auf seine in die Höhe gestreckten Hände. Das Feuer und der Kampflärm waren währenddessen weitestgehend abgeklungen, indes flüchteten die verbliebenen russischen Angriffskräfte zurück in ihren Wald. Der Angriff war abgewehrt.

»Gut gemacht, Unteroffizier!«, staunte Pappendorf. »Sie haben einen Gefangenen aufgebracht.«

Berning bebte und ließ seinen Karabiner wieder sinken.

Belp, Schweiz, 08.05.1943

Tatsächlich war alles nach Taylors Vorstellungen verlaufen. Noch am Abend hatte Luise wie versprochen das Fahrrad bei der Wohnung der Abwehr abgeliefert, die Thomas in Bern bewohnte. Aufgebrezelt und hochgetakelt mit Schminke und Lippenstift, und ihren kurvenreichen Körper in ein rotes Kleid gehüllt, hatte sie vor seiner Tür gestanden, und das, obwohl sie den ganzen Tag über in Bern gearbeitet hatte, während sich ihre Wohnung und somit auch ihr Kleiderschrank in Belp befanden. Unsicher und stets mit einem verlegenen Lächeln auf den Lippen hatte sie ihn begrüßt und sich nochmals umfänglich bedankt. Und dann hatte sie ihn zögernd und stotternd gefragt – Thomas gefiel es, wie schüchtern sie war –, ob sie beide nicht am nächsten Tag auf einen Kaffee und Spaziergang im schönen Belp zusammenkommen könnten. Auch wenn es sich für eine Dame nicht zieme, das wisse sie selbst, würde sie ihn gerne auf den Kaffee einladen, um noch einmal ihren Dank auszudrücken.

Taylor hatte bloß gelächelt und selbstredend zugesagt. Er hatte auch noch einmal die von der Abwehr vorgefertigte Biografie Aaron Sterns weiter angepasst, denn die Meisterspione hatten einen nicht unwesentlichen Umstand außer Acht gelassen: Thomas war nicht beschnitten.

Damit später keine Fragen aufkamen, lautete Sterns neue Geschichte: Mutter starb bei der Geburt, Vater war im Krieg gefallen. Somit wuchs er in einem Waisenhaus auf, ergo keine Beschneidung, keine Bar Mitzwa und so weiter. Einfache Sache.

*

Die Sonne des Nachmittags musste sich durch dicke Wolken kämpfen, und so war es zwar sehr schwül, aber nicht heiß. Die Erde und die Flora knarzten unter dem Klima, das ihnen seit Wochen jeden Regentropfen vorenthielt.

Das Gras war vielerorts bereits gelb verfärbt und in der Sonne verbrannt, während Tümpel langsam austrockneten und zu Sümpfen wurden.

Thomas und Luise hatten den Kaffee hinter sich gebracht und spazierten nun außerhalb von Belp einen Feldweg entlang, der neben einem Nadelwald verlief.

Im Hintergrund erhob sich das Land über die Ortschaft, die aus einer Ansammlung gemütlicher Steinhäuser bestand. Einzelne Gehöfte klebten im naturbelassenen Umland.

Thomas und Luise hatten über alles Mögliche geplaudert, ohne groß über Oberflächlichkeiten hinauszukommen. Sie hatte ihm erzählt, dass sie zwar in der Schweiz lebe, aber ebenso britische Wurzeln habe.

Ihr Vater war ein hoher Offizier in den British Armed Forces und derzeit irgendwo in Afrika unterwegs. Ihre Mutter, eine Schweizerin, war bei der Geburt von Luises Schwester Stella verstorben. Luises Arbeitsstelle war die einer Sekretärin im britischen Konsulat in Bern.

Das waren alles Informationen, die Taylor längst bekannt waren, was er sich natürlich nicht anmerken ließ. Stattdessen erzählte er ihr von seiner vermeintlichen Herkunft aus einem kleinen Dorf in der Nähe von Inverness, Schottland. Er sagte ihr, er arbeite für eine britische Handelsgesellschaft, was ihn vor einem Monat in die Schweiz geführt habe, wo er nun einige Jahre verbringen wolle.

Diese Biografie umschiffte clever den Umstand, dass die jüdischen Gemeinden in der Regel gut vernetzt waren und es somit zu Problemen kommen könnte, wenn niemand in Bern je von einem Aaron Stern gehört hatte.

Überdies hatte er sich als liberaler Jude präsentiert, der es mit der Religion nicht so genau nahm, denn erstens hätte Thomas innerhalb der Kürze der Zeit niemals all die Riten und Besonderheiten einer so umfangreichen Kultur verinnerlichen können, und zweitens galt auch Luises Familie in Bezug auf die Religiosität als eher freisinnig eingestellt. Da spielte ihm auch die Waisengeschichte in die Karten, wodurch Thomas glaubhaft machen konnte, dass er nie eine jüdische Erziehung erhalten hatte.

Luise hatte im Laufe des Tages ein wenig ihrer Verlegenheit eingebüßt, war aber weiterhin vorsichtig und langsam herantastend wie ein Mäuschen. Thomas gefiel ihre Art wirklich sehr. Sie war freundlich, höflich, wusste sich zu benehmen, war überdies bildhübsch und erregte ihn auch körperlich.

Nun gingen beide, seit Minuten schon in Schweigen gehüllt, Seite an Seite nebeneinanderher und zogen an frisch angesteckten Zigaretten, während sie einen dichten Wald betraten. Luise war plötzlich ganz ernst geworden und blickte mit schmalen Lippen und zusammengekniffenen Augen zu Boden.

»Aaron?«, brach sie das Schweigen. Beide hatten sich darauf geeinigt, sich weiterhin auf Deutsch zu verständigen, obwohl beide auch des Englischen mächtig waren. Luise fühlte sich in ihrer ersten Muttersprache einfach wohler.

»Ja?«

»Macht dir die aktuelle Situation in Europa nicht auch Angst?«

»Nein. Wieso?« Kaum hatte Thomas diese Worte ausgesprochen, biss er sich auf die Lippe und zuckte zusammen. Er musste endlich anfangen, auch wie ein Jude zu denken! Und wie konnten die Juden nur keine Angst haben, angesichts der antisemitischen Stimmung in Deutschland und Italien, ja sogar in der Sowjetunion und in Teilen Frankreichs? Er musste vorsichtiger sein!

»Ich meine die Situation im Deutschen Reich und in Italien«, sagte sie und blickte ihn mit großen Augen an.

»Ja, ich verstehe«, erwiderte er kleinlaut. »Aber Hitler gibt es nicht mehr und seitdem ist Vieles anders.«

»Nein, das glaube ich nicht. Das ist bloß deutsche Propaganda! Wären dieser Halder und seine Generäle wirklich so rechtschaffen, wie sie von sich behaupten, dann hätten sie diesen unsäglichen Krieg längst beendet. Schließlich haben die Deutschen auch angefangen! Sie haben ihre Nachbarn überfallen und jetzt sagen sie plötzlich, sie wollen nichts mehr mit den Nazis zu tun haben? Warum ziehen sie dann nicht ihre Truppen aus Russland und Frankreich ab, wo sie unrechtmäßig fremdes Territorium besetzen?«

»Das kann ich dir nicht sagen.«

»Ich kann es dir aber sagen: weil in der neuen Regierung dieselben Nazis sitzen, bloß mit anderen Namen.« Darauf schwieg Thomas; was sollte er auch sagen? Schließlich konnte er nicht groß anfangen, sein Land zu verteidigen.

»Aber immerhin soll es den Juden jetzt besser gehen, habe ich gehört«, warf er schließlich ein.

Offenkundig – und wohl auch verständlich – traf er damit einen wunden Punkt bei Luise, die sich in einer Mischung aus Wut und Angst nun in Rage redete: »Papperlapapp! Mein Papi unterhält einige Verbindungen ins besetzte Europa. Er hat von jüdischen Familien gehört, die unter Lebensgefahr von tapferen Niederländern und Franzosen vor den Deutschen versteckt werden müssen, weil diese sie in Arbeitslager deportieren wollten. Hast du dir nie Gedanken darüber gemacht, wo man die Juden hinbringt?«

Thomas zuckte mit den Schultern und sagte nachdenklich: »Ich schätze mal, man hat sie ausgegliedert und in jüdischen Siedlungen im Osten untergebracht, damit sie dort in Ruhe leben können.«

Er war sich unsicher, ob ein Jude, der durch den europäischen Antisemitismus und die Ereignisse in Hitlers Deutschland geprägt worden war, wirklich so antworten würde, doch Luise schien keinen Verdacht zu schöpfen.

Viel zu sehr war sie damit beschäftigt, ihre Gefühle im Zaum zu halten, während sie fortfuhr: »Das erzählen die, ja. Aber das glaube ich nicht. Wo sollen diese Siedlungen sein? Wo im Osten? Da ist doch bloß die Front und davor das besetzte Russland, wo auch niemand Juden haben will. Und ich glaube nicht, dass die Deutschen ganze russische Landstriche räumen, um uns dort anzusiedeln. Die sind viel zu sehr mit ihrem Krieg beschäftigt!«

Luises Worte brachten Taylor tatsächlich ins Grübeln. Erst jetzt fiel ihm auf, dass er die Parole, die Juden würden in den Osten umgesiedelt werden, stets für bare Münze genommen hatte, ohne die Sache zu hinterfragen. Dabei hatte Luise im Grunde recht.

»Mein Vater weiß noch mehr, das habe ich ihm angesehen, aber er will mir nichts weiter erzählen.« Luise bebte förmlich. »Seit Anfang des Jahres kehren wohl einige Juden nach Deutschland zurück. Aber ihre Sachen sind weg und in ihren Häusern wohnen plötzlich fremde Menschen. Sie bekommen ein paar Reichsmark in die Hand gedrückt und damit können sie schauen, wie sie zurechtkommen! Und das ist nicht alles, denn viele sind bisher eben nicht zurückgekehrt und viele der Zurückgekehrten sind völlig verstört.«

»Das habe ich in der Tat nicht gewusst. Das … das ist wirklich beängstigend.«

»Ja, ich könnte bloß weinen, wenn ich daran denke. Warum tut man Menschen so etwas an? Warum?« Sie schwieg einen Moment und ließ ihre Worte wirken, dann fuhr sie fort: »Die größte Frechheit und Sauerei, die die Deutschen sich geleistet haben, habe ich dir aber noch gar nicht erzählt.«

»Was denn?« Taylor hätte das Gespräch am liebsten auf der Stelle beendet, doch er musste nachfragen, um in seiner Rolle zu bleiben.

»Die jüdischen Männer, die aus den sogenannten Arbeitslagern heimkehren, werden sofort von der deutschen Armee eingezogen für den Krieg der Deutschen! Erst nimmt man ihnen alles und entwurzelt sie und dann sollen sie plötzlich für die, die ihnen das alles angetan haben, in die Schlacht ziehen? Das ist eine ungehobelte Respektlosigkeit, wie sie nur von Deutschen stammen kann. So etwas erschüttert mich bis ins Mark!« Und plötzlich brach sie in sich zusammen, während ihr Tränen über die Wangen liefen. Thomas war sofort zur Stelle und schloss sie in seine Arme.

»Ach Aaron«, weinte sie, »warum muss die Welt so grausam sein?« Er wusste es nicht – er wusste es aufrichtig nicht und schüttelte daher nur den Kopf, während seine warmen Hände über ihren Schopf streichelten und Luise sich langsam beruhigte.

»Es wird alles gut«, sagte er schließlich.

»Wird es das wirklich?« Sarkasmus schwang in ihrer Stimme mit, während sie aufblickte und Thomas aus ihren großen, tiefblauen Augen anschaute.

»Natürlich wird es das.«

»Ich wünschte, ich hätte deine Zuversicht.«

»Was soll schon passieren?«

»Die Schweiz ist umzingelt von den Faschisten! Ich habe einfach Angst, Aaron. Ich habe einfach Angst.« Sie drückte sich fest an ihn und weinte erneut.

Thomas spürte, wie ihr Griff sich in ihm verfing und sie ihr Körpergewicht gegen das seine verlagerte. Sie stützte sich nun gänzlich gegen ihn und vertraute darauf, dass er sie festhielt. Thomas gefiel das.

Innerlich jedoch war er von Zweifeln ergriffen. Erstmals nagte etwas — noch mehr eine Ahnung als eine wirkliche Gewissheit – an seinem Vertrauen, dass das Deutsche Reich kompromisslos auf der richtigen Seite stand.

Südlich von Kursk, Sowjetunion, 10.05.1943

Heeresgruppe Süd – Zwei Kilometer südlich von Kursk

Kursk war genommen und lag nun einmal mehr in deutscher Hand. Die Heeresgruppe Süd hatte die Stadt bereits am Vortage übernommen, nachdem sich die russischen Truppen fast kampflos in Richtung Westen und somit in den sich schließenden Kessel abgesetzt hatten. Engelmann schmeckte der Sieg allerdings nicht so richtig.

Warum nur sind die Russen in den Kessel geflohen statt in Richtung Osten?, überlegte er und konnte sich keinen Reim darauf machen, während er aus der Kommandantenluke seines Panzers auf die Südausläufer der Stadt blickte. Ein schmaler Fluss – die Seim – zog sich durchs Gelände, während kaum ausgebaute Straßen ins Zentrum von Kursk führten. Am Horizont standen bereits die Gebäude der äußersten südlichen Stadtviertel, die zwischen zahlreichen Baumkronen in die Höhe ragten. Die Gebäude, die Engelmann sehen konnte, waren gebeutelt vom Krieg. Fenster waren aus den Ruinen herausgesprengt und viele Häuser waren zum Teil oder ganz eingestürzt. In der Früh erst war Engelmann zur Lagebesprechung beim Regimentsgefechtsstand in der Stadt gewesen. Tatsächlich lebten noch überall zwischen den Ruinen Zivilisten, meist alte Männer, Frauen und Kinder, die dreckig waren, stanken und im Schutt nach Nahrung und nützlichen Gegenständen suchten. Diese Menschen waren vom Krieg gezeichnet. Die Angst stand ihnen angesichts ihrer neuen, alten Besatzer in den Augen, denn beim letzten Mal, als die Deutschen gekommen waren, waren ihnen die Greifkommandos gefolgt, die Tausende erschossen hatten.

Sie konnten nicht wissen, dass es diese Greifkommandos nicht mehr gab, und selbst wenn sie es gewusst hätten, ihre erlebten Erfahrungen reichten aus, die feldgraue Uniform auf Lebzeiten zu fürchten.

Mit der Schlacht von Prochorowka, der Einnahme von Obojan sowie der Sicherung der dort befindlichen wichtigen Brücke über den Psjol war der sowjetische Widerstand tatsächlich gebrochen worden, sodass sich der weitere Vormarsch eher als ein Durchmarsch gestaltet hatte.

So kam es dann auch, dass Engelmanns Zug ohne weitere Verluste seinen neuen Bereitstellungsraum südlich von Kursk erreicht hatte, während die Vereinigung mit der Heeresgruppe Mitte für die kommende Nacht erwartet wurde. Damit wären mehrere russische Armeen eingekesselt und stünden unmittelbar vor der Vernichtung.

In der Ferne fielen plötzlich drei Schüsse, die lange nachhallten. Umgehend danach kehrte wieder Ruhe ein, begleitet vom Konzert der Singvögel. Noch gab es einzelne Widerstandsnester in Kursk, doch die letzten Verteidiger standen auf verlorenem Posten.

Engelmann blickte gespannt ins Vorgelände, während der Rest seiner Besatzung beim Panzer hockte und aß oder schlief. Sie hatten nach der Mittagsverpflegung bereits die Ketten neu gespannt, Treibstoff und Munition aufgefüllt sowie alle Kampfwagen des Zuges gegen Fliegerangriffe getarnt.

Nun war nichts weiter zu tun, als auf neue Befehle zu warten – und genau diese möglichen neuen Befehle bereiteten Engelmann Sorgen. Er genoss die angenehme Wärme im Schatten seines Panzers und grübelte über die aktuelle Lage nach.

Seit dem Morgen stand fest, dass sich von Manstein, seines Zeichens Oberbefehlshaber Ost, trotz der abgenutzten und erschöpften deutschen Angriffskräfte für die Umsetzung der zweiten Phase von Operation *Zitadelle* entschieden hatte: der Vorstoß in die Tiefe des Raumes mit dem Ziel Kastornoje.

Engelmann hielt das für einen großen Fehler, denn dafür erschienen ihm die Kräfte zu verbraucht. Die 16. Panzer-Division verfügte nur noch über 55 Prozent ihres Solls an Panzern und die Schwere Panzerabteilung, die Engelmanns Zug bis nach Kursk begleitet hatte, zählte noch 15 einsatzbereite Tiger. Dieses Bild war exemplarisch für viele im Bogen eingesetzte Verbände.

Sicher, Engelmann konnte auch die Gegenargumentation nachvollziehen: Die sowjetischen Kräfte im Osten befanden sich auf der Flucht und mussten von ihren Befehlshabern erst mühsam zur Verteidigung organisiert werden. Darüber hinaus existierten auf dem Weg nach Kastornoje keinerlei tief gestaffelten Verteidigungslinien wie noch im Frontbogen von Kursk, durch die sich die deutschen Truppen erst durchbeißen müssten. Jedenfalls existierten diese Verteidigungslinien *noch* nicht.

Von Manstein, Paulus und von Kluge argumentierten daher: Würden sie den Angriffsschwung nicht nutzen, würden sie dem Russen Zeit geben, Reserven heranzuführen und sich erneut einzugraben. Dann müssten sie sich in einem Jahr erneut durch 30 Kilometer Verteidigungssysteme fressen. Doch Engelmann blieb bei seinem Standpunkt: Die verfügbaren Kräfte waren zu ausgezehrt.

Die Herren Generalfeldmarschälle sollten sich seiner Meinung nach lieber an der Realität orientieren, anstatt an ihrem Wunschdenken, denn zu mehr als zum Sturm auf den Kursker Bogen war die Wehrmacht seiner Ansicht nach zurzeit nicht in der Lage. Noch befanden sich mehrere russische Armeen im Kessel – und auch wenn sie umzingelt waren, waren sie doch noch nicht geschlagen. Zudem hatten sie durch die bisherigen Vorstöße die Front begradigt und konnten dadurch signifikante Verteidigungskräfte einsparen, während ein geglückter Vorstoß bis nach Kastornoje einmal mehr die Linien auseinanderziehen würde. Doch der Vorstoß würde unternommen werden.

Dazu wurden zur Stunde die kampfkräftigsten Verbände aus der Sicherung gezogen und um Kursk versammelt, ebenso stießen mehrere Reservekorps hinzu, um bereits im Morgengrauen mit dem Angriff zu beginnen.

Das Panzer-Regiment 2 jedoch und all die anderen Einheiten, die quasi klinisch halbtot waren, würden die Sicherung des Kessels gewährleisten. Das war eine lausige Lebensversicherung für die Angriffskräfte, fand Engelmann. Aber wer hörte schon auf einen kleinen Leutnant?

Engelmann kletterte aus seiner Kuppel und sprang von der Wanne auf den weichen Untergrund. Ganz langsam senkte sich die Sonne dem Horizont entgegen; die Vögel zwitscherten und die Insekten surrten. Wenigstens die Tierwelt schien keinen Anteil am Krieg zu nehmen und tat, was sie sonst auch tat. Der ewige Kampf ums Überleben, der Kampf ums Fressen und Gefressenwerden, tobte tagtäglich auf den Feldern und in den Wäldern, ohne dass jemand daran Anstoß nahm.

Vielleicht, dachte Engelmann, *vielleicht muss die Menschheit begreifen, dass der Krieg kein abscheuliches Übel ist, sondern schlicht die Natur der Menschheit. Vielleicht ist der Krieg die natürliche Art des Menschen, am Fressen-und-gefressen-werden-Spiel teilzuhaben?*

Doch er schüttelte solche Gedanken rasch ab. Ob natürlich oder nicht, Engelmann wollte, dass dieser Krieg endlich endete und danach niemals wieder ein neuer entbrennen würde. Er wünschte sich zumindest für seine Tochter, dass sie in einer Welt ohne Krieg aufwachsen konnte.

Kinderlärm aus weiter Ferne drang an sein Ohr. Engelmann blickte sich um und erkannte am Ufer der Seim russische Jungen beim Raufen und Plantschen im Wasser.

Nein, Engelmann wünschte sich nicht bloß ein Leben ohne Krieg für seine Tochter. Er wünschte sich das für alle Kinder. Wieder seufzte er, dann wandte er sich ab. Es schmerzte ihn, die Kinder beim Spielen zu beobachten, denn das erinnerte ihn daran, was er bei seiner eigenen Tochter verpasste.

Krabbelte sie schon? Im Grunde wusste er nichts über Gudrun, außer dem, was seine Frau ihm schrieb. Das tat wahrlich weh.

Während sich der Leutnant in solchen Gedanken verlor und dabei die Ruhe der Szenerie genoss, kraxelte Born plötzlich mit seinem Buch in der Hand unter dem Panzer hervor und schüttelte sich.

Dann steuerte er eine alte Tanne in der Nähe an und setzte sich in ihrem Schatten auf den Boden. Schon war er wieder in sein Buch vertieft.

Engelmann näherte sich dem Ladeschützen und blickte auf den Bucheinband. Noch immer las Born »Befreite Welt«.

»Und, ist es gut?«, wollte der Leutnant wissen. Born nickte. »Jawohl, Herr Leutnant.«

»Geht es wieder um Marsianer?«

Born schüttelte den Kopf, dann legte er das Buch beiseite.

»Es geht um neue Bomben von unvorstellbarer Zerstörungskraft, die im Krieg zum Einsatz kommen.«

»In etwa wie eine 2.000-Kilo-Bombe?«

»Nein, viel schlimmer. In dem Buch reicht eine einzige Bombe, um eine ganze Stadt auszulöschen. Die heißen hier Atombomben.«

Engelmann lächelte freundlich: »Na, dann lassen Sie uns froh sein, dass es solche Dinger bloß in Büchern gibt.«

Nördlich von Kursk, Sowjetunion, 11.05.1943

Heeresgruppe Mitte – Ein Kilometer nördlich von Kursk

Und für das Kaff der ganze Aufriss?, dachte Unteroffizier Berning, als seine Einheit die Nordausläufer von Kursk erreichte. Wahrlich, die Stadt war mit über 100.000 Einwohnern – zumindest vor dem Krieg – alles andere als ein Kuhdorf und hatte überdies auch einen recht ansehnlichen Industriepark aufzuweisen, doch die 1. Aufklärungs-Schwadron der Schnellen Abteilung 253 hatte gerade erst den sehr ländlichen Rand der Stadt erreicht und bewegte sich nun gemächlich, in langen Reihen der Straße folgend, auf das Zentrum zu. Einzelne Gebäude, zumeist Wohnhäuser mit schwarzen Dächern, dominierten das Bild; die Landschaft dazwischen bestand aus Feldern, Bäumen und Koppeln. Von der Großstadt Kursk war von diesem Randbezirk aus tatsächlich noch nichts zu sehen. Einige wenige Löcher in den Wänden der Gebäude und Hülsen am Straßenrand deuteten auf die wenigen Kämpfe hin, die in den Vortagen um Kursk stattgefunden hatten. An einer Stelle passierte Berning eine große, in die Straße eingesickerte Blutlache.

Doch Berning nahm seine Umgebung nur am Rande wahr, denn noch immer ließen ihn die zurückliegenden Ereignisse nicht los. Nachts träumte er von Bongartz, wie dieser am Rande eines Fußballplatzes stand und ein Spiel seiner Mannschaft verfolgte. Dann fluteten grausame Anschuldigungen seinen Geist, die schließlich in einem Gerichtsprozess mündeten. Dort waren Pappendorf, der blau angelaufene Bongartz und Hege als Zeugen geladen, die in aller Ausführlichkeit die Unfähigkeit und Inkompetenz des Unteroffiziers Berning darlegten. Das Urteil verkündete Generalfeldmarschall Erich von Manstein höchstpersönlich. Der hohe Offizier sprach Berning der Unkameradschaftlichkeit, der unterlassenen Hilfeleistung, der Feigheit vor dem Feind, der Unfähigkeit, Soldaten zu führen und der Unfähigkeit, ein Soldat zu sein, schuldig, während im Publikum sein Vater, der stolze Postbeamte aus Österreich, seine Mutter sowie Gretel vor Scham das Haupt senkten. Anschließend riss man Berning seine Schulterklappen herunter, steckte ihn in eine sowjetische Uniform und pferchte ihn zu den Kriegsgefangenen, mit denen er bis zum Ende des Krieges Panzergräben ausheben musste. Berning fühlte sich einfach fehl am Platze. Jeder hier hatte ihm mehr als einmal aufgezeigt, dass er nicht in diese Armee gehörte … ja, dass er nicht einmal in diese Welt zu gehören schien.

Pappendorf kreiste wie ein Satellit um seinen Zug, der gespenstig klein geworden war. Gerade einmal neun Mann plus der Unterfeldwebel hatten das Unternehmen *Zitadelle* überstanden. Auch für die Schnelle Abteilung 253 galt: Aus Kompanien waren Züge geworden, aus Zügen Gruppen, und die ursprünglichen Gruppen hatten sich meist komplett aufgelöst. Wenigstens würde es für die Abteilung erst einmal nicht weiter vorwärtsgehen. Die nächsten Tage, vielleicht sogar Wochen, würde die Einheit in Kursk verbleiben.

»Unteroffizier Berning!«, keifte Pappendorf. Der 2. Zug würde sich wahrlich nicht ausruhen, solange dieser Unterfeldwebel existierte. Umgehend bewegte sich Berning im Laufschritt auf seinen Zugführer zu, blieb stehen und schob sich den Helm, der ihm ins Gesicht geglitten war, nach hinten.

»Hier, Herr Unterfeldwebel.«

»Wir erreichen in 500 Meter unseren Bestimmungsort. Sie jetzt vor zum Kompanietrupp, unseren Verfügungsraum erfragen, dann dort Stellung beziehen und den Zug aufnehmen.«

»Jawohl, Herr Unterfeldwebel«, sagte er und wiederholte den Befehl.

»Laufschritt, Unteroffizier!«

Berning machte sich auf, schnellte an der Spitze des dezimierten Zugs vorüber und anschließend an den Männern des 1. Zugs vorbei. Wieder und wieder glitt ihm beim Laufen der Helm ins Gesicht, den er sich jedes Mal zurück in den Nacken schob. Jedes Mal, wenn dies geschah, wurde er noch ein bisschen wütender.

Warum wieder ich?, kreisten die Gedanken in seinem Kopf. *So etwas kann verdammt noch mal auch ein Landser erledigen! Warum immer ich?*

Mit solchen Gedanken sprintete er an weiteren Kameraden vorbei, die mit rußverschmiertem Gesicht die Straße entlangtrotteten.

Unteroffizier Berning hatte die Nase voll – gestrichen voll.

Ploskino, Sowjetunion, 12.05.1943

Kurskfront »Im Kessel« – 30 Kilometer westlich von Kursk

Der Tag gereichte allmählich zum Abend, als General-Polkownik Sidorenko die Befehlsausgabe an seine Armeekommandeure beendete. Die höchsten russischen Offiziere im Kursker Kessel umringten ihn mit ernster Miene, doch nun nickten sie zustimmend und flüsterten leise »da«. Ein harter Brocken lag vor ihnen, doch tatsächlich, die Kommandeure mussten zugeben, Sidorenko – an den längst nicht alle geglaubt hatten – hatte nicht nur einen hervorragenden Einsatzplan ausgearbeitet, sondern es darüber hinaus auch noch fertiggebracht, mitten in den Gefechten um Olchowatka und Prochorowka große Absetzbewegungen ganzer Verbände zu organisieren und durchzuführen, ohne dass die Deutschen davon Wind bekommen hatten. Nun waren die Faschisten drauf und dran, ihre jämmerliche Reststreitmacht zusammenzuziehen, um die flüchtende Rote Armee gen Osten zu verfolgen. Was sie zur Sicherung in Kursk und entlang der Ostfrontlinie des Kessels zurückließen, war ein lachhafter Haufen abgekämpfter Verbände. Es passte ganz ins Bild deutscher Arroganz zu glauben, feindliche Truppen in einem Kessel wären in dem Augenblick besiegt, indem der Kessel geschlossen war.

»Pah! Woobraschajuc 'hii sbrod!«, spuckte Sidorenko lautstark aus, nachdem er die Kommandeure zu ihren Einheiten zurückgeschickt hatte. *Von sich selbst eingenommenes Pack!* Er würde den Nazis eine Lehre erteilen! Für ihn konnte es nur noch ein Ziel in diesem Krieg geben: Deutsche umbringen – so viele wie möglich, und dann durch die deutschen Verteidigungslinien brechen. Sidorenko freute sich bereits auf den Moment, wenn er endlich auf deutschem Boden kämpfen würde. Dann würde er diesem Volk das zurückzahlen, was die Faschisten seiner Nation angetan hatten. Gewalt und Gegengewalt.

Wenn die selbsternannte Herrenrasse wirklich glaubte, sie hätte ein Anrecht darauf, dieses Land zu besetzen, würde er sie eines Besseren belehren! Zugleich würde er den Stawka belehren, den treuen Towarisch Sidorenko so schnell nicht abzuschreiben.

Am Himmel röhrte mit gleichmäßigem Ton ein deutscher Aufklärer, doch zwischen dem Flieger und Sidorenkos Gefechtsstand lag ein dickes Blätterdach. Überdies waren um ihn herum auf den Feldern Bauern mit Kühen unterwegs, um die Tarnung perfekt zu machen, so wie die Russen in den letzten

Tagen auch viele Anstrengungen darauf verwendet hatten, ihre Angriffskräfte vor neugierigen Augen zu verbergen.

Sidorenko drehte sich wieder um und betrachtete den Sandkasten, den er auf dem Boden angelegt hatte – dieses Prinzip der Ausbildung hatte er damals in Kama von deutschen Offizieren gelernt. Er musste grinsen. Dort im Sandkasten hatte Sidorenko etwas anderes dargestellt, was er ebenfalls – wenn auch erst kürzlich – von den Deutschen gelernt hatte: den Panzerkeil. Wie gesagt, er hatte noch einige Asse im Ärmel. Und er war ein guter Pokerspieler ...

Birsfelden, Schweiz, 14.05.1943

Zu Taylors nicht ausschließlich dienstlich motivierter Freude waren die letzten Tage von weiteren Treffen mit der wundervollen Luise geprägt gewesen. Er spürte seit der innigen Umarmung in Belp und ihren Tränen über die Situation der Juden in Europa eine tiefergehende Verbindung zu ihr, die ihn nachts nicht schlafen ließ. Bei jedem Gedanken an sie und vor allem unmittelbar vor einem Treffen verspürte er heftige, aber schöne Stiche in seinem Magen. Er fühlte in ihrer Nähe eine Aufregung, die er nie zuvor gespürt hatte – es war nicht zu vergleichen mit dem Adrenalinausstoß in einem Gefecht. In Luises Gegenwart spürte er eine wohlige, schöne Nervosität, der er sich gerne hingab. In jenen Momenten, die er hingegen allein verbrachte, konnte er gedanklich nicht mehr von ihr lassen.

Dann malte er sich aus, wie der erste Kuss sein würde und der erste Sex mit ihr, und er hoffte, dass solche Gedanken nicht bloß Wunschträume blieben. Doch auch in Luise schien die Zuneigung gegenüber Thomas stetig zu wachsen, anders konnte er sich jedenfalls nicht erklären, dass sie am Sonntag sogar ein Treffen mit ihrer heißgeliebten Schwester Stella abgesagt hatte, nur um ihn zu sehen, und die Woche über mit Ausnahme des Mittwochs jeden Abend nach der Arbeit vor seiner Türe stand. Und ja, er hatte oft darüber nachgedacht, ob das wirklich Zeichen ihrer Zuneigung waren oder ob er es doch falsch deutete. In den Augenblicken, in denen er allein war, spielte er im Geist jedes erdenkliche Szenario durch, und auch wenn er stets zu einem zufriedenstellenden Ergebnis gelangte – nämlich dem, dass er und sie ein Paar werden würden –, nagten doch stechende Zweifel an ihm. War das Liebe, was er da spürte? War Thomas vielleicht verliebt, so durfte er diese Gefühle keineswegs zulassen, sondern musste sich auf seine Pflicht konzentrieren. Dies stand für ihn fest. Ein Leben mit Luise war schon allein deshalb eine Illusion, da sie nicht einmal seinen Namen kannte. Auch solche Gedanken hatten ihn oft beschäftigt, doch in den Stunden, die er mit ihr verbrachte, gab es nur eines: sie.

An diesem Tag musste Luise nicht arbeiten und so waren beide früh aufgebrochen, um die Stadt Basel zu erkunden. Aaron Stern war schließlich erst seit Kurzem in der Schweiz und hatte noch fast nichts von dem Land gesehen, während Luise wie eine Reiseführerin zu jeder Stadt, zu jedem Ort und zu jedem Bauwerk etwas zu sagen vermochte. Thomas war beeindruckt.

Den ganzen Vormittag über hatte Luise Taylor durch Basel geschleift und ihm all die Sehenswürdigkeiten der Stadt vorgestellt: die Baseler Synagoge, das Spalen-Tor und natürlich das Wahrzeichen der Stadt, das Baseler Münster. Taylor war allerdings auch nicht entgangen, dass das schweizerische Militär überall in der Grenzstadt präsent war.

Mittags hatten sie sich in einer Wirtschaft niedergelassen, Brot und Kartoffeln in flüssigen Käse getunkt und dazu Bier und Wein getrunken. Anschließend waren sie weitergefahren ins benachbarte Birsfelden, ein verschlafenes Dorf an der Birs, um der Hektik der Großstadt zu entfliehen und den Tag gemütlich ausklingen zu lassen.

Taylor musste grinsen, denn Luise war der Wein vom Mittagstisch, obwohl der nun schon eine ganze Zeit zurücklag, sichtlich zu Kopf gestiegen. Sie lachte wieder und wieder, prustete bei jeder Kleinigkeit los und neckte Thomas, wo es nur ging. Vielleicht aber war sie auch einfach nur glücklich?

Nun entfernten sich beide von Birsfelden, wandelten über eine steinerne Brücke, die über den Fluss ragte, und folgten der Straße bis in ein weites Waldgebiet hinein, während sie genussvoll an Zigaretten zogen und immer wieder in heiteres Gelächter verfielen.

»Ich kann nicht mehr«, sagte Luise schließlich und lachte los. »Meine Füße bringen mich um.« Umgehend ließ sie sich am Straßenrand ins Gras fallen und grinste. Thomas setzte sich neben sie und beide blickten sich an.

»Zumindest zurück bis zum Auto solltest du es noch schaffen«, bemerkte er. Ihre Augen ließen einander nicht mehr los, während sich ihre Körper bereits berührten. Thomas legte seine Hand um ihre Taille und streichelte sie sanft.

»Ich wette, du trägst mich, wenn ich das will«, erwiderte sie und biss sich auf die Unterlippe, während ihr Blick ihm eine Einladung schickte. Ihre Gesichter kamen einander näher.

»Ich würde dich überallhin tragen«, hauchte er mehr, als dass er es aussprach, dann trafen sich ihre Lippen. Sie küssten sich, leidenschaftlich und lang. Luise beugte sich vor und schlang beide Arme um Taylors Körper. Ihre Leiber rückten immer näher zusammen. Er spürte ihre Körperwärme, die angenehm auf ihn abstrahlte, während sie ihn enger zu sich heranzog. Dann berührten sich ihre Zungen. Luise hielt ihre Augen geschlossen und genoss den Moment. Thomas' Hand streichelte weiter ihre Taille, dann ihren Bauch.

Sie stöhnte freudig auf und ließ nicht von seinen Lippen ab. Langsam wanderte Thomas Hand nach oben, bis sie schließlich eine Auswölbung erfasste. Sofort stieß Luise ihn von sich und sprang auf.

»Was glaubst du, was du da machst, Aaron?«, geiferte sie ihn an.

»... Ich ...« Taylor machte große Augen und wusste nicht, was er sagen sollte.

»Ich bin nicht so eine!«, brüllte sie, fuhr herum und stapfte davon.

»Luise!« Er rief ihr noch hinterher, doch sie reagierte nicht mehr und war eine Minute später bereits hinter der Biegung der Straße verschwunden.

»Fuck«, stöhnte Thomas und ließ sich ins Gras fallen. Hatte er alles versaut?

Westlich von Kursk, Sowjetunion, 16.05.1943

Heeresgruppe Süd – Zwei Kilometer westlich von Kursk

Der Angriff in die Tiefe des östlichen Raums verlief schleppend trotz geringen russischen Widerstands. Die 6. Armee beteiligte sich jedoch nicht an dieser zweiten Phase der Operation, sondern war mit der Sicherung der rückwärtigen Linien betraut worden. Dazu waren die noch ausreichend starken Verbände wie die Panzergrenadier-Regimenter 64 und 79 ausgegliedert und der 2. Panzer-Armee zugeteilt worden, während die besonders abgekämpften Einheiten wie die 253. Infanterie-Division nun der 6. Armee unterstellt waren.

Leutnant Engelmann lag mit seinen Panzern in einem kleinen Waldstück westlich der Stadt versteckt. Das Regiment hatte seinen Verfügungsraum deutlich hinter der Hauptkampflinie, um dem gesamten Kesselfrontabschnitt als »Feuerwehr« dienen zu können. Die ersten Sonnenstrahlen berührten die Erde, doch aus westlicher Richtung donnerte bereits Geschützfeuer herüber. Seit 20 Minuten standen dort die Männer der Schützen-Brigade 16 im Gefecht mit massierten sowjetischen Kräften. Engelmann hatte bereits seinen Zug in Alarmbereitschaft versetzt.

Mit zusammengekniffenen Augen blickte er nun aus der Kommandantenluke seines Panzers ins Vorgelände, wo Blitze über den Himmel fegten. Die ersten Funksprüche klangen nicht gut, denn offenbar blies der Feind zum Ausbruch aus dem Kessel. Leutnant Engelmann bereitete sich innerlich darauf vor, jeden Moment den Befehl zum Gegenstoß zu erhalten. Er spürte wieder diese ungemütliche Aufregung, die ihn im Angesicht einer bevorstehenden Schlacht stets einholte. Er kramte die rote Dose aus seiner Brusttasche und steckte sich ein Stück Schokolade in den Mund, indessen seine Blicke nicht aus dem Gelände wichen.

*

Im Hintergrund summten sachte die Trommeln des Kampfes. Verschiedenartige Basstöne vereinten sich zu einem beständigen Donnern, das über die kleine Gehöftgruppe im Westen der Stadt Kursk zog.

Die Geräusche kamen näher und mit ihnen die Gefechte, doch das interessierte Berning nicht. Da die jämmerlichen Überreste der Aufklärungs-Schwadron in einigen Bauernhäusern untergezogen waren und dort Verteidigungspositionen eingenommen hatten, durfte auch der 2. Zug zur Abwechslung mal wieder einen überdachten Unterschlupf genießen. Die Gehöftgruppe, insgesamt sieben nah beieinanderstehende Bauernhäuser, die zusammen eine große Kollektivfarm bildeten, befand sich auf einer weitläufigen Freifläche, die zu allen Seiten hin leicht abfiel.

Rechts und links begannen dichte Wälder, während sich die Freifläche gen Westen via eine Schneise durch das Gehölz bis zum Horizont hinzog. Würde der Russe hier angreifen, könnte man ihn schon über Kilometer hinweg erkennen, während sich die Abteilung in den Gebäuden und den umliegenden Wäldern bedeckt halten konnte. Doch das war Unteroffizier Berning ebenfalls egal. Er saß auf einem Stuhl im Schlafzimmer auf der zweiten Etage eines der Bauernhäuser. Die Tür zum Nachbarraum, in dem Hege sein MG-Nest eingerichtet hatte, war geschlossen, und Berning hatte die anderen darum gebeten, ihn eine Zeit lang nicht zu stören. Die meisten der Männer des Zuges hielten sich unten auf und schliefen oder spielten Skat, während Pappendorf beim Kompaniegefechtsstand herumsprang.

Bernings Körper bebte. Seine Hände zitterten. Seine Augen waren geschlossen. Seine Lippen pulsierten und waren ganz grau.

Die Mündung des Karabiners fühlte sich kalt und fremd an in seinem Mund. Die Waffe war geladen und entsichert. Der Zeigefinger seiner rechten Hand lag auf dem Abzug. Berning war gerade eben groß genug, um sich mit dem Gewehr selbst richten zu können. So saß er nun da, die Waffe gegen sich gerichtet, und verharrte minutenlang.

Die Kameraden hatten ihm häufig genug zu verstehen gegeben, dass er nicht dazugehörte – dass sie ihn nicht haben wollten. Also war dies die Lösung! So würde er niemandem mehr zur Last fallen. Immer noch ruhte sein Finger auf dem Abzug, doch er schaffte es nicht, ihn zu betätigen. Egal, wie viel Kraft er glaubte, auf seinen Finger auszuüben, der Abzug rührte sich nicht. Berning brachte seinen Körper unter höchste Spannung.

Also runterzählen!, befahl er sich selbst, *zehn ... neun ... acht ... sieben ... sechs ... fünf ... vier ... drei ... zwei ... eins ... und ... Feuer!*

Nichts. Sein Finger rührte sich nicht. Berning stöhnte. Er war wütend. Wütend auf den Krieg, auf alles. Er war wütend auf sich selbst. Nicht einmal das bekam er gebacken! Aber nein! Noch hatte er die Mündung im Mund!

Noch mal! Runterzählen! Berning kniff die Augen so fest zusammen, dass sie zu schmerzen begannen. *Zehn … neun … acht … sieben … sechs … fünf … vier … drei … zwei … eins … Feuer!*

Nein, es ging nicht. Bernings Augen öffneten sich; seine Glieder entspannten sich.

Komm schon! Komm schon! Er spornte sich an. Doch er konnte es nicht.

Er nahm die Waffe aus seinem Mund, sprang auf und schleuderte sie mit voller Wucht gegen die gegenüberliegende Wand. *Scheiß auf den Haltepunkt!,* fluchte er in sich hinein, dann brach er zusammen und lag wie ein Häuflein Elend am Boden.

Er formte die Hand zur Faust und schlug mit aller Macht gegen die Holzdiele. Einmal – zweimal – dreimal –, dann spürte er einen stechenden Schmerz im Handgelenk.

Lange Minuten vergingen, während das Donnern im Hintergrund anschwoll und am Himmel Propeller lärmten. Langsam blickte Berning auf. Seine Augen waren gerötet, sein Gesicht von getrocknetem Tränenfluss gezeichnet.

Berning richtete sich auf und rieb sich die Augen. Durch das Fenster konnte er lilafarbene Signalstreifen erkennen, die über das Firmament zogen.

Plötzlich riss eine Explosion ganz in der Nähe Berning aus seiner eigenen, kleinen Welt und beförderte ihn unbarmherzig ins Hier und Jetzt zurück. Das ganze Gebäude bebte unter der Wucht der Detonation. Berning sprang zum Fenster und erstarrte. Das Gelände vor den Stellungen der Abteilung war nicht mehr zu sehen, denn es wurde vollständig überdeckt von russischen Streitkräften im Angriff. Infanterie, Panzer, Kavallerie. Eine einzige braun-olivfarbene Masse preschte auf die Stellungen der Deutschen zu. Superschwere Panzerjäger – Berning hatte dergleichen noch nie gesehen – bildeten die Spitze. Zwölf dieser Biester mit niedrigen Silhouetten und fest installierten, monströsen Kanonenrohren – größer und länger als die der Tiger – hielten direkt auf die Gebäudegruppe zu. Diese Biester mussten über acht Meter lang sein, schätzte der Unteroffizier. Sie stoppten gelegentlich, schossen und rissen um die Kollektivfarm herum die Erde auf, während ein kleinerer Schuppen einen Treffer kassierte und zur Hälfte einstürzte. Direkt hinter den Stahlkolossen rollten T-34 und andere mittlere Kampfpanzer, die weit auffächerten und so mit den Panzerjägern einen Keil bildeten. Und dahinter wiederum stürmte die Infanterie voran, und es waren sogar Reiter zu sehen, die Säbel und Gewehre in den Händen hielten. Das war ein einziger, gigantischer Keil, und dessen Spitze zeigte direkt auf die Schnelle Abteilung 253.

Mündungsfeuer blitzte überall auf und Leuchtspurgeschosse jagten in die Reihen der Russen, während diese sich bereits über die vorgezogenen Stellungen der Division an den Waldkanten links und rechts ergossen und sie einfach verschluckten.

Artillerie knallte zwischen die Angriffskräfte der Roten Armee und tötete viele Soldaten, doch noch mehr rannten weiter. Auch die russischen »Ratsch-Bumms« sprachen und jagten deutsche Stellungen zur Hölle.

Berning stand noch immer wie versteinert am Fenster und konnte sich nicht rühren. Er hörte, wie im Nebenraum bereits Heges Maschinengewehr zu sprechen begann.

Dann wurde die Türe aufgetreten und Pappendorf stand im Raum, in der einen Hand ein Funkgerät, in der anderen seine MP 40.

»Unteroffizier, verdammt! Schnappen Sie sich Ihr Gewehr und dann rüber zum MG! Sie führen die Schwerpunktwaffe! Ich gehe runter zum Zug!«

»Jawohl, Herr Unterfeldwebel!«

»Los, los, los!«

»Herr Unterfeldwebel?«

»Ja?«

»Sollten wir nicht den Rückzug antreten?«

Nun tat Pappendorf etwas, was man nur sehr selten bei ihm sah: Er grinste.

»Becker hat soeben Panzerunterstützung zugesagt bekommen. Die Slawen werden gleich merken, dass sie einen großen Fehler gemacht haben.«

*

Nun rollten die Panzer des Regiments. Panzer 38 (t), Panzer III und – Gott sei Dank – auch einige Panzer IV jagten über eine Freifläche, einer Waldkante folgend. Massierter Panzerfeind trat bei den Stellungen der 253. auf, und genau dort würde das Regiment intervenieren.

Engelmann blickte mit ernster Miene aus seiner Luke, dann verschwand er in der Kuppel und studierte die Karte. Geschützdonner und Flugzeuglärm drangen sogar durch das Aufheulen der Panzermotoren hindurch.

»Hans, der Waldkante folgen. Etwa 4.000 Meter voraus treffen wir auf eine Schneise im Wald. Die liegt bei einer Gehöftgruppe. Genau dort droht der Feind durchzubrechen. Vollgas, Junge!«

Einmal mehr bildete die 9. Kompanie die Spitzenkompanie und der 1. Zug den Spitzenzug. Engelmann hasste es, immer ganz vorne mit dabei sein zu müssen. Aber das war das Schicksal der Fähigen.

»Verstanden«, brüllte Münster und trieb Elfriede zu Höchstleistungen an. Der Panzer stöhnte und knarzte, doch er machte noch ein paar zusätzliche Stundenkilometer gut.

In diesem Augenblick empfing Nitz einen Funkspruch. Er blätterte in seiner Funkkladde, hörte dabei aufmerksam zu und notierte sich einige Stichpunkte, die dank des Rumpelns des Panzers wie von einem Sechsjährigen gekritzelt aussahen.

»Die 253. meldet zwölf Panzerjäger.« Nitz stoppte kurz, dann fuhr er fort: »Und 'nen ganzen Arsch voll Panzer! T-34 und Konsorten.« Dann weiteten sich seine Augen. »200 bis 300 insgesamt«, fügte er hinzu.

»Ebbe, der Zug soll dicht zusammenbleiben.« Nitz funkte, dann kam ein Befehl von Oberst Sieckenius herein, den der Chef der 9. bereits auf seine Einheit heruntergebrochen hatte: »Regiment bezieht Hinterhangstellung bei Höhe 254,2. Lockvogel durch 9. Kompanie. Ratet mal, wen der Alte ausgewählt hat.«

»1. Zug nach vorn!«, brüllte Born in zweifelhafter Motivation.

»So sieht es aus. Wir machen den Lockvogel, locken die Büchsen-Iwans an, und dann schnappt die Falle zu.« In Nitz' Stimme schwang Besorgnis mit, und auch Engelmann zeigte sich alles andere als begeistert, doch mit diesem Trick könnten sie der feindlichen Panzerübermacht vielleicht beikommen.

»Erinnert ihr euch noch an den Dnjepr-Bogen '41? Das hier wird genauso«, deklarierte Engelmann ironisch.

»Ich mochte den Dnjepr-Bogen nicht«, gab Ludwig zurück.

Das eigene Regiment war auf knapp über 100 Tanks zusammengeschmolzen. Leutnant Engelmann legte die Stirn in Falten. Das würde ein heißer Ritt werden, doch aussichtslos war die Lage nicht. Immerhin stand der Angriffskeil des Feindes bereits mit den Kameraden von der Pak und der Infanterie im Kampf, die die Reihen der Russen sicherlich bereits ausdünnten.

*

Berning klammerte sich an seinen Karabiner und kniff die Augen zusammen, während sich das Gebäude unter den Einschlägen der Sprenggranaten schüttelte und die Fensterscheiben zersprangen. Hege verfeuerte einen Gurt nach dem anderen auf heranrückende Infanterie, die die aus den Stellungen im Wald fliehenden Deutschen wie Rindviecher vor sich hertrieben. Der russische Panzerkeil hatte sich verlangsamt und war teilweise zum Stehen gekommen; die Panzerkanonen nahmen nun die deutschen Pak-Stellungen im Wald und bei der Kollektivfarm auseinander.

Die Deutschen waren chancenlos. Ein T-34 brannte irgendwo im Meer heranrückender Feindkräfte, während es bereits fast alle eigenen Panzerabwehrkanonen erwischt hatte. Überall lösten sich die Verteidigungslinien auf, während russische Infanterie den Wald zu beiden Seiten stürmte. Einige Landser versuchten, die rettende Kollektivfarm zu erreichen, die unter dem Beschuss der riesigen Panzerjäger knarzte, doch die meisten wurden im russischen Feuer einfach niedergemacht.

»Wann kommen die scheiß Kästen?«, brüllte Hege, indes zog sein zweiter Schütze mit einem Handschuh das glühende Rohr aus der Waffe und setzte das Wechselrohr ein.

146

»Ich weiß nicht!«, brüllte Berning und duckte sich noch weiter zusammen. Er konnte hören, wie feindliche Geschosse aus Handfeuerwaffen gegen die Außenwände des Gebäudes klatschten. Noch waren die Russen mit den fliehenden Deutschen beschäftigt, doch bald schon würde sich die Aufmerksamkeit ganz auf die Kollektivfarm richten, die wie ein Wellenbrecher inmitten der roten Flut stand.

»Wir müssen hier weg!«, keuchte Berning und umklammerte sein Gewehr so fest er konnte, während Hege den Spannschieber seiner Waffe nach vorne rasseln ließ und den Abzug durchdrückte. Sofort spuckte das MG Blei und Tod in die Heide. In diesem Augenblick kam Pappendorf die Treppe heraufgerannt, stürmte zur MG-Stellung und warf sich neben Hege auf die Dielen.

»Die Panzer sind in zwo Minuten hier!«, brüllte er. Seine Stimme kämpfte sich erfolgreich durch den Lärm der Feuerstöße. Dann erst bemerkte Pappendorf, dass Berning sich zusammengekauert wie ein Igel im Verteidigungsmodus gegen die Wand drückte.

»Berning! Verdammt! Warten Sie auf den Angriffsbefehl? Los, schießen Sie!«

Berning blickte auf und öffnete den Mund: »Ich ...« Eine Explosion riss ein riesiges Loch in die Wand neben dem Fenster, aus dem Hege mit seinem MG schoss. Splitter und Mauerwerk fetzten durch den Raum und rissen die Soldaten zu Boden. Sie fluchten, stöhnten und hielten sich die Hände schützend über den Helm. Pappendorf und Hege rafften sich umgehend auf, während Berning hustete und sich krümmte. Heges zweiter Schütze blieb liegen – für immer. Schon war Hege wieder an seinem Maschinengewehr und nahm erneut den Feuerkampf auf. Er jagte lange Feuerstöße in die feindlichen Massen hinein, die sich durch die Schneise im Wald drückten.

Pappendorf bekam große Augen. Aus der feindlichen Formation löste sich linksseitig ein riesiger Pulk Kosaken auf ihren Pferden – über 120 Reiter. Bewaffnet mit Säbeln, Gewehren und Maschinenpistolen, trieben sie ihre Pferde zu Höchstleistungen an, zogen an den Panzern und riesenhaften Panzerjäger vorüber und stürmten direkt auf die Kollektivfarm zu.

Auch die feindlichen Panzer nahmen wieder Fahrt auf, zeitgleich stellten sie das Feuer ein. Sie würden nun einfach durchbrechen und den Rest den Fußsoldaten und der Kavallerie überlassen.

»Obergrenadier!«, brüllte Pappendorf aus voller Lunge und fasste Hege an der Schulter, »Da, acht Uhr, 600, die Ritter der Tafelrunde. Knall sie weg!«

Hege schwenkte sein Maschinengewehr herum und feuerte. Die Geschosse jagten in den Pulk Reiter hinein, rissen Pferde und Menschen zu Boden und dezimierten die Reihen der Kosaken gnadenlos.

»Gott, die Pferde ...«, stöhnte Hege und hielt drauf, doch die Kosaken blieben unbeeindruckt, preschten weiter vorwärts und erwiderten im vollen Galopp das Feuer. Gewehrschüsse prasselten gegen die Gebäude. Berning, der sich soeben wieder aufgerichtet und geschüttelt hatte wie ein Hund, warf sich sofort wieder zu Boden und drückte seinen Helm fester gegen den Kopf, während er die Augen zusammenkniff. Noch einmal wünschte er sich fort von hier.

*

Engelmann blickte durch den Sehschlitz ins Vorfeld und erkannte in der Ferne eine Gebäudegruppe, die unter starkem Beschuss lag. Kleine Klötze am Horizont fuhren in dem Gewirbel aus Infanterie und Reitern herum. Engelmann zählte unglaublich viele Panzer.

»Hans, auf Vollgas bleiben.« Rasch näherten sie sich dem Getümmel, dann erspähte der Leutnant die feindlichen Panzerjäger. *Das sind ja Monsterviecher!*

»Panzergranate!«, keuchte er und Born lud dementsprechend.

»Wir gehen ran, schießen die an, und dann hart rückwärts! Macht euch bereit!«

»Jepp, Sepp«, bestätigte Münster.

Sie waren nun bis auf zweieinhalb Kilometer herangefahren und als Engelmann das ganze Ausmaß des russischen Angriffs sah, bildeten sich feine Schweißperlen auf seiner Stirn. Die eigenen Truppen flohen oder versteckten sich in der Kollektivfarm, die in diesen Minuten böse zusammengeschossen und von feindlicher Infanterie umstellt wurde. Dann widmete Engelmann seine Aufmerksamkeit gänzlich diesen riesigen Panzerjägern, die zwischen all den T-34 herumkurvten. *Was sind das für Dinger?*, schoss es ihm durch den Kopf. *Vielleicht diese neuen SU-122? Nein, dafür sind die viel zu groß!*

Einer der Stahlkolosse, der zusammen mit seinen Brüdern den Angriff der russischen Panzerkräfte anführte, drehte sich nun so, dass er Engelmanns Zug die Stirnpanzerung bot – und das gigantische Rohr. Dass die Bewaffnung dieser Selbstfahrlafette überdimensioniert war, erkannte der Leutnant trotz der Entfernung deutlich.

»Theo, kannst du durch die Optik erkennen, was das für große Kästen an der Spitze des Angriffs sind?«

»Ich sehe gar nichts bei dem Gewackel.«

»Hans, vom Gas gehen. Halbe Geschwindigkeit.«

»Jawohl, halbe Geschwindigkeit«, bestätigte Münster und bremste Elfriede sachte ab.

»Der Zug soll es uns gleichtun und hinter mir bleiben.«

»Jawohl«, sagte Nitz und klemmte sich ans Funkgerät.

»Ich will mich langsam herantasten und auf Tuchfühlung gehen, solange wir noch auf sicherer Distanz sind«, flüsterte Engelmann und beugte sich so weit vor wie möglich, um optimal durch den schmalen Glasbaustein in seiner

148

Kuppel schauen zu können. Sie waren jetzt auf zwei Kilometer an den Gegner herangekommen.

»Vorsichtig auf 1.500 Meter annähern, dann dürften wir allmählich in die Gefahrenzone ...«

Plötzlich zerriss es den Panzer von Laschke. Der Turm hob ab und die Wanne wurde von Flammen und Rauch eingehüllt.

»Was war denn ...?«, stieß Engelmann aus und kam gar nicht dazu, seinen Satz zu beenden.

»Laschke ist ausgefallen!«, brüllte Nitz. Im selben Augenblick brachen weitere Panzergranatensalven über den Zug herein und zerfraßen das Erdreich. Dreck und Gras und Steine spritzten auf und formten undurchsichtige Wände um die deutschen Panzer herum.

»Wer schießt denn da?«, schrie Engelmann und wackelte hin und her. Doch es half nichts, der Ausschnitt, dem ihm sein Sehschlitz bot, wurde dadurch auch nicht größer.

Der Panzer Marseille kassierte den nächsten Treffer. Führerlos und mit aufgerissener Seite rollte der Tank weiter, während in seinem Inneren alles Leben ausgelöscht worden war.

»Panzer halt, Hans!«, rief Engelmann. Elfriede kam mit einem Ruck zum Stehen. Ein zweiter Ruck jagte durch den Panzer, als sie eine Sekunde später von Marseilles Geistertank gerammt wurden. Engelmann wurde nach vorne geschleudert und stieß sich heftig den Schädel. Mit der Rechten hielt er sich die Stirn, während in seinem Kopf Sterne tanzten.

»Kommt das aus dem Wald?«, keuchte der Leutnant, dann: »Hans, sofort zurücksetzen, die reiben uns auf, verdammt!«

»Jawohl!« Münster vergewaltigte das Getriebe, um Höchstleistungen aus der Maschine herauszuholen. Mit einem gewaltigen Ruck fuhr Elfriede rückwärts an, schob den tote Kasten von Marseille zur Seite und preschte zurück. Weitere Geschosse krepierten zwischen den beiden verbliebenen Panzern des Zugs.

»Wer schießt da, verdammt?«, sagte Engelmann.

»Das kommt von vorne!«, plärrte Münster in sein Kehlkopfmikrofon, während er in den Hebeln hing. Durch sein Sichtfenster sah er deutlich, wie die gigantischen Panzerjäger in etwas über 2.000 Meter Entfernung Aufstellung nahmen und ihre ganze Aufmerksamkeit den deutschen Panzern widmeten.

Auf die Entfernung?, schoss es dem Leutnant durch den Kopf. *Niemals!*

Die Panzer Engelmann und Meinert befanden sich in voller Fahrt rückwärts, während die Russen sie mit Granaten eindeckten.

»Gib Gas. Noch 2.900 bis zum Hinterhalt. Hau in die Tasten, Hans!«

»Ich mach ja! Ich mach ja!«

Mit lautem Knall raste ein Geschoss in Meinerts Kette und zerfetzte das Laufwerk. Heulend blieb der Panzer liegen.

»Feuer!«, brüllte Engelmann in seiner Verzweiflung.

»... Aber ...«

»Scheißegal, Feuer!«

Ludwig feuerte und tatsächlich, er traf einen der Panzerjäger mittig. Doch dieses fraß die Granate zum Frühstück.

»Panzergranate!«

»Meinert steht still. Kette geworfen!«, japste Nitz, während schon die nächsten Sprüche durch den Äther jagten.

»Nein! Hans, Panzer halt!«

»Bitte was?«

»Anhalten und vor bis zum Wrack von Marseille. Das benutzen wir als Deckung! Wir lassen die Jungs nicht im Stich!«

Elfriede stoppte, dann klopfte plötzlich etwas anderes gegen ihre Stahlhaut. Das Klirren und Surren abprallender Geschosse schmerzten in Engelmanns Ohren.

»Wo kommt das denn her?«, brüllte der Leutnant. »Theo, schwenk den Turm nach links!«

Der Richtschütze drehte den Turm. Weiter rasten die Granaten der russischen Panzerjäger auf sie zu. Drei bis viermal pro Minute feuerten die Biester und killten mit jedem Schuss zig Quadratmeter Landschaft. Doch nun bliesen auch die T-34 zur Jagd auf die beiden deutschen Tanks. Sie preschten zwischen den feindlichen Stahlkolossen hindurch und rasten auf Engelmanns Truppe zu, um die nötige Kampfentfernung zu erreichen. Funken sprühten über Elfriedes Außenhaut und ebenso über die Panzerung des bewegungsunfähigen Tanks von Meinert. Pak-Geschosse versenkten den Panzern die Haut.

»Infanterie mit Pak von links im Wald!«, meldet Nitz schnaubend, der gerade die entsprechende Meldung von Meinerts Funker erhalten hatte. Dem Feldwebel lief der Schweiß in Bächen über das Gesicht, ebenso wie dem Rest der Besatzung. Die Hitze stand im Panzer und es roch nach Anstrengung, Benzin und Feuer. Ruß lag in der Luft, legte sich auf die glänzenden Gesichter und auch auf die Lungen der Männer, wo er brannte und kratzte. Doch das waren im Angesicht des Feindes reine Nebensächlichkeiten.

»Von links?«, fragte Engelmann ungläubig nach. »Da sollten doch unsere liegen!«

Bevor Engelmann auch nur einen weiteren Befehl geben konnte, stand Meinerts Panzer in Flammen. Volltreffer! Wer weiß, von wo! Dann tat es einen irren Schlag, der durch Elfriede ruckte und ihren Stahl zum Glühen brachte. Im nächsten Moment schnitt Borns heller Schrei durch den Innenraum und übertönte den Lärm des Kampfes. Engelmann blickte von seiner Kuppel hinab und sah Borns Arme und Oberkörper in Blut getränkt, während der Junge kreischte wie am Spieß. Born kippte zur Seite und lag mit einem

Mal zuckend quer über Nitz, der kaum noch an seine Instrumente herankam. Elfriede stoppte, während weitere Panzerbüchsenprojektile zwar den Versuch unternahmen, die Panzerung des Panzer IV zu knacken, es jedoch bei dem Versuch blieb. Wieder ergossen sich Funken über Elfriedes Außenhaut.

Für einen Moment wurde es beinahe still. Engelmann, Münster, Nitz und Ludwig hielten den Atem an, während Born Blut und Schaum blubberte. Der Leutnant erstarrte beim Anblick seines Ladeschützen. Noch nie hatte er einen solchen Treffer erlebt. Der Anblick erschütterte ihn. Einen Wimpernschlag lang lähmte ihn die Situation und der süßliche Geruch von verbranntem Fleisch stieg ihm in die Nase. Fast musste er sich übergeben.

»Ebbe!«, flüsterte Engelmann, als würde er Gefahr laufen, der Feind könnte ihn hören. »An den Alten funken, dass wir es nicht schaffen. Die sollen schleunigst rankommen. Danach Funkstille! Der Rest: Gasmasken auf! Wir versuchen unseren alten Trick.« Alle wussten, was zu tun war, und setzten ihre Gasmasken auf, die sie jeweils in der Nähe des Sitzes verstaut hatten. Dann schoben Münster und Ludwig mit vereinten Kräften den zuckenden Born zurück auf seinen Platz und zogen auch ihm die Maske über das Gesicht.

Engelmann griff die erste von vier Nebelgranaten, die er seit Anfang 1941 stets in seinem Panzer mitführte und die fast wie gewöhnliche Stielhandgranaten aussahen. Er zog die Zündschnur und ließ die Granate fallen, die mit einem metallischen Klirren den Boden des Kampfraums berührte.

Vorsichtig und ganz langsam öffnete Nitz seine Luke, dann warteten sie, während die Nebelgranate zischte und plötzlich dicken, weißen Qualm aussonderte. Der zog durch die aufgeklappten Deckel sofort nach draußen, doch auch der Innenraum von Elfriede wurde gänzlich eingenebelt.

Sie warteten. Sie verharrten in völliger Bewegungslosigkeit. Nun blieb nur zu hoffen, dass sie den Feind täuschen konnten, obwohl der Rauch der Nebelgranate weiß statt schwarz war. Doch vor Kiew hatte der Trick schon einmal funktioniert. Also warteten sie. Engelmann blickte gegen die Decke des Panzerturms und ballte die Hände zu Fäusten. Tatsächlich, das feindliche Feuer war verstummt. Dann knackte das Funkgerät. Vorsichtig – ganz vorsichtig – beugte sich Nitz zum Empfängergerät vor und hielt es sich ans Ohr. Anschließend schaute er auf und dem Leutnant direkt in die Augen.

»Das Regiment kommt«, sagte er.

*

»Verdammt Junge, wenn du nicht bald anfängst zu schießen, schlag ich dir dein Hemd in Flammen!«, plärrte Pappendorf und zog Berning hoch auf die Beine.

Durch die Fenster und durch das Loch in der Wand klatschten Geschosse in die gegenüberliegende Wand des Zimmers. Hege schoss wie ein

Wahnsinniger, doch ihm ging die Munition zur Neige und seine Waffe begann zu mucken, nachdem mittlerweile alle drei Wechselrohre ob der Belastung rot glühten.

Pappendorf zerrte an Berning und platzierte ihn unsanft vor einem Fenster, gleich neben Hege.

»SCHIESS ENDLICH!«, brüllte er aus voller Lunge und übertönte dabei sogar das MG.

Berning blickte aus dem Fenster auf das Chaos dort draußen und seine Augen wurden mit jeder Sekunde größer. Die rote Flut hatte sich über den gesamten Frontabschnitt ergossen. Sowjetische und deutsche Soldaten liefen auf dem Gelände durcheinander und lieferten sich blutige Nahkämpfe. Hier rammte ein Landser einem Russen seinen Dolch in die Lende, dort traten mehrere Rotarmisten auf einen am Boden liegenden Deutschen ein, bis dieser sich nicht mehr rührte. Die Kontrahenten schossen aus nächster Nähe aufeinander, und wenn die Patronenlager geleert waren, verwendeten sie ihre Feuerwaffen als Knüppel. Sie griffen nach allem, was dazu dienen konnte, Leben zu nehmen. Sie schlugen mit Mistgabeln, Helmen, Schaufeln und Brechstangen aufeinander ein. Kreischende Männer wälzten sich im Gras. Dazwischen war alles bedeckt mit Leichnamen. Braune und feldgraue Uniformen säumten das Schlachtfeld. Und mitten im Chaos überall russische Tanks, deren Raupen Gras, Erde, Stein und Körper zermahlten.

Bernings Leib schüttelte sich wie bei einem Erdbeben. Seine Hände umklammerten den Karabiner und überfluteten ihn mit Schweiß. Allem Anschein nach gewann der Russe dort unten langsam die Überhand.

Pappendorf gab nun selbst zwei kurze Salven mit seiner Maschinenpistole ab und brachte einen Rotarmisten zu Fall. Dann packte er Berning am Schlafittchen, zog ihn so nah zu sich heran, dass ihre Helme aneinanderschlugen, und brüllte ihm ins Gesicht: »VERDAMMT, FANG DAS SCHIESSEN AN!« Er grapschte Bernings Waffe und zerrte daran, bis Berning grob im Anschlag stand.

Der Unteroffizier blickte über Kimme und Korn des Karabiners auf die feindliche Menschenmenge dort unten. Sein Zeigefinger legte sich über den Abzug. Direkt vor ihm, 80 Meter entfernt, bewegte sich ein Pulk Russen über die Freifläche. Berning visierte einen der Feindsoldaten an. Er erkannte einen Mann mit angestrengtem Gesicht. Vielleicht handelte es sich bei ihm um einen Bauern oder einen Bankangestellten, der ebenso wenig im Krieg sein wollte wie Berning. Vielleicht hatte er Kinder und eine Frau, und wenn nicht, dann hatte er wenigstens eine Mutter und einen Vater. Bernings Zeigefinger zitterte. Er konnte die Kraft nicht aufbringen, ihn gegen den Abzug zu bewegen.

Pappendorf stand direkt neben Berning und schrie ihm mit vor Wut fast platzendem Gesicht direkt ins Ohr, während Hege soeben meldete, dass er den Sperrbestand erreicht habe. Somit verfügte er noch über 500 Patronen.

»Wenn du jetzt nicht schießt, Unteroffizier!«, sagte der Unterfeldwebel. »Wenn du sie hier nicht aufhältst, dann stehen diese Barbaren im nächsten Jahr auf deutschem Boden! Willst du das? Sie werden dann kommen, sie werden auch in dein Heimatdorf einfallen! Sie werden deinen Vater zu ihrem Sklaven machen! Sie werden deine Mutter und deine Schwestern zu ihren Huren machen, wenn du sie HIER nicht aufhältst! Willst du DAS? Ist es das, was du willst, du ERBÄRMLICHER STRASSENKÖTER?!« Berning Ohren klingelten, während die Worte in seinem Kopf nachhallten. Er blickte ins Vorfeld und hatte den Russen mit dem angestrengten Gesicht noch immer im Visier. Der sah eigentlich gar nicht gefährlich aus und auch nicht wie ein Vergewaltiger. Eigentlich sah er ziemlich wie ein Deutscher aus. Bernings Finger schlotterte über dem Abzug.

»VERDAMMT, ICH HAB' DIE SCHNAUZE VOLL MIT DIR. SCHIESS!« Pappendorf schlug Berning mit der Faust gegen den Helm. Der Schlag dröhnte in Bernings Schädel, während sein Finger den Abzug drückte und sich mit lautem Knall das Zündhütchen am hinteren Rand der Patrone entzündete, die bis dato noch im Patronenlager der Waffe geruht hatte. Das Projektil vom Kaliber 7,92 Millimeter verließ den Lauf des Karabiners und bahnte sich seinen Weg hinab ins Schlachtgetümmel. Es zischte über Deutsche und Russen hinweg, die miteinander um Leben und Tod rangen. Es zischte über einen Soldaten hinweg, der auf einem anderen thronte und ihm mit seinem Helm das Gesicht zu Blutmatsch kloppte. Es zischte über einen Panzervernichtungstrupp hinweg, der die Besatzung eines Panzers mit Brandbomben und Haftladungen auslöschte. Dann traf das Geschoss auf jenen Soldaten, den Berning anvisiert hatte. Es traf ihn in den Unterleib, zerfetzte die Uniform, versengte das Fleisch, zerriss die Leber und brachte das Gewebe dahinter zum Platzen und Bersten, sodass sich Blut über die umliegenden Organe ergoss. Die Miene des Getroffenen verzog sich. Er rannte, doch nun stolperte er. Krachend schlug er mit dem Gesicht auf der Erde auf und blieb schreiend und sich wie ein Regenwurm windend liegen.

Um Berning herum schien die Zeit einzufrieren. Sein Herzschlag wurde ganz laut und drückte ihm gegen die Kehle. Er hatte ganz deutlich gesehen, wie der Russe dort unten gefallen war und nun dalag und sich vor Schmerzen drehte und wendete. Doch Bernings Hände arbeiteten bereits weiter.

Die Linke fest am Gewehr, erfasste die Rechte den sogenannten Knopf mit Stängel, drückte ihn nach oben und zog daran. Somit führte sie das Gebilde aus Schlagbolzen und Feder nach hinten, wodurch die verbrauchte Hülse aus der Waffe ausgeworfen wurde.

Die Zubringerfeder presste anschließend die nächste Patrone nach oben, wo sie, als Bernings Hand den Stängel wieder nach vorne drückte, vom Schlagbolzen erfasst und in die Kammerwarzen des Patronenlagers geführt wurde. Bernings Waffe war wieder feuerbereit. Bevor der Unteroffizier dies begriff, bevor er überhaupt etwas begreifen konnte und sein Geist stattdessen immer noch mit dem gestürzten Russen beschäftigt war, hob sich sein Karabiner bereits wieder wie von allein.

Seine Augen fassten über Kimme und Korn das nächste Ziel auf; sein Finger betätigte den Abzug, und vorne stürzte ein weiterer Russe und blieb auf ewig liegen. Diese Prozedur wiederholte sich drei weitere Male, ohne das Berning wirklich Herr seiner Taten war.

Fünf Schuss, fünf Treffer. Nachdem die letzte Hülse aus seiner Waffe gesprungen war, ging der Unteroffizier neben dem Fenster in die Hocke und lud die nächsten fünf Patronen nach. Pappendorf nickte zufrieden und wandte sich wieder dem Feind zu. Er entleerte seine Maschinenpistole in die Menge. Hege fluchte und stöhnte, da seine Waffe mittlerweile bei jedem zweiten Feuerstoß hakte. Dennoch verbrauchte er die verbliebene Munition schneller, als gut sie war.

»Noch 250«, meldete er lauthals und hielt weiter drauf. Mit einem Mal zischte etwas durchs Fenster herein, riss den Holzrahmen auf und brachte Hege zum Schreien. Der Obergrenadier kippte seitlich weg und hielt sich die plötzlich blutige Hand, doch umgehend raffte er sich wieder auf.

»Ist nichts!«, brüllte er, klemmte sich erneut hinter das MG und schoss weiter.

Berning hockte in Deckung und atmete mit offenem Mund. Er kniff die Augen zusammen, dann sprang er auf und feuerte die nächsten fünf Patronen in die Menge. Dabei sah er, dass im Süden, dort wo eben noch vier deutsche Panzer rauchend die Freifläche geziert hatten, nun Dutzende Tanks mit Balkenkreuz auffuhren, doch auch von denen brannte bereits die Hälfte, während die zwölf russischen Stahlkolosse munter weiterfeuerten.

*

Die Hoffnung, das Regiment würde die Rettung bringen, verflüchtigte sich so schnell, wie diese riesigen Panzerjäger schießen konnten. Bereits fast die Hälfte der deutschen Kampfwagen brannte oder war aufgerissen, während verwundete Panzermänner ausbooteten und im Feuer der russischen Infanterie starben.

Engelmann hielt die letzte Nebelgranate in Händen und blickte seine drei verbliebenen Besatzungsmitglieder an – Born hatte vor drei Minuten zu atmen aufgehört.

»Wir müssen hier raus«, flüsterte der Leutnant. Nitz zog seine Pistole.

»Mein Vorschlag, Sepp: Ich gehe als Erster und sprinte rüber zu Meinert. Ich lenke das Feuer auf mich, dann setzt ihr euch zu unseren Panzern ab.«

»Kommt nicht in Frage. Wir fliehen alle gemeinsam.«

Nitz nickte mit ernster Miene.

»Also los«, sagte der Leutnant, »ich gehe als Erster, dann Theo, Hans, Ebbe. Dicht hinter mir bleiben. Wir versuchen den nächstgelegenen Panzer auf sechs Uhr zu erreichen und lassen uns von dem mitnehmen.«

»Verstanden«, flüsterte Münster.

Über Funk blies Sieckenius soeben zum Rückzug.

»Jetzt wird es höchste Zeit! Los!« Engelmann zog die Zündschnur der letzten Granate und ließ sie in den Bauch von Elfriede rollen. Dann öffnete er seine Kommandantenluke. Noch umhüllte der Nebel der letzten Granate den Panzer und nun kam frischer Nebel hinzu. Engelmann kletterte aus seiner Luke, sprang auf die Wanne und dann ins Gras. Um ihn herum nur Nebel, gleich darauf zeichneten sich in der weißen Wand drei Gestalten ab, die auf ihn zu torkelten. *Na, dann los!*

Der Leutnant sprintete vor und seine Männer nahmen sofort die Verfolgung auf. Sie stießen durch die weiße Nebelwand auf das offene Feld. Überall lagen brennende Panzerwracks, während die verbliebenen Kästen des Regiments den Rückwärtsgang einlegten und begannen, sich abzusetzen. Russische Panzergranaten klatschten aufs Gras und rissen Krater in die Landschaft. Russische Stimmen und Feuer aus Handwaffen drang aus dem Wald. Doch Engelmann und seine Besatzung rannten weiter. Sie rannten und rannten. Engelmann entdeckte den Panzer seines Kompaniechefs, der in diesem Augenblick einen Treffer kassierte und explodierte. Direkt daneben flog einen Wimpernschlag später ein Panzer III in die Luft.

Das Regiment war auf vielleicht 60 Fahrzeuge zusammengeschrumpft, doch dann tat sich etwas. Mitten im starken Feindfeuer stoppten die deutschen Panzer, fuhren wieder vorwärts und beschleunigten in Richtung Feind. Gewehrfeuer trieb zu Engelmanns Füßen winzige Erdfontänen in die Höhe. Der Offizier steuerte nun ein Panzerwrack an und warf sich dahinter in Deckung, sodass ihm das Feuer aus dem Wald nicht mehr gefährlich werden konnte. Seine Besatzung tat es ihm gleich.

»Wir müssen weiter!«, forderte Nitz.

»Nein«, erwiderte der Leutnant und zeigte auf die Reste des Regiments, die unter weiteren Verlusten wieder vorpreschten und ihnen somit entgegenfuhren. Dann drehte er seinen Kopf und schaute in Richtung Kollektivfarm, wo die großen Panzerjäger plötzlich wendeten.

*

Berning hatte bereits ein Drittel seiner Munition verschossen, als es plötzlich einen lauten Knall tat und einer der russischen Riesenpanzer auseinanderplatzte.

»Was war das denn?«, keuchte der Unteroffizier und lud den nächsten Ladestreifen in sein Gewehr.

Pappendorf warf sich unter das Fenster in Deckung und proklamierte: »Jetzt, Kameraden, jetzt erlebt der Slawe sein blaues Wunder!«

Aus den lichten Wäldern im Osten der Kollektivfarm brach eine gewaltige deutsche Panzerfront, angeführt von einem Dutzend Panzer V Panther und vier ebenso mächtigen Sturmgeschützen, die auf den Namen »Ferdinand« hörten. Ein ganzes Regiment Panzer IV und weitere Kampfpanzer folgten ihnen. Die Panther und Ferdinand waren zwar alles andere als ausgereift – teilweise fingen sie Feuer, wenn man den Motor anließ –, doch auf die wenigen, die die Operation *Zitadelle* bis hierhin überstanden hatten, war Verlass.

Blitzschnell jagten die deutschen Panzer auf das Schlachtfeld, während die Panther, die optisch ganz offensichtlich dem T-34 nachempfunden waren, sowie die 65-Tonnen-Kolosse Ferdinand die Hälfte der russischen Sturmgeschütze vernichteten, ehe diese sich drehen konnten. Dazwischen fraßen die deutschen Panzer russische mittlere Tanks und spuckten sie als lodernde Metallklumpen wieder aus.

Bei den Sowjets setzte unmittelbar Panik ein, während ihnen die Panzer wegstarben wie die Fliegen. Die Infanterie setzte teils zum Rückzug an, alldieweil einige Gruppen verbissen die paar Meter Boden der Kollektivfarm verteidigten, die sie sich erkämpft hatten. Deutsche Panzergrenadiere stürmten im Schutze ihrer Halbketten vor und nahmen sich die Waldstellungen zur Brust.

Einer der Ferdinand brach aus der Formation aus und fuhr direkt zwischen die Gebäude der Farm – ein schwerer Fehler. Schon waren russische Soldaten zur Stelle und pirschten sich heran. Die Besatzung des Ferdinand bemerkte zu spät, dass sie in der Falle saß. Der Panzer besaß serienmäßig kein Maschinengewehr, doch viele Besatzungen führten eines im Innenraum mit, das sie ihm Notfall durch das Hauptrohr abfeuerten. Doch da sich dieses kaum schwenken ließ, war der Stahlkoloss ein gefundenes Fressen für die Infanterie. Russische Soldaten zerstörten die Ketten des Ferdinand mit gezielten Handgranatenwürfen, dann erklommen sie das Monster aus Stahl.

Doch auch das änderte an der Gesamtsituation nichts. Die starke Panzerfront aus dem Osten sowie das Panzer-Regiment 2 aus dem Süden schossen die russischen Panzer gnadenlos zusammen.

»Berning, mit mir! Wir treiben die Slawen zurück!«, befahl Pappendorf, und Berning folgte ihm auf dem Fuß die Treppe hinab. Unten lagen die Reste des Zuges und der Schwadron – viele Verwundete, einige Tote. Sie badeten in Hülsen und hatten Handgranaten auf den Fensterbänken bereitgelegt und teils zu geballten Ladungen zusammengebunden. Pappendorf schnappte sich die vier verbliebenen, einsatzfähigen Soldaten seines Zuges und stürmte durch die Tür nach draußen.

»Handgranaten mitnehmen!«, bellte er noch.

Vor ihnen brannte der Ferdinand, auf dem russische Soldaten in Gruppenstärke herumtanzten. Pappendorf und seine Männer eröffneten das Feuer. Die Russen stoben auseinander, während einige getroffen vom Panzer fielen.

»Unteroffizier, rechts umfassend! Ich nehme die beiden Gefreiten und komme von links!« Pappendorf verdeutlichte seine Befehle durch Handbewegungen. Berning bestätigte und preschte vor, hinter ihm zwei Obergrenadiere. Er stürmte rechts um den Panzer herum und sah vor sich die Russen laufen. Berning erschoss zwei von ihnen und ging in Deckung. Seine Obergrenadiere hinter ihm sowie Pappendorfs Trupp auf der anderen Seite des Panzers erledigten den Rest.

Überall liefen nun die Sowjets davon, während die letzten Panzerkräfte der Rotarmisten kopflos durcheinander fuhren und weiter dezimiert wurden.

»Ihr beiden, am Heck des Panzers in Stellung gehen!«, befahl Berning seinen beiden Soldaten, die umgehend vorausrannten und sich neben dem Ferdinand auf den Boden schmissen. Berning drehte sich um und wollte selbst an der Häuserwand hinter sich, eine schmale Gasse zwischen zwei Gebäuden tat sich dort auf, eine Stellung finden, um grob in Richtung Südost wirken zu können. Noch tobte die Panzerschlacht, während die Rotarmisten die Flucht ergriffen. Berning betrat die Gasse, als plötzlich eine Tür aufgestoßen wurde und ein russischer Soldat ins Freie stolperte. Der Unteroffizier erstarrte. Ihre Blicke trafen sich. Der Russe hob sein Gewehr, doch Berning war schneller. Er schoss sein Gegenüber nieder, stürmte weiter und fand eine geeignete Stellung.

Bern, Schweiz, 16.05.1943

Eine tiefe Leere und ein schlimmes Gefühl im Magen begleiteten Thomas seit Luises Korb am Freitag. Da sie mit dem Auto davongebraust war, hatte er auf den nächsten Zug warten müssen und somit die ganze Nacht am Baseler Bahnhof verbracht, wo er genug Zeit gehabt hatte, sich seinen Gedanken hinzugeben und von ihnen verzehrt zu werden. Er war zu vorschnell gewesen, zu forsch! Er hatte sie in der Tasche gehabt, doch dann leistete er sich diesen Fauxpas!

Warum, zum Teufel, muss ich den Weibern immer direkt an die Titten gehen? Taylor hätte sich am liebsten selbst einen Arschtritt verpasst. Sein Auftrag war damit natürlich gegessen; das musste er seiner vorgesetzten

Dienststelle noch melden. Doch das hatte auch bis zum nächsten Tag Zeit. Dann würde er in die Hütte bei Remigen zurückkehren und dort wahrscheinlich keinen neuen Auftrag erhalten, sondern sich auf seine Rückkehr nach Deutschland vorbereiten. Schlimmer, zumindest im Moment, als der Fehlschlag seiner Mission war allerdings das, was Luises Korb mit ihm selbst anrichtete. Thomas war sich sicher, der Liebeskummer – wie es törichte Fräuleins nannten – würde vorbeigehen, doch so lange er andauerte, musste er ihn eben ertragen. Die Nacht vom Freitag auf Samstag am Bahnhof war schlimm gewesen, und trotz seiner absoluten Übermüdung hatte er danach im Zug und auch in der Wohnung nicht wirklich schlafen können.

In seinen Gedanken spielte sich jedes Mal die Situation in Birsfelden ab, wieder und wieder, sodass Thomas Zeuge seiner eigenen Dummheit wurde. Wie ein Tölpel hatte er sich verhalten! *Mann!*

Samstagabend hatte er nach einigen Stunden unruhigen Schlafs versucht, sich mit schweizerischen Huren und Alkohol abzulenken – die Abwehr stellte die Mittel schließlich bereit. Doch die Weiber hatten es immer nur für einen kurzen Moment geschafft, ihn zu befriedigen. Der Alkohol hatte ihm immerhin durch die Nacht auf Sonntag geholfen, obwohl er natürlich nicht so viel getrunken hatte, dass er außer Kontrolle geraten könnte – das wäre im Feindesland zu gefährlich gewesen. Zwar war er besoffen genug gewesen, sich mit einem schweizer Halbstarken eine Schlägerei zu liefern, doch er war auch nüchtern genug gewesen, anschließend erfolgreich vor dessen Freunden zu flüchten. Immerhin, der Alkohol hatte ihn danach gut schlafen lassen.

Nun war bereits der Sonntagnachmittag angebrochen und Thomas fühlte sich deutlich besser. Die Gedanken an Luise wichen und er schien bereit für neue Missionen.

Vielleicht zur Abwechslung doch mal wieder nach Russland?, sinnierte er, während er einige Sachen in seiner Tasche verstaute, in der er auch hinter einem selbstgebastelten, doppelten Boden seine Pistole versteckte.

Mit einer Zigarette im Mund saß er später auf seinem Bett und betrachtete den Handrücken seiner rechten Hand, der von zwei Schürfwunden gezeichnet war. Die Schlägerei in der Nacht hatte doch ihre Spuren hinterlassen. Nun musste Taylor kopfschüttelnd lachen. *Wie konnte mich diese dumme Ziege nur so vereinnahmen?* Es wurmte ihn, dass ihn eine einzelne Person so verwirren und aus der Bahn werfen konnte, dabei hielt Thomas sich doch für einen gefestigten, jungen Soldaten! Sein Verhalten war höchst unprofessionell gewesen! Daher freute er sich, dass er scheinbar bereits über sie hinweg war. *Es wäre sowieso nicht gut gegangen!,* sagte er sich. Wenn Gefühle ins Spiel kamen, hätte er vielleicht Probleme bekommen, sich aufs Wesentliche zu konzentrieren. *Es ist am besten so!* Immer wieder schoss ihm diese Parole durch den Kopf.

Plötzlich klopfte es an seiner Tür. Im ersten Augenblick schreckte Thomas auf und sah nach seiner Tasche, dann allerdings sagte er sich, dass die Polizei oder feindliche Spione wohl kaum unbemerkt in den Hausflur eindringen würden, bloß um dann an seine Wohnungstür zu klopfen. Also öffnete er. Und plötzlich stand Luise vor ihm. Sie trug ein weißes Kleid mit aufgestickten roten Blümchen und eine Schleife um den Hals. Ihre Lippen strotzten vor rotem Lippenstift und ihre Haare trug sie – ungewöhnlich für Luise – offen. Thomas klopfte das Herz plötzlich bis zum Halse, doch Luise ließ ihm keine Zeit, darüber nachzudenken. Sie schritt auf ihn zu, sodass sie sich fast Lippenpaar an Lippenpaar gegenüberstanden.

»Éxgüsee wegen Freitag«, flüsterte sie und blickte ihn mit großen Augen an. Dann nahm sie ihm die Zigarette aus dem Mund und steckte stattdessen ihre Zunge hinein. Küssend und fummelnd drückte sie ihn in die Mitte des Raumes. Mit einem ihrer Stöckelschuhe stieß sie die Wohnungstür hinter sich zu.

Kursk, Sowjetunion, 18.05.1943

Nach dem Ausbruchsversuch der Sowjets waren die Reste der 253. Infanterie-Division aus der Front herausgelöst und im Kursker Zentrum als Einsatzreserve untergebracht worden. Mit nunmehr 64 Prozent an Ausfällen durch Tod, Verwundung und Krankheit war die Division nicht mehr in der Lage, irgendeinem Kampf von Bedeutung beizuwohnen.

Tod und Verwundung hatten bei dieser Division die allergrößte Ernte eingefahren, während viele andere am Unternehmen beteiligten Verbände noch verhältnismäßig gut dastanden. Die verbliebenen Offiziere waren derzeit damit beschäftigt, den Verband neu zu gliedern. Sie würden voraussichtlich alle Truppenteile zu zwei verstärkten Regimentern zusammenfassen, bis die Division mit frischen Kräften aus dem Ersatz aufgefüllt werden konnte.

Die Soldaten genossen derweil ihre Zeit in der Etappe und erwarteten den Abmarschbefehl, der sie gänzlich aus der »Schlammzone« herausführen sollte. Während sämtliche deutsche Angriffsbewegungen beendet waren, wurden frische Verbände aus der Etappe herangeführt, um das gewonnene Terrain abzusichern.

Pappendorf, der aus Offiziersmangel zum kommissarischen Kompaniechef gemacht worden und nun für 36 Mann verantwortlich war, hatte sich sein Büro im Hinterzimmer eines Eisenwarengeschäfts eingerichtet. Pappendorf war nicht nur ein Menschenschinder, er hatte auch für die hiesige Bevölkerung nichts übrig; er ignorierte die Vorschrift, dass Plünderungen bei der

Zivilbevölkerung streng verboten waren, und half sogar, derartige Vorfälle in seiner Kompanie zu vertuschen.

»Sind bloß Slawen«, lautete sein zweifelhaftes Motto. So kam es, dass die Soldaten seiner Kompanie dieser Tage keinen Hunger leiden mussten, während die Zivilisten sich ihnen gegenüber immer reservierter verhielten.

Pappendorf saß hinter einem schmalen Schreibtisch in einem mit Holz ausstaffierten Raum und brütete über Dokumenten des Zahlmeisters, die es zu unterschreiben galt. Draußen regnete es, während schwarze Wolken über der Stadt ihre Bahnen zogen, was man in der Dunkelheit der Nacht mit bloßem Auge allerdings nicht erkennen konnte. Es war deutlich abgekühlt, sodass Pappendorf ein Feuer im Lehmofen entzündet hatte, das für wohlig warme Temperaturen sorgte. Darüber hinaus hatte er den Raum bereits mit einigen seiner persönlichen Gegenstände ausgestattet; so hing neben seinem Schreibtisch ein Porträt von Adolf Hitler an der Wand, und daneben eingerahmt seine Aufnahmebestätigung in die NSDAP mit der Mitgliedsnummer 6.547. Es war dieser Tage nicht immer klug, mit seiner Parteizugehörigkeit hausieren zu gehen, doch es kam eben ganz auf den Vorgesetzten an. Die Wehrmacht war in diesem Punkt hin- und hergerissen. Natürlich waren noch viele Soldaten in dieser Ideologie verhaftet, aber es gab ebenso viele, die über den im Vorjahr erfolgten Regierungswechsel glücklich waren.

Es klopfte an der Tür, doch Pappendorf rührte sich zunächst nicht. Er las in Ruhe das Dokument, das er in seinen Händen hielt, zu Ende, notierte sich etwas auf einem Zettel und sagte dann, nach über einer Minute, mit lauter Stimme: »Herein!«

Er konnte nicht ahnen, dass der Klopfende bereits drei Minuten vor dem Büro gestanden hatte, weil er so lange gebraucht hatte, um seinen Mut zusammenzunehmen. Die Tür öffnete sich und Unteroffizier Berning trat herein.

Er stand umgehend stramm und salutierte. »Herr Unterfeldwebel, Unteroffizier Berning meldet sich in privater Angelegenheit«, ertönte seine Stimme.

»Rührt euch!« Berning entspannte sich kaum.

»Ich höre.« Pappendorf deutete an, dass er nicht viel Zeit in dieses Gespräch investieren wollte. Berning stotterte ein wenig, doch er schaffte es, sein Anliegen vorzubringen: »Ich habe gehört, Sie sind morgen früh zu einer Besprechung beim Divisionskommandeur, Herr Unterfeldwebel?«

Pappendorf nickte kurz.

»Ich möchte Sie fragen, ob Sie mir einen Gefallen tun würden, Herr Unterfeldwebel?« Es kostete Berning sichtlich Mut, mit so einem Anliegen an seinen neuen Kompaniechef heranzutreten. Der kniff die Augen zusammen und beugte sich vor.

»Würden Sie wohl für mich das Ergebnis des heutigen Fußballspiels Bochum gegen Bielefeld beim Kommandeur erfragen, Herr Unterfeldwebel? Er hat sicherlich Möglichkeiten, dies herauszubekommen.«

»Und wieso glauben Sie, sollte der Kommandeur sich mit derartigen Belanglosigkeiten herumplagen, Herr Unteroffizier?«, antwortete Pappendorf mit scharfer Stimme.

Berning presste die Lippen zusammen, während ihm plötzlich ganz heiß wurde. Hatte er sich etwa schon wieder unnötig in Schwulitäten gebracht?

»Ich dachte bloß«, stammelte er, »ich dachte bloß, weil Oberfeldwebel Claaßen es auch immer fertigbrachte, die Ergebnisse zu erfahren.«

Pappendorf beugte sich noch weiter vor und fokussierte den Unteroffizier mit einem Blick wie ein Habicht in Lauerstellung. Er überlegte einige Sekunden lang, dann nickte er plötzlich.

»Ich werde sehen, was ich tun kann«, sagte er. »Und jetzt ohne Meldung raus!«

»Jawohl, Herr Unterfeldwebel.« Berning konnte sich ein Lächeln nicht verkneifen. Er drehte er sich um, erfasste den Türknauf – und dann sagte Pappendorf doch noch etwas: »Ach, Herr Unteroffizier?«

»Jawohl, Herr Unterfeldwebel?« Berning drehte sich um und erschrak. Da waren sie wieder, die Habichtaugen. Pappendorf erhob sich, doch dieses Mal sprach er ganz ruhig, was seine Worte noch viel bedrohlicher wirken ließ: »Falls Sie glauben, wenn Sie nur die Fußballergebnisse für diesen gefallenen Gefreiten verfolgen würden, würde das Ihre Schuld reinwaschen, dann sind Sie auf dem Holzweg.«

Berning begann am ganzen Körper zu schwitzen. Was meinte Pappendorf damit?

»Glauben Sie ja nicht, ich habe das nicht gesehen!« Pappendorfs Stimme gewann mit jeder Silbe an Schärfe. »Glauben Sie ja nicht, ich habe nicht gesehen, wie Sie tatenlos danebenstanden, als dieser Slawe den Gefreiten strangulierte! Sie standen einfach da! Haben nichts unternommen! Haben sogar zugeschaut! Dabei wäre es nicht bloß Ihre Pflicht gewesen, einzuschreiten, sondern es wäre auch so verdammt einfach gewesen. Sie hätten bloß ihr Gewehr hochnehmen und den Feind wegputzen müssen! Sie haben den Gefreiten sterben lassen!« Berning schüttelte wie apathisch den Kopf, doch Pappendorf wiederholte seinen letzten Satz noch einmal, noch eindringlicher: »Sie haben den Gefreiten sterben lassen.«

Berning starrte Pappendorf mit versteinerter Miene an, während seine Augen bebten und sein Mund offenstand. Innerlich brach in ihm bereits wieder alles zusammen.

Pappendorf kam nun hinter seinem Schreibtisch hervor und schritt langsam auf den Unteroffizier zu, während er weitersprach: »Bilden Sie sich nicht ein, Sie wären nun der große Kriegsheld, bloß weil Sie es endlich auf die Kette bekommen haben, abzudrücken!« Er stand jetzt direkt vor Berning.

Bernings Herz raste.

»Ich hätte Sie melden müssen, und dann hätte man Sie dafür erschossen. Feigheit vor dem Feind nennt man das. Mein verschlossener Mund ist mein Geschenk an Sie, obwohl Sie kein Geschenk verdient haben. Wenn Sie aber nicht endlich anfangen, sich auf Ihre Hinterbeine zu setzen und sich wie ein deutscher Unteroffizier zu betragen, werde ich Ihnen Zunder geben, Sie militärischer Säugling. Wegtreten!«

Berning verließ den Raum mit Schmerzen im Magen.

Östlich von Lgow, Sowjetunion, 19.05.1943

Kurskfront »Im Kessel« – 65 Kilometer westlich von Kursk

Der Doppeldecker der Roten Armee, den die Faschisten aufgrund seines Motorgeräuschs auch als »Nähmaschine« bezeichneten, glitt sanft über die Landschaft hinweg, die noch in der Hand der Sowjetunion lag. Doch Sidorenko wusste, dass das Schicksal der 720.000 Genossen im Kursker Kessel besiegelt war. Der Ausbruchsversuch war fehlgeschlagen, die Versorgungslage im Kessel desolat.

»Sogeodnja nam ne powislo«, sinnierte Sidorenko lauthals, doch seine Pilotin konnte ihn o des brummenden Motors und des Fahrtwindes nicht verstehen. *Heute hatten wir kein Glück!*

Die Deutschen hatten den Kessel vollkommen dicht gemacht. Ein sowjetischer Entsatzversuch über die Brjansker Front war am Vortage zurückgeschlagen worden und auch die Versorgung aus der Luft funktionierte aufgrund der massiven Verluste an Flugzeugen in den letzten Wochen nicht. Also würde die Rote Armee wieder einmal Hunderttausende guter Soldaten einfach abschreiben müssen. Sie hatte ja genug Ersatz! In Sidorenko kochte die Wut. Nicht nur hatte er aufgrund von Versäumnissen des Stawka einen aussichtslosen Kampf kämpfen müssen, sondern nun würden sie ihn auch noch für die Niederlage verantwortlich machen!

»Oni menja sa eto strogo nakaschjut«, plapperte er vor sich hin. *Die werden mich fertig machen!* Er würde sich in Moskau einiges anhören müssen, doch immerhin, wenn diese Klapperkiste es tatsächlich bis hinter die deutschen Linien schaffen würde, würde er zumindest leben und auch nicht in Kriegsgefangenschaft geraten, anders als seine Einheiten im Kessel. Das bedeutete, er würde den Kampf gegen die Faschisten an anderer Stelle fortsetzen können – oh, und er würde ihn fortsetzen, so lange es nötig war! Nun musste Sidorenko doch grinsen. Er würde sich von der Stawka nicht abschieben lassen, denn er hatte mit den Nazis noch eine Rechnung offen, und die galt es zu begleichen! »Ostoroschjno towaritsch, mi salitajem w nemtzkii protiwo woßduschnii obstrel«, meldete ihm die Pilotin mit lauter Stimme, dann wurde es holprig. *Deutsche Flak voraus, mein Herr!*

Schwarze Detonationen puderten den Himmel, doch die Maschine kam durch.

Südlich von Kursk, Sowjetunion, 26.05.1943

Leutnant Engelmann war vorerst zum Kompaniechef der 9. Kompanie aufgestiegen, doch unter den vorliegenden Umständen hätte er sich den Karrieresprung gerne erspart. Nun hatte er noch insgesamt 29 Mann unter sich, die sich noch vier mehr oder weniger funktionsfähige Panzer teilen mussten. Das Regiment war derweil in einen Verfügungsraum nahe jenem verlegt worden, den sie schon einmal kurz nach der Einnahme Kursks bezogen hatten. Wieder einmal blickte Engelmann auf die Seim, wo nun einige ältere Frauen zusammensaßen, plauderten und Wäsche wuschen. Engelmann musste trotz allem vorsichtig sein. Die Bevölkerung hatte das Verhalten der Deutschen nach ihrer ersten Eroberung der Stadt nicht vergessen und zeigte große Bereitschaft, den Besatzern Schaden zuzufügen. Dennoch, im Augenblick schien alles ruhig.

Engelmann, der unter einem Baum lehnte und den Schatten genoss – die Sonne knallte an diesem Tag fürchterlich –, starrte ein blutverschmiertes Buch an. Das Blut war längst getrocknet, einige Seiten klebten zusammen und müssten sorgsam mit einem Messer wieder getrennt werden. Die schwarzen Lettern auf rotem Grund waren dennoch zu erkennen.

Immer noch dachte der Leutnant mit gemischten Gefühlen an die Operation *Zitadelle* zurück. Sie hatten es zwar geschafft, Kursk zu nehmen, doch diesen Sieg wollte er nicht überbewerten.

Was ist schon ein Bogen von 150 Kilometer Breite auf einer Front von 1.800 Kilometer Luftlinie? Engelmanns Pessimismus krallte sich in seinem Geist fest wie ein Blutegel. Mit großer Sorge dachte er daran, dass die Sowjets seit einem Tag einmal mehr mit unglaublichen Massen an Mensch und Material gegen Orel und Charkow drückten. Immerhin, die Ostfront hielt – noch. Immerhin wurden aus dem Frontabschnitt östlich von Kursk keine Offensivaktivitäten des Gegners gemeldet, dafür hatten sie dem Russen in diesem Gebiet einen zu heftigen Schlag verpasst. Das Panzer-Regiment 2 war derweil derart angeschlagen, dass Engelmann damit rechnete, bald zur Auffrischung in die Etappe verlegt zu werden.

Dem Leutnant wurde darüber hinaus ganz schummrig, wenn er daran dachte, was von Kluge und seine Generäle für Füchse gewesen waren, um die Russen zu locken: So hatte man rechtzeitig erkannt, dass im Osten des sich androhenden Kessels eine große feindliche Truppenkonzentration zusammengezogen wurde, die die vermeintlich schwache Sicherung bei Kursk durchstoßen sollte, um anschließend den deutschen Angriffskeil, der sich in Richtung Kastornoje voranschob, abzuschneiden und seinerseits einzukesseln. Abgefangene Funksprüche hatten diese Angriffsabsicht offenbart.

Nur gab es einen ernsthaften deutschen Vorstoß in die Tiefe des östlichen Raumes überhaupt nicht. Dieser war dergestalt wirksam vorgetäuscht worden, dass selbst Engelmann an ihn geglaubt hatte, die Erfolgsaussichten bezweifelnd. Die Idee zu diesem Täuschungsmanöver ging letztlich auf Paulus' Konto, und − sie zeitigte Erfolg: Die Sowjets liefen gnadenlos auf die vermeintlich schwache, deutsche Sicherung auf. In Wirklichkeit hielt sich das Gros der deutschen Panzerkräfte, das der Russe auf dem Weg nach Osten glaubte, bereit, um den Ausbruchsversuch abzuschlagen. Enorme logistische Aufwände waren nötig, um diese Finte in die Tat umzusetzen. Verbände mussten verschoben werden, nadelstichartige Angriffe im Osten mit massiert erscheinenden Kräften sollten den Feind von der Echtheit eines deutschen Angriffes in die Tiefe des Raums überzeugen. Von Kluge zog das gesamte Register: Imaginäre Funksprüche wurden gesendet, Einsatzbefehle »sickerten zum Feind durch« und eine Armada von Lastwagen fuhr hinter den Linien umher, um den Russen Luftbilder gigantischer Truppenbewegungen zu liefern. Selbst die deutschen Verteidiger in und um Kursk wurden bis zuletzt im Unklaren gelassen, damit auch ja keine Informationen beim Feind landeten. Diese Taktik war riskant und brillant zugleich, doch die Deutschen hatten dafür letztlich wie immer einen Preis zahlen müssen. Die Verluste waren auch auf deutscher Seite nicht unerheblich.

Eine Gestalt, die etwas in Händen hielt, näherte sich dem Leutnant. Da Engelmann gegen die sich senkende Sonne aufsah, konnte er zunächst nicht erkennen, dass es sich um Feldwebel Nitz handelte, der ein Päckchen brachte.

»N'Abend, Herr Leutnant«, begrüßte er seinen Kompaniechef.

»Herr Feldwebel.« Engelmann nickte Nitz freundlich zu.

»Feldpost«, meldete der knapp und überreichte das Päckchen.

»Danke.« Engelmann nahm es entgegen. Der Absender entzückte ihn umgehend: Else Engelmann.

»Und, was macht der Rücken?«, erkundigte der Leutnant sich höflichkeitshalber, obwohl er es kaum erwarten konnte, das Päckchen zu öffnen.

»Es muss, Herr Leutnant, es muss.« Beide nickten, dann entfernte sich der Feldwebel wieder. Engelmann riss sofort das Päckchen auf. Zunächst wurde er von haufenweise roten Dosen mit Schokolade erschlagen. *Sehr schön!* Außerdem hatte Elly ihm neues Rasierzeug, ein aktuelles Bild von ihr und

Gudrun – *Mann, ist die groß geworden!* – sowie Bonbons und Stullen einge-
packt. *Danke, Elly, danke,* freute sich der Leutnant, *das Päckchen ist nicht von
schlechten Eltern!*

Als Nächstes entdeckte er ihren Brief – geschrieben auf duftendem Brief-
papier mit Füllfeder in wundervoller Schrift, die durch Elses schlechte Ortho-
grafie nur noch sympathischer wirkte. Josef faltete das Blatt Papier auf und
las. Dann kamen ihm die Tränen.

Leutnant Josef Engelmann, 16.5.1943

F.P. 34444

Mein Sepp!
Ich wünsche Dir nachträglich alles Gute zum Hochzeitstag, denn der ist sicherlich bereits vorüber, ehe Dich dieses Paket erreicht. Keine Sorge, ich habe
an Deine geliebte Schokolade gedacht!
Und auch sonst ein paar nützliche Dinge. Wir haben uns über Deinen letzten Brief sehr gefreut und hoffen, Du bleibst gesund und kommst ohne Schaden zurück. Ich lache nicht über Dich, daß Du wieder betest. Es ist in Ordnung.
Du weißt, ich bin kein gläubiger Mensch, doch ich maße mir nicht an, über
Dich zu urteilen. Es muß so schwer sein im Krieg und Kampf, und jeden Tag
ums eigene Leben fürchten! Es tut mir im Herzen so weh, daß Du so weit weg
bist und wir nicht beisammen sein können!
Der Krieg aber ist nun leider auch hier immer öfter spürbar. Die Stadt wird
häufig bombardiert, auch bei Tag, und dann müssen wir in die Keller. Viele
flüchten aufs Land zu Verwandten, aber das Glück haben wir ja leider nicht!
Weil ja Deine und meine Familie beide in der Stadt wohnen! Aber es geht
schon irgendwie. Mach dir bitte keine Sorgen.
Gudrun geht es gut. Sie macht schon Schritte und plappert den ganzen Tag.
Ich hab ein Bild von ihr beigelegt. Ach, wie sie ihren Vater vermisst! Und ich
erst! Jedes Mal schreit sie, wenn es irgendwo knallt. Aber was soll ich schon
machen? Ach Sepp, wann hört das alles endlich auf? Bitte komm bald heim
und gib gut acht auf Dich! Hier in Bremen sind zwei Menschen, die Dich brauchen!

In Liebe
Elly

Südwestlich von Poltawa, Sowjetunion, 26.05.1943

Das Ritterkreuz mit Eichenlaub baumelte an Generalfeldmarschall Erich von Mansteins Kragen. An der rechten Brusttasche seiner Feldbluse prangte das Eiserne Kreuz I. Klasse, daneben der hohe rumänische Militärorden »Michael der Tapfere«. Von Manstein, ein alter Veteran aus dem Großen Krieg, trug das Haupthaar kurz und stets von rechts nach links gekämmt. Er zog seine Lesebrille aus einem Etui und setzte sie sich auf die Nase, um die vor ihm auf dem Tisch ausgebreiteten Karten studieren zu können.

Er befand sich in seinem mobilen Befehlsstand, einem Eisenbahnwagon am Rande Charkows, untergestellt in einem schmalen Waldstreifen und getarnt durch deutsche Soldaten, die auf den Feldern, welche den Waldstreifen umgaben, als Bauern verkleidet Vieh umhertrieben.

Mit im Raum befanden sich Reichskanzler Halder sowie Generalfeldmarschall Hermann Hoth, den von Manstein zu seinem Stabschef gemacht hatte, auch wenn dieser lieber ein Truppenkommando behalten hätte. Doch von Manstein wollte jemanden mit ähnlicher Denkweise um sich haben, während er von Humanisten wie Beck und dessen Anhängern wenig hielt. Beide – von Manstein wie Hoth – waren davon überzeugt, dass der Krieg gegen die Sowjetunion ein totaler Krieg war und daher genauso geführt werden musste. Beide waren ebenso davon überzeugt, dass dieser Krieg nicht bloß ein Kampf Soldat gegen Soldat war, vielmehr ein Kampf Volk gegen Volk. Daher durfte seiner Ansicht nach auch kein Nachsehen gegen die Zivilbevölkerung geübt werden. Beide Offiziere hatten damals unter Hitlers Herrschaft den im Offizierskorps stark umstrittenen Kommissarbefehl ausgeführt, und beide hatten das harte Vorgehen gegen Partisanen, Juden und andere unliebsame Volksgruppen in ihren Verantwortungsbereichen zugelassen – nicht aus Furcht vor Hitler, wie das bei vielen anderen Offizieren der Fall gewesen war, sondern aus Überzeugung.

Nun jedoch stand von Manstein der »neue« Reichskanzler gegenüber, dieser streng wirkende Mann mit dem scharfkantigen Gesicht und dem schwindenden Haar. Von Manstein blieb in Gegenwart des Kanzlers, den er nicht einzuschätzen vermochte, vorsichtig und auf Abstand. Immerhin, Halder trug offenkundig die sogenannten Beck-Doktrinen – Weisungen im Umgang mit der Bevölkerung in besetzten Gebieten sowie im Umgang mit sogenannten Kriegsverbrechern – mit, die in von Mansteins Augen nicht gerade von Verständnis für diesen Krieg zeugten. Von Manstein wunderte sich sehr über den Wandel, den Halder vollzogen hatte, seit er sein Amt übernommen hatte. Auch im Umgang mit Kriegsgefangenen hatte sich seit Ende letzten Jahres einiges geändert. Von Manstein war sich noch nicht sicher, wo all diese Änderungen hinführen würden, doch er stellte mit Erleichterung fest, dass sie bisher seine militärischen Möglichkeiten nicht einschränkten.

»Ein Jammer«, murmelte Halder, der die auf der Karte eingezeichneten Angriffsbewegungen des Feindes studierte und dabei seufzte. »Da bin ich zum ersten Mal auf Truppenbesuch im Osten und genau dann startet der Feind seine Offensive.«

»Ich werde Ihre Termine beim nächsten Mal frühzeitig in Moskau anmelden«, gab von Manstein trocken zurück und rang dem Reichskanzler ein schwaches Lächeln ab. Dann nickte der und vertiefte seinen Blick abermals in die Karte.

Von Manstein warf seine Stirn in Falten. Immerhin war Halder kein Fantast. Der Kanzler erkannte klar die schwierige Lage, in der sich die Wehrmacht trotz des Erfolgs bei Kursk befand. Alles stand auf der Kippe und der größte zu erzielende Erfolg in diesem Kampf musste ein Remis sein, daran bestand für von Manstein kein Zweifel. Sie alle hatten damals, im Jahr 1941, die sowjetischen Kapazitäten klar unterschätzt. Man dachte, die Rote Armee in einem Stadium der Schwäche zu treffen und sogleich vernichten zu können. Ja, man hatte sie in einem Stadium der Schwäche getroffen, und die Rote Armee hatte über zwei Jahre lang massiv Prügel bezogen. Doch nun, Mitte 1943, stand sie noch immer auf beiden Beinen, kassierte einen Treffer nach dem anderen und wollte dennoch nicht umfallen. Vielmehr holte der Feind zu immer massiveren Gegenschlägen aus, und eines war allen hohen Offizieren des Deutschen Reichs bewusst: Die Wehrmacht war weit schlechter als die Rote Armee darin, Schläge einzustecken. Während auf deutscher Seite Nachschubprobleme zur Tagesordnung gehörten und an allen Ecken improvisiert werden musste, spuckte der sowjetische Schlund Panzer, Soldaten, Geschütze und mittlerweile sogar Flugzeuge in immer gigantischeren Massen aus. Es war zum Mäusemelken, und nun seufzte auch von Manstein.

Sie hatten mit dem Unternehmen *Zitadelle* bei 310 eigenen Verlusten an Panzern über 1.900 Kampfwagen des Gegners zum Teufel gejagt. Und während nun die Wehrmacht ihre Wunden leckte und dafür sicherlich noch einige Monate benötigen würde, griffen die Russen schon wieder wacker an.

Mit zwei konzentrierten Keilen jagten sie ihre Kräfte gegen Orel und Charkow und waren an beiden Frontabschnitten den Deutschen zahlenmäßig fünf zu eins überlegen, während weitere Angriffsspitzen andere deutsche Frontabschnitte beackerten.

»Herr Feldmarschall«, begann Halder, »Sie wissen, dass ich Ihnen stets freie Hand gelassen habe.« Halder gönnte sich eine Denkerpause, die von Manstein erschrecken ließ. *Was hat dieser Kerl vor?*, überlegte er, doch Halder beruhigte das Gemüt des Oberbefehlshabers Ost sogleich: »Und ich habe vor, Ihnen auch in Zukunft nicht hineinzureden. Sie sehen also, ich bin umgänglicher als der Führer.« Halder lächelte sanft, während von Manstein nickte. »Zudem habe ich genügend Politisches, das nach meiner Aufmerksamkeit verlangt.« Der Kanzler schien kurz in Gedanken zu versinken.

»Manchmal frage ich mich, wie Hitler all das bewerkstelligt hat. Ich kümmere mich bloß um die politische Ebene und diese vereinnahmt mich bereits vollends«, sagte er und stöhnte auf.

»Durch Dilettantismus, Herr Reichskanzler«, warf von Manstein ein. Halder blickte ihn erst fragend an, dann begriff er. Er nickte und sagte schließlich: »Bitte teilen Sie mir Ihr weiteres Vorgehen sowie Ihre Absicht mit. Im Anschluss werde ich mich auch schon wieder empfehlen müssen. Andere Termine warten.« Halder warf einen kurzen Blick auf die Wanduhr über der Tür, die zum Nachbarwaggon führte.

»Natürlich. Bitte werfen Sie einen Blick auf die Karte.«

Dann begann von Manstein, dem Kanzler seinen Plan darzulegen, während auch Hoth näher herantrat und sich über die Karte beugte, jedoch ohne sich an dem Gespräch ktiv zu beteiligen.

»Zwei feindliche Heeresgruppen drängen nördlich und südlich von Isjum gegen unsere Linien.« Während von Manstein vortrug, zeigte er mit seinem Zeigefinger stets auf die Orte, über die er referierte. Er tippte nun auf die mittelgroße ostukrainische Stadt Isjum, die südlich von Kursk und Charkow direkt am Donez lag. »Gleichzeitig versuchen fünf Armeen, einen Durchbruch auf der Linie Belgorod-Charkow zu erzielen.«

Von Mansteins Finger fuhr die Karte, dem Donez folgend, gen Norden hinauf, wo erst Charkow und dann Belgorod auftauchten. »Ich hoffe, Sie erkennen, mit welchen Massen der Russe einmal mehr antritt. Es ist zum Verrücktwerden. Gerade glauben wir, ihm einen Schlag versetzt zu haben, da kommt er schon mit ganz anderen Dingern um die Ecke. Weiter nördlich drücken sechs Armeen gegen den Raum Orel. Das ist ein unglaubliches Aufgebot an Menschen und Material, das der Russe dort auffährt.«

Von Manstein sagte das nicht ohne Bewunderung. Was würde er darum geben, einmal solche Ressourcen zur Verfügung zu haben?

Der Kanzler pfiff unterdessen durch die Zähne. Ihm war wohl bewusst, dass die Sowjets zum Gegenangriff angesetzt hatten, doch ihm schien die Intensität dieser Angriffe bisher nicht klar gewesen zu sein. Besorgt runzelte er die Stirn.

»Schließlich versucht der Russe an seiner Südfront einen Durchbruch auf Stalino.«

Von Mansteins Finger zeigte auf die Region zwischen Isjum und dem Asowschen Meer. »Der Russe macht sich hier also genau die Taktik zu Nutze, die auch ich bereits ins Gespräch gebracht habe. Ich muss, glaube ich, nicht erwähnen, dass ich von Anfang an nicht begeistert von dem Unternehmen *Zitadelle* gewesen bin. Es war mir klar, dass eine Frühjahrsoffensive bei unseren derzeitigen Möglichkeiten vielleicht eine Kragenweite zu groß ist.«

Halder schüttelte stumm den Kopf, während sein Blick auf der Karte verhaftet blieb.

»Wie dem auch sei. Der Feind hat uns kommen lassen, und nun schlägt er aus der Nachhand zu.« Auch das sprach von Manstein nicht ohne Bewunderung aus, dann räusperte er sich und fuhr fort: »Wie Sie wissen, sind unsere Kräfte begrenzt und darüber hinaus durch das Unternehmen *Zitadelle* zum Teil abgekämpft und erschöpft, doch wir sind nicht zahnlos. Bei Kursk liegen noch starke gepanzerte Reserveverbände, die ich einzusetzen gedenke.«

»Was ist mit den eingekesselten russischen Verbänden im Kursker Bogen?«, warf Halder ein.

»Die sind am Ende. Es ist nur noch eine Frage der Zeit, bis sie kapitulieren, weshalb schwache Sicherungskräfte unsererseits ausreichen müssen.«

Der Kanzler nickte mit ernster Miene, während von Manstein seinen Vortrag fortsetzte: »Wir haben durch das Unternehmen nun einige Trümmerverbände, die für Sicherungsaufgaben kaum geeignet sind. Ich möchte nicht haben, dass zahlreiche zerstückelte Divisionen und Regimenter bloß ganz schmale Frontabschnitte verteidigen. Das führt unweigerlich zu Problemen, die wir uns nicht leisten können. Daher meine Absicht: erstens die herangeführten Reserven nutzen, um die Einkesselung der russischen Verbände im Kursker Bogen sowie die Sicherung aller Linien, die keinen Angriffen ausgesetzt sind, zu gewährleisten. Zweitens: Aus den stark abgekämpften Einheiten bei Kursk bilde ich zwei Kampfgruppen. Im Norden die Kampfgruppe *Becker*, geführt von Generalmajor Becker. Hervorragender Mann.«

Halder nickte und wiederholte noch einmal den Namen: »Generalmajor Becker.«

Der Kanzler schien nachdenklich. Auch Hoth nickte und starrte mit ernster Miene auf die Karte. Die Lage war schwierig, das wussten alle im Raum.

»Die Kampfgruppe *Becker* werfe ich gegen die feindlichen Angriffsspitzen im Raum Orel. Ich gehe davon aus, dass der Russe nicht damit rechnet, von Kursk aus angegriffen zu werden. Schlagen aus der Nachhand, Herr Reichskanzler. Das muss das Gebot der Stunde sein!«

»Da bin ich ganz bei Ihnen.«

»Im Süden bei Charkow wird die Kampfgruppe *Sieckenius* eingreifen. Um jeden Preis muss verhindert werden, dass eine Angriffsspitze des Feindes auf den Dnjepr vorstößt. An den anderen Abschnitten lassen wir den Feind kommen und agieren in Form von Gegenstößen.«

»In Ordnung. Wo glauben Sie, ist die Lage am kritischsten?«

Da brauchte von Manstein nicht zu überlegen: »In Orel«, schoss es aus ihm heraus. »Orel ist unser Fuß in der Tür zu Moskau. Fällt Orel, ist die Hauptstadt des Feindes außer Gefahr – wohl für immer.«

»Nun gut, ich werde die 15. Panzer-Division aus Italien abziehen und in den Raum Orel verlegen lassen.«

»Mhm«, machte von Manstein, der nicht gut darin war, Freude zum Ausdruck zu bringen. »Die Jungs aus Afrika, heh?« Nun grinste er doch. »Die sind hier immer gerne gesehen.«

Als Kanzler Halder sein Amt angetreten hatte, hatte er noch am selben Tag umgehend zwei Befehle herausgegeben: Erstens, der Rückzug aus Stalingrad. Den hohen Offizieren war Hitlers Weisung, die Kräfte der Sommeroffensive des Jahres 1942 auf zwei Ziele, namentlich die Wolga und den Kaukasus aufzuteilen, von Anfang an ein Dorn im Auge gewesen. Und zweitens: Sofort mit den Vorbereitungen für eine kombinierte Operation von Luftwaffe und Kriegsmarine zu beginnen, um sämtliche deutschen und italienische Truppen aus Nordafrika zu evakuieren. Besagte Operation hatte sich dann Ende Januar 1943 zugetragen. Marine und Luftwaffe hatten einen Korridor im Mittelmeer freigekämpft und über Wochen hinweg hunderttausende Soldaten samt Waffen und Gerät evakuiert.

Halder streckte sich. Der Kanzler sah erschöpft aus und schien in Gedanken tausend anderen Angelegenheiten nachzugehen. Doch Generalfeldmarschall von Manstein war zufrieden. Bei solchen Lagebesprechungen zeigten sich ihm die Vorzüge Halders, dem offiziellen Oberbefehlshaber der Wehrmacht, gegenüber Hitler: Der Kanzler verließ sich bedingungslos auf von Mansteins Urteil, ganz anders als Hitler, der seinen Generalen stets eigene Vorstellungen aufgedrückt hatte. Auch verzichtete Halder bisweilen auf cholerische Anfälle.

Zwar hatte Halder das Unternehmen *Zitadelle* gegen den Widerstand einiger Offiziere, auch gegen den von Mansteins, durchgesetzt, doch es hatte ebenso zahlreiche Unterstützer der Offensive gegeben. Schließlich gab der Erfolg den Befürwortern recht. Dennoch, die Einnahme Kursk hatte die Wehrmacht bedeutende Kräfte gekostet.

»Wie steht es um den Westen?«, brach Hoth plötzlich das Schweigen.

»Keine Bange, meine Herren. Wir können uns ruhigen Gemütes auf den Osten konzentrieren. Die Westalliierten brauchen wir nicht zu fürchten«, erwiderte Halder selbstbewusst. »Die Engländer verstecken sich auf ihrer Insel, und die Amerikaner verlassen sich auf ihre Bomber.«

»Es gehen Gerüchte um, dass eine Invasion auf dem europäischen Festland bevorsteht. Italien, Griechenland oder auf dem Balkan. Vielleicht sogar Norwegen. Oder Frankreich?«

Hoth schien besorgt – und von Manstein wusste, dass sein alter Kamerad dies auch war. Regelmäßig sprach er davon, dass ein Angriff im Westen den ganzen Krieg zunichtemachen werde. Und Recht hatte er.

Halder lachte auf. »Mein lieber Herr Generalfeldmarschall. Sie werden doch dem Kladderadatsch aus dem Buschfunk keine Bedeutung beimessen? Ich bitte Sie. Eine Invasion des Festlands wird es nicht geben, das wäre in jeder möglichen Form ein Selbstmordkommando. Glauben Sie mir, die Alliierten haben Dieppe nicht vergessen.«

Nachspiel

Die Sonnenstrahlen des noch jungen Morgens glitzerten durch das kleine Fenster in Taylors Schlafzimmer. Zigarettenqualm erfüllte den Raum. Es roch nach Tabak und nach Schweiß. Luise saß angelehnt am Bettgestell, vollkommen nackt und nur teilweise mit der Decke verhüllt. Sie genoss ihre Zigarette und schloss die Augen, während der Rauch ihre Lunge füllte. Auch wenn der Akt der Liebe bereits vorüber war, waren ihre Brustwarzen noch immer in freudiger Erregung aufgerichtet. Thomas Hand streichelte sanft ihren Bauch und wanderte dann wieder tiefer.

»Du bist so guter Dinge heute, Luise.«

»Momol.« Sie grinste und biss sich auf die Unterlippe. »Du hast mich ja auch zum Beben gebracht.«

»Nein, das ist es nicht. Du warst schon heute früh so … so gut gelaunt eben.«

»Éxgüsee, aber ich darf nicht drüber reden. Ist wegen der Arbeit, du verstehst?« Seine Hand berührte ihre Vagina und sie begann zu kichern.

»Du alte Geheimniskrämerin! Tust so, als wärst du eine Spionin.« Thomas lachte und drang mit einem Finger in sie ein. Luise schloss erneut die Augen und stieß einen langen Seufzer aus.

»Wir haben nun mal … mhhm … unsere Pflicht zur … mhhhm … Verschwiegenheit.« Dann stöhnte sie auf, als Thomas die richtige Stelle gefunden hatte. »Oh Gott, Aaron, schon wieder?« Das war natürlich eine rhetorische Frage.

»Eigentlich hätte mein … mhmm … Chef das nicht mal … ohhhhhhh … mir erzählen dürfen, weißt du?«

»Aha.«

»Aber er dachte … oh Aaron, ohhhh … ich wüsste es eh schon, wegen meines Vaters.« Luises Körper bebte.

»Jetzt erzähl schon!«

»Nein!« Sie lachte auf und stieß Thomas gegen die Seite, stockte dann aber und verharrte wie versteinert, während ihre Lippen zitterten und ihr Körper zuckte. Thomas war gut.

»Du bist gemein!«, beschwerte der sich. »Du wolltest mich doch bloß neugierig machen!«

»Viellei…eieiei…cht.« Sie grinste, während Thomas Finger ihren Kitzler massierte.

»Na gut!«, stöhnte sie plötzlich. »Ich kann es ja doch nicht für mich behalten!«

Thomas reckte seinen Kopf in die Höhe und schaute sie mit erwartungsvollen Augen an. Natürlich hieß das nicht, dass sein Finger damit aufhörte, sie zum Höhepunkt zu treiben.

»Weißt, wir werden die Nazibedrohung bald los sein ... ohhh ... Es geht endlich los.«

Eine angenehme Erschütterung raste durch ihre Körper.

»Aha. Das hört sich gut an.«

»Ja, die Alliierten werden ... mhhhm ... sie bereiten eine Landung ... in Italien vor.«

Achtung, aufgepasst – alle zwei Monate ein neuer Band! Die rundum überarbeitete Neuausgabe von **Stahlzeit Band 2** erscheint bereits im **März 2024!**

Personenverzeichnis

Dienstgrad, Einheit und Dienststellung entsprechen der Situation **während der ersten Erwähnung** der Figur im Roman.

Bauer, Heinz-Gerd, Obergrenadier, MG-Schütze der Grp Pappendorf

Beck, Ludwig*, Generaloberst a.D., Ehemaliger Generalstabschef des Heeres

Becker, Carl*, Generalmajor, Kommandeur der 253. Infanterie-Div

Berning, Franz, Unteroffizier, Gruppenführer 3. Grp/2. Zg/1. Aufklärungs-Schwadron/Schnelle Abt 253/253. Infanterie-Div/XXIII. AK/9. A

Bongartz, Rudi, Gefreiter, MG-Schütze der Grp Berning

Born, Eduard, Stabsgefreiter, Ladeschütze im Panzer Engelmann

Canaris, Wilhelm*, Admiral, Chef der Abwehr

Churchill, Winston*, Premierminister Großbritanniens

Claaßen, Mauritius, Oberfeldwebel, Zugführer 2. Zg/1. Aufklärungs-Schwadron/Schnelle Abt 253/253. Infanterie-Div/XXIII. AK/9. A

Engelmann, Else, Frau von Leutnant Josef Engelmann

Engelmann, Gudrun, Tochter von Josef und Else Engelmann

Engelmann, Josef »Sepp«, Leutnant, Zugführer 1. Zg/9. Kp/III. Abt/PzRgt 2/16. PzDiv/XI. AK/6. A/Heeresgruppe Süd

Feitenhansel, Udo, Obergrenadier, Soldat der Grp Berning

Fellgiebel, Fritz*, General der Nachrichtentruppe, Chef der Wehrmacht-Nachrichten-Verbindungen im Führerhauptquartier

Fromm, Friedrich*, Generaloberst, Befehlshaber des Ersatzheeres

Göring, Herrman*, Generalfeldmarschall, vor allem: Oberbefehlshaber der Luftwaffe/alte Reichsregierung

Halder, Franz*, Generaloberst, Generalstabschef des Heeres

Haus, Theodor, Oberleutnant, KpChef der »schwarzen Kp« Sondereinsatzkompanie/Schnelle Abt 253/253. Infanterie-Div/XXIII. AK/9. A

Himmler, Heinrich*, Reichsführer SS, Chef der Polizei/alte Reichsregierung

Hitler, Adolf*, „Führer" und Reichskanzler, Deutsches Reich/alte Reichsregierung

Hoth, Hermann*, Generalfeldmarschall, Generalstabschef des Oberbefehlshabers Ost

Junghans, Gretel, Franz Bernings Freundin

Kelekian, Sesede, Mädchen aus Arthur Petrosjans Dorf

Klodt, Bernhard*, Fußballspieler bei Schalke 04

Kolter, Steffen, Obergefreiter, Soldat der »Schwarzen Kp«

Konew, Iwan Stepanowitsch*, General-Polkownik (Generaloberst), Oberbefehlshaber der Woronesher Front

Kreisel, Helmut*, Stabsfeldwebel, Verpflegungsoffizier der II. Abt

Laschke, Henning, Unteroffizier, Panzerkommandant im Zg Engelmann
Ludwig, Theo, Obergefreiter, Richtschütze im Panzer Engelmann
Marseille, Fritz, Oberfeldwebel, Panzerkommandant im Zg Engelmann
Meinert, Fridolin, Unterfeldwebel, Richtschütze des Panzers Müller
Meyer, Norbert, Oberfeldwebel, Panzerkommandant im Zg Engelmann
Milch, Erhard*, Generalfeldmarschall, Generalluftzeugmeister
Müller, Gottfried, Oberfeldwebel, Panzerkommandant im Zg Engelmann
Münster, Hans, Unterfeldwebel, Fahrer im Panzer Engelmann
Nitz, Eberhardt, Feldwebel, Sprechfunker Panzer Engelmann
Pappendorf, Adolf, Unterfeldwebel, Gruppenführer 2. Grp/2. Zg/1. Aufklä-
rungs-Schwadron/Schnelle Abt 253/253. Infanterie-Div/XXIII. AK/9. A
Paulus, Friedrich*, General der Panzertruppe, Oberbefehlshaber der Hee-
resgruppe Süd
Petrosjan, Arthur, Rjadowoi (Soldat), armenischer Soldat der Roten Armee,
2. Grp/1. Zg/2. Kp/1. Schützen-Btl/1072.
Schützen-Rgt/102. Schützen-Div/67. Schützen-K/70. A/
Zentralfront
Raumann, Jürgen, Feldwebel, Zugführer 1. Zg der »Schwarzen Kp«
Rommel, Erwin*, Generalfeldmarschall, Oberbefehlshaber der Panzerar-
mee Afrika
Roth, Luise, Mitarbeiterin im britischen Konsulat in Bern
Roth, Stella, Luises jüngere Schwester
Rößler, Rudolf*, Verlagschef von Vita Nova
Rupp, Karl, Grenadier, Soldat der Grp Schredinsky
Schredinsky, Marek, Unterfeldwebel, Gruppenführer 1. Grp/2. Zg/1. Aufklä-
rungs-Schwadron/Schnelle Abt 253/253. Infanterie-Div/XXIII. AK/9. A
Schröder, Günther, Obergrenadier, Soldat der Grp Berning
Sieckenius, Rudolf*, Oberst, Kommandeur PzRgt 2
Sidorenko, Nikolay, General-Polkownik (Generaloberst), Kommandeur der
5. Gardepanzerarmee, Woronesher Front
Stalin, Josef*, sowjetischer Staats- und Parteichef, Generalissimus der Roten Armee
Taylor, Thomas, Unteroffizier, Soldat des Sonderverbands Brandenburg
von Angern, Günther*, Generalmajor, Kommandeur der 16. PzDiv
von Blomberg, Werner*, Generalfeldmarschall, ehemaliger Reichswehrmi-
nister
von Bock, Fedor*, Generalfeldmarschall, Führerreserve
von Brauchitsch, Walther*, Generalfeldmarschall, Führerreserve
von Kluge, Günther*, Generalfeldmarschall, Oberbefehlshaber der Heeresgruppe Mitte
von Lahousen, Erwin*, Oberst i.G., Chef der Abt II des Amtes Ausland/Ab-
wehr

von Leeb, Wilhelm*, Generalfeldmarschall, Führerreserve
von Manstein, Erich*, Generalfeldmarschall, Oberbefehlshaber Ost
von Witzleben, Erwin*, Generalfeldmarschall, Führerreserve
Werner, Rolf, Gefreiter, Funker der Grp Pappendorf
Weiß, Otto, Obergefreiter, Soldat der Grp Schredinsky

*historische Persönlichkeit

Abkürzungen militärischer Einheiten (Größen in Klammern, Angaben beziehen sich auf das Heer)

Trp, Trupp, kleinste militärische Einheit; (der Spähtrupp ist eine Besonderheit: obwohl Trupp genannt, operiert er meistens in Gruppenstärke)
Grp, Gruppe (im Schnitt zwölf Mann)
Zg, Zug (drei bis fünf Gruppen)
Kp, Kompanie (sehr unterschiedlich, meistens drei Züge plus Versorgungselement)
Abt, Abteilung (mehrere Kompanien, meist drei bis sechs plus Versorgungselement)
Btl, Bataillon (Stab plus zwei bis sechs Kompanien plus Versorgungselement)
Rgt, Regiment (zwei bis vier Bataillone)
Brig, Brigade (sehr unterschiedlich, insgesamt bis etwa 5.000 Mann)
Div, Division (sehr unterschiedlich, etwa 5.000 bis 30.000 Mann)
K, Korps (zwei bis fünf Divisionen)
A, Armee (drei bis sechs Korps)
HGr, Heeresgruppe (keine Abkürzung), besteht aus mehr als zwei Armeen

EK-2 Militär stellt sich vor

Verpassen Sie keinesfalls unsere aktuellen Bestseller und beliebten Klassiker.

Raubkatzen der Meere
Von Erwin Welker

James Walker und seine Crew versuchen nach dem Krieg den dunklen Klauen der Piraterie zu entfliehen.

Vom Omaha Beach bis Sibirien
Von Kurt K. Keller

Ehemaliger Soldat Kurt K. Keller berichtet biografisch von seinem bewegenden Leben an der Front und seinen Erlebnissen vom D-Day.

Landser im Weltkrieg – Band 1
Von Hermann Weinhauer

Die wenigen deutschen Divisionen müssen sich einem an Material und Menschen weit überlegenen Feind stellen.

3.500 Tage Unfreiheit
Von Hans Heuer

Ergreifende Tagebuchaufzeichnungen und Erinnerungen des ehemaligen Soldaten Hans Heuer im Zweiten Weltkrieg.

WN 62
Von Hein Severloh

Die Autobiografie des MG-Schützen Hein Severloh erzählt von seinen Erinnerungen an den D-Day, die größte Landeoperation des Zweiten Weltkriegs.

Imperium Germanicum – Band 1
Von Hermann Weinhauer

Zusammen mit einem kleinen Kreis von Verschwörern entmachtet ein Feldmarschall die NS-Regierung und setzt eine militärische Elite ein, um den Verlauf des Krieges zu wenden.

Diese und viele weitere Militär-Bücher finden Sie bei EK-2 Militär!

Ihre Zufriedenheit ist unser Ziel!

Liebe Leser, liebe Leserinnen,

hat Ihnen unser Buch gefallen? Haben Sie Anmerkungen für uns? Kritik? Bitte zögern Sie nicht, uns zu schreiben. Wir werden jede Nachricht persönlich lesen und beantworten.

Schreiben Sie uns: info@ek2-publishing.com

Wussten Sie schon, dass Sie uns dabei unterstützen können, deutsche Militärliteratur sichtbarer zu machen? Bitte nehmen Sie sich einen Moment Zeit und bewerten Sie dieses Buch auf Amazon. Viele positive Rezensionen führen dazu, dass das Buch mehr Menschen angezeigt wird.

Sie können somit mit wenigen Minuten Zeitaufwand unserem kleinen Familienunternehmen einen großen Gefallen tun. Vielen Dank für Ihre Unterstützung!

PS: In seltenen Fällen kommt ein Buch beschädigt beim Kunden an. Bitte zögern Sie in diesem Fall nicht, uns zu kontaktieren. Selbstverständlich ersetzen wir Ihnen das Buch kostenlos.

Eine Veröffentlichung der EK-2 Publishing GmbH

Friedensstraße 12
47228 Duisburg
Registergericht: Duisburg
Handelsregisternummer: HRB 30321
Geschäftsführerin: Monika Münstermann

E-Mail: info@ek2-publishing.com
Website: www.ek2-publishing.com

Cover/Umschlag: Kayla Pelgrim
Autor: Tom Zola
Lektorat: Lanz Martell
Lektorat & Buchsatz der Neuausgabe: Jill Marc Münstermann

1. Neuausgabe, Januar 2024